AF764865

फीजी हिंदी साहित्यकार सुब्रमनी का हिंदी उपन्यास

फीजी हिंदी साहित्यकार सुब्रमनी का हिंदी उपन्यास

सुभाषिनी लता कुमार

प्रलेक प्रकाशन

प्रलेक प्रकाशन

PRALEK PRAKASHAN

(an Imprint of "PRALEK PUBLISHING HOUSE PVT. LTD.")

मुख्य कार्यालय : 702, जे-50, ग्लोबल सिटी, विरार (वेस्ट), मुँबई-401303 (महाराष्ट्र)
दिल्ली-एनसीआर कार्यालय : 03/सी, ज्ञानखण्ड-4, इंदिरापुरम, गाजियाबाद-201014 (उ.प्र.)

E.mail : pralek.prakashan/gmail.com
Website : www.pralekprakashan.com
दूरभाष : 7021263557

फीजी हिंदी साहित्यकार सुब्रमनी का हिंदी उपन्यास / सुभाषिनी लता कुमार

Fiji Hindi Sahiyakar Subramani Ka Hindi Upnyas
Subashni Lata Kumar

ISBN : 978-93-5869-38-50

प्रथम पेपरबैक संस्करण : 2024

मूल्य : 399/-

मुद्रक : रेप्रो इंडिया लिमिटेड
आवरण एवं पुस्तक सज्जा : प्रलेक स्टूडियो

प्रलेक का लोगो : मिक्की पटेल

भूमिका-स्थानीय ऊर्जाएँ

सुभाषिनी कुमार की आगामी पुस्तक जो इस वर्ष 2024 में प्रकाशित होगी, साहित्यिक आलोचना का सामयिक और मनोरंजक कार्य है। यह पुस्तक स्थानीय लेखन की ऊर्जाओं की ओर ध्यान आकर्षित करती है, और लेखन अनुभव के नए क्षेत्रों को खोल रही है तथा विश्व साहित्य की सीमाओं को आगे बढ़ाने में महत्वपूर्ण सिद्ध होगी। हिंदी में उनकी यह पुस्तक विजय मिश्र के दोनों फीजी हिंदी उपन्यासों के अंग्रेजी भाषा में अध्ययन की उल्लेखनीय पूरक के रूप में उपस्थित है। वर्ष 2024 की शुरुआत में मिश्रा की सबाल्टर्न नैरेटिव्स इन फीजी हिंदी लिटरेचर का प्रकाशन हिंदी साहित्य के लिए एक विशेष मान्यता रखता है। दो साल पहले 2022 में गीतांजलि श्री की टॉम्ब ऑफ सैंड हिंदी का पहला उपन्यास रहा जिसे अंतर्राष्ट्रीय बुकर पुरस्कार से सम्मानित किया गया था। हिंदी के किसी उपन्यास को अंतरराष्ट्रीय स्तर पर प्रशंसा मिलना अपने आप में एक महत्वपूर्ण साहित्यिक घटना है। गीतांजलि श्री का उपन्यास अनौपचारिक हिंदी के उपयोग के लिए भी उल्लेखनीय है, जिसमें संगीत, नृत्य, फिल्म, बोलचाल की भाषा और उपेक्षित, पुरातन शब्दों को ताजा एवं जीवंत बनाने वाली शक्ति है। सुभाषिनी कुमार ने जिन महाकाव्यात्मक उपन्यासों के बारे में लिखा है, उनमें भी जीवन को चित्रित करने के लिए इसी तरह की 'अस्थिर' फीजी हिंदी भाषा का इस्तेमाल किया गया है, जो तेजी से अपने माध्यम की तरह ही मनमौजी और असुरक्षित होती जा रही है।

मेरा मानना है कि मेरे द्वारा लिखे फीजी हिंदी उपन्यासों की शक्ति

अंतरभाषाओं में काम करने से उत्पन्न हुई है। 1990 के दशक तक, मेरे काम को मिल रही आलोचनात्मक प्रशंसा को देखते हुए, मेरा यही मानना था कि मैं अंग्रेजी में काफी सफलतापूर्वक लिख रहा था। मगर जब मैंने फीजी हिंदी में लिखने की ओर रुख किया, तो मेरे कई मित्रों और साथी लेखकों को आश्चर्य हुआ कि मैंने लेखन के लिए एक ऐसी भाषा को चुना जिसे भारतीय समुदाय के कई वर्ग निम्न-मानक मानते हैं, तथा यह भाषा साहित्यिक सृजन या दार्शनिक विचार के लिए 'उचित' माध्यम नहीं समझी जाती है। मेरे लिए अपनी मातृभाषा में लिखना कोई असाधारण बात नहीं थी क्योंकि कथा साहित्य में मेरा पहला प्रयास वास्तव में हाई स्कूल में हिंदी में ही था। मुझे यह बताते हुए खुशी हो रही है कि पांडुलिपि हमेशा के लिए खो गई है क्योंकि मैं अपने किशोर उपन्यास की भारी-भरकम और घिसी-पिटी शैली को देखकर बिल्कुल भी गौरवान्वित नहीं महसूस कर रहा हूँ।

सुभाषिनी कुमार की पुस्तक दोनों फीजी हिंदी उपन्यासों में बहुआयामी आख्यानों की विशेषज्ञ रूप से जांच करती है। इन आख्यानों के नीचे एक और कहानी है जो लेखक के जीवन भर अंग्रेजी भाषा में काम करने के बाद बचपन की स्थानीय भाषा में कथा साहित्य रचने के संघर्ष के बारे में है। सुभाषिनी कुमार की किताब पढ़ने के बाद मैं उस अनुभव को दोबारा देखने के लिए मजबूर हो गया। मुझे भाषाओं के बीच बातचीत की पूरी समझ नहीं थी। अंग्रेजी गद्य के लेखक के रूप में, मैं अभी भी कहानी की कल्पना कर रहा था और अंग्रेजी में वाक्यविन्यास का निर्माण कर रहा था, और साथ ही उसका स्थानीय भाषा में अनुवाद भी कर रहा था। इस प्रकार, मैं एक साथ एक लेखक और एक अनुवादक था। मैं इस बात से अवगत होता जा रहा था कि दो भाषाओं के बीच संघर्ष, दो दुनियाओं के संसाधनों तक पहुँचने से एक लेखक को असाधारण रचनात्मक मजबूती मिलनी चाहिए। जिसका कुछ हद तक परीक्षण मैंने डउका पुरान और फीजी माँ उपन्यासों के लेखन के समय किया है।

यह बात भी मेरे समझ में आई कि वास्तव में अस्तित्व के कई भावनात्मक और आध्यात्मिक पक्षों को पर्याप्त अभिव्यक्ति देने के लिए

हमें अपनी स्थानीय भाषा की आवश्यकता होती है। हालाँकि, इसका मतलब अंग्रेजी से विमुख होना नहीं था; मैंने हिन्दी और अंग्रेजी में बारी-बारी से लिखना जारी रखा है। नाटकों पर मेरी हालिये आई पुस्तक द स्ट्रेंज ट्रांसफॉर्मेशन ऑफ गौतम गोसाई (2024) अंग्रेजी में लिखी गई है। बहरहाल, मुझे लगा कि अंग्रेजी का लेखक अक्सर इस तथ्य से अनभिज्ञ रहता है कि वह जिस भाषा का उपयोग कर रहा है, उसका बहिष्कार और दमन का अपना तरीका है। क्या यही कारण है कि मैंने अंग्रेजी में जो लघु कथाएँ लिखीं, वे मुझे अत्याधिक गहन और संकुचित लगीं? मातृभाषा के प्रयोग से मुझे स्वतंत्रता की एक नई अनुभूति मिली; मेरा गद्य अधिक विस्तृत और कोमल हो गया, जिससे मैं स्मृति और कल्पना के सुदूर कोनों में भटक सका, जहाँ मैंने पहले जाने का जोखिम नहीं उठाया था।

लेखन कला के संदर्भ में दो अन्य स्पष्ट लाभ थे: पहला, मुक्त-प्रवाह वाले संवाद का आविष्कार और दूसरा, हास्य आविष्कार करना। कहानी को आगे बढ़ाने और चरित्र लक्षणों को उजागर करने के लिए, मैं बिना किसी हिचकिचाहट के हिंदी में संवाद के पन्ने बनाने में सक्षम था। मैंने डउका पुरान उपन्यास की हर पन्ने की शुरुआत उल्लास लाने के महत्वाकांक्षी इरादे से की थी; यह दिखाना जरूरी था कि यह उनकी हँसी ही थी जिसने भारतीय लोगों को पहले बागानों की गंभीर परिस्थितियों और बाद में राजनीतिक घटनाओं के कारण होने वाले संघर्ष को सहने में मदद की।

मुझे यह करते हुए अत्यधिक संतुष्टि हुई कि भाषाओं के अंतर्संबंध पर काम करते हुए, कई विश्वदृष्टिकोणों और दो संस्कृतियों के समृद्ध भाषाई संग्रह से प्रेरणा लेते हुए, मैंने शायद कहानी कहने के लिए एक नया मुहावरा आविष्कार किया था। पाठकों के साथ सुभाषिनी की घनिष्ठता को जानने के बाद, मैं इतना आश्वस्त नहीं हूँ। मुझे ऐसा लगता है कि न तो मेरे द्वारा गढ़ी गई कहानियाँ और न ही भाषा पूरी तरह से मेरी अपनी थी। फीजी लाल की कहानी हमेशा खोजी जाने वाली थी; मैं तो बस भाग्यशाली था कि मुझे आवारा जीवन का मौका मिला। उसी तरह, वेद मती सदियों से सुवा की गली में बैठी थी-मैं वह पहला

व्यक्ति था जिसने काफी देर तक रुककर देखा कि उसने अपना भिखारी जीवन कैसे व्यतीत किया, और फिर उसके जीवन को एक औपन्यासिक रूप में फिर से कल्पना की।

मुझे यकीन है कि सुभाषिनी का बोधगम्य और व्यापक विश्लेषण, दोनों उपन्यासों से पहले से ही परिचित पाठकों की समझ को चुनौती देगा और उम्मीद है कि उनकी किताब फीजी लाल और वेद मती को हिंदी भाषी दुनिया में उन जगहों पर ले जाएगी जहाँ उनकी कहानियाँ अभी भी खोजना बाकी है।

सुब्रमनी

साहित्यकार एवं फीजी हिंदी भाषा विशेषज्ञ

फीजी, मार्च 2024.

दो शब्द

'प्रवासी साहित्य' साहित्य की एक नयी धारा है। जो विदेशी धरती पर भारतीय जीवन मूल्यों से सीधी टकराहट है। यह नये साहित्यिक विमर्श का एक नया आयाम भी है। जिसने राजनीति, अर्थ, समाज, उद्योग, संस्कृति, कूटनीति अदि सभी क्षेत्रों को प्रभावित किया है। यह हिंदी साहित्य को एक अंतर्राष्ट्रीय स्वरूप प्रदान करता है। जिसने विश्व स्तर पर हिंदी भाषा के विकास में महत्वपूर्ण भूमिका निभाई है। यह साहित्यालोचना के नये मानदंड की अपेक्षा भी करता है।

विश्व में भारत ही एक ऐसा देश है जहाँ से लोग भारी संख्या में दूसरे देशों के लिए पलायन करते है। यह प्रक्रिया लगभग चार सौ वर्ष पुरानी है। आज भूमंडलीकरण के कारण विभिन्न देशों में भारतवासी बसे हैं। विदेश जाना और वहाँ बसना अब कोई जटिल समस्या नहीं है, लेकिन वहाँ रहकर लेखन कार्य करना प्रवासियों को अलग ही विशिष्टता प्रदान करता है। परदेस में रहनेवाले हिंदी साहित्यकारों ने अपनी अभिव्यक्ति के लिए हिंदी भाषा को माध्यम के रूप में चुना, क्योंकि इसके माध्यम से वे अपने जमीन से आंतरिक संबंध को बनाए रखना चाहते है। मातृभाषा आत्मीयता का सबसे प्रमुख स्त्रोत है। प्रवासी लेखक अपने दुख-दर्द की संवेदनाओं के साथ अपने देश के संस्कारों को जोड़कर उनमें व्याप्त विषमताओं को अभिव्यक्ति देता है और इन संवेदनाओं का साधारणीकरण हो जाता है अर्थात् सबसे जुड़कर वह सबकी संवेदनाएँ बन जाती है।

दरअसल प्रवासियों ने अपने सर्जनात्मक साहित्य का छोटा-सा किंतु

विस्तृत आसमान बनाया है। जिसकी आत्मा भारतीयता की है। शर्तबंदी के तहत फीजी, मॉरिशस आदि देशों में बसे प्रवासियों की रचनाओं में अतीत की व्यथा, वर्तमान का तनाव और भविष्य की चिन्ता को उभरी है, तो नार्वे, अमेरिका, इंग्लैंड, नीदरलैंड आदि देशों के प्रवासी हिंदी लेखकों की चिंताएँ व चुनौतियाँ इनसे कुछ भिन्न है।

जहाँ तक फीजी के प्रवासी साहित्य की बात है तो यहाँ हम देखते हैं कि बहुत पहले से गिरमिटियों ने अपने मन की पीड़ा को गीतों तथा कविताओं के माध्यम से अभिव्यक्ति दी है। फीजी के सृजनात्मक हिंदी साहित्य का इतिहास लगभग सवा सौ वर्षों का है और उसकी मूल संवेदना गिरमिट जीवन है जो प्रारंभिक लोकगीतों से लेकर आज तक लिखे जाने वाले साहित्य में अविच्छिन्न रूप में दिखाई पड़ती है। विछोह की पीड़ा, क्षोभ, कष्ट, ग्लानि जहाँ प्रारंभिक रचनाओं में दिखता है वहीं आगे वह स्वदेश, स्वभाषा, स्वसंस्कृति की रक्षा, सुरक्षा और प्रतिष्ठा के लिए संघर्ष, उहापोह की स्थिति, विस्थापन और प्रस्थापना और फिर अतीत का वर्णन या संक्षेप में कहें तो 'स्व' के लिए संघर्ष है।

जोगिंद्र सिंह कंवल, सुब्रमनी, ब्रिज विलास लाल, रेमण्ड पिल्लई आदि गिरमिटियों के वंशज लेखकों ने अपने माता-पिता के जो शर्तबंदी में भारत से सब कुछ घर-बार छोड़ आए थे दुख-दर्द को देखा है, उसके भागी रहे हैं इसलिए उनकी रचनाओं में जीवन की यथार्थता का जो परिचय दिखता है वह अन्य भारतीयों की रचनाओं में सामान्यतः नहीं दिखता। संभवतः यही कारण है कि इन्होंने अपने पूर्वजों की भाषा जो उनकी भाषा भी रही उसे ही अपनी अभिव्यक्ति का माध्यम बनाया क्योंकि इस पर उनका पूर्ण अधिकार है।

सुब्रमनी फीजी के महत्वपूर्ण लेखक हैं। इनकी रचना डउका पुरान को सूरीनाम में हुए विश्व हिंदी सम्मेलन में श्रेष्ठ कृति के रूप में मान्यता मिली तथा सुब्रमनी को 'विश्व हिंदी सम्मान' प्राप्त हुआ। डउका पुरान में फीजी के प्रवासी भारतीयों का ऐतिहासिक दस्तावेज है, जहाँ फीजी के हिंदुस्तानी समाज का स्वरूप अभिव्यंजित है। उपन्यासकार डउका पुरान की कथावस्तु की विविधता और महत्व के संबंध में लिखते हैं कि, "डउका पुरान में खाली गोबरे थोरे है। तो का है? नदी,

पर्वत, चाँदनी रात, शादी बिवाह, महा तीरथ और एक अउरत जिनका नाम है पिंगला"। लेखक ने इसकी कथा को 7 अध्याय में विभक्त किया है। इस दृष्टि से यह एक बड़े फलकवाला उपन्यास है। डउका जो एक विकलांग और निम्न जाति का व्यक्ति है अपने अनुभव के विस्तार के लिए फीजी के विभिन्न गाँवों तथा शहरों की यात्रा करता है। इस यात्रा के दौरान फीजीलाल की मुलाकात फीजी के कई पात्रों से होती है और इन्हीं पात्रों की प्रासंगिक कथाओं के जरिये से कथानक का विकास होता है। इसकी कथा में फीजीलाल और उनके लोगों की व्यक्तिगत त्रासदी तख्तापलट और किसानों को उनकी पट्टे की भूमि से विस्थापित होने के प्रसंग शामिल है। यह उपन्यास फीजी की ग्राम्य संस्कृति तथा भाषा का एक अच्छा खासा देस्तावेज है। तो फीजी माँ के माध्यम से उन्होंने फीजी देश के प्रति अपनी भावनाओं को शब्दबद्ध किया है। प्रस्तुत उपन्यास में लेखक ने अपनी निजी यादों और जीवनकाल की स्मृतियों को नायिका बेद मती के द्वारा अभिव्यक्त किया है। उपन्यास के मूल संवेदना में महिलाओं की मुक्ति, सबाल्टर्न (subaltern) इतिहास, मदर इंडिया का वैश्विक विस्तार, सुदूर द्वीपों का ग्रामीण जीवन, विदेशी भूमि में भारतीय संस्कृति और प्रवास का आघात शामिल हैं। उपन्यास की कथा बेद मती के बचपन, उसकी स्कूली शिक्षा, दांपत्य जीवन, लम्बासा गाँव से शहरी विधवा, और नायिका एवं उसके सामाज की गद्यात्मक गाथा है। जहाँ डउका पुरान का फीजीलाल आम फीजी भारतीय पुरुष का प्रतिनिधित्व करता है वहीं फीजी माँ की बेद मती आम भारतीय महिला का प्रतिनिधित्व करती है। वैश्विक स्तर पर इस उपन्यास की सराहना की गई है।

सुभाषिनी लता कुमार ने फीजी के प्रसिद्ध हिंदी साहित्यकार सुब्रमनी का उपन्यास नामक पुस्तक के माध्यम से सुब्रमनी के कथा साहित्य का समग्र अध्ययन प्रस्तुत किया है। उक्त पुस्तक कुल तीन खंडों में विभाजित है। भाग एक-फीजी हिंदी भाषा एवं साहित्य, भाग दो-सुब्रमनी का व्यक्तित्व एवं कृतित्व, भाग तीन-सुब्रमनी के उपन्यास साहित्य का अनुशीलन-डउका पुरान, फीजी माँ: मदर ऑफ ए थाउजेंड. सुब्रमनी के दोनों उपन्यास मील के पत्थर साबित हुए है। अपने

उपन्यासों के माध्यम से फीजी हिंदी भाषा और प्रवासी साहित्य सृजन को नई दशा प्रदान की है। सुब्रमनी ने अपने लेखन द्वारा प्रवासी भारतीयों की सभ्यता, संस्कृति, धर्म, नीति आदि को रेखांकित करने का प्रयास किया है। उक्त पुस्तक अपने आप में एक अच्छा शोध कार्य हैं। मेरा विश्वास है कि फीजी हिंदी साहित्य में उक्त पुस्तक का स्वागत होगा।

काम में सतत जुड़ी रहनेवाली मेरी छात्रा सुभाषिनी का इस पुस्तक के लिए हार्दिक अभिनंदन और अशेष शुभकामनाएँ।

-प्रतिभा मुदलियार
प्रोफेसर एवं पूर्व विभागाध्यक्ष
हिंदी विभाग, मैसूर विश्वविद्यालय
मानसगंगोत्री, मैसूर
Email : mudliar_pratibha@yahoo.co.in

अनुक्रम

भाग एक
फीजी हिंदी भाषा एवं साहित्य

फीजी हिंदी भाषा एवं साहित्य

फीजी महाद्वीप

दक्षिण प्रशान्त महासागर में कमल की भाँति खिले द्वीप देश फीजी को दक्षिण प्रशान्त का स्वर्ग कहा जाता है। यह देश आधिकारिक रूप से फीजी द्वीप समूह गणराज्य के नाम से जाना जाता है। दुनिया में सूरज की पहली किरण फीजी पर ही पड़ती है क्योंकि अंतर्राष्ट्रीय तिथि रेखा (इंटरनैशनल डेट लाइन) यहाँ के तवयूनी द्वीप से गुजरकर समय को आज और कल में बाँटती है। हर नए दिन की शुरुआत यही से होती है। वितीलेवू फीजी का सबसे प्रमुख द्वीप है जहाँ पर फीजी की राजधानी और महानगर स्थित हैं। फीजी की राजधानी सूवा है और यहाँ का सबसे बड़ा अंतर्राष्ट्रीय हवाई अड्डा नांदी शहर में स्थित है।

फीजी द्वीप लगभग 322 छोटे-बड़े द्वीपों का समूह हैं। जिनमें से सिर्फ 110 द्वीपों पर जनआबादी निवास करती है। फीजी का क्षेत्रफल कुल 18270 वर्ग किलोमीटर (7,054 sq. miles) है। समुद्र से घिरे इस द्वीप देश में कई नारियल के पेड़ और ऊँचे-ऊँचे पहाड़ नजर आते हैं। फीजी में वितीलेवू और वनुआलेवू दो प्रमुख द्वीप हैं। इन्हीं दो मुख्य द्वीपों में फीजी की जन-आबादी निवास करती है। दक्षिण पश्चिम प्रशान्त महासागर के मध्य में स्थित यह द्वीप देश ऑस्ट्रेलिया से लगभग 3000 किलोमीटर और न्यूजीलैंड से लगभग 2000 किलोमीटर की दूरी पर है। फीजी के आस-पास वनुवातू, सोलोमन्स, तुईवालू, टोंगा आदि द्वीप हैं। यह भारत से लगभग 12000 किलोमीटर की दूरी पर है और हवाई यात्रा द्वारा यहाँ पहुँचने में लगभग 18 घंटे लगते हैं।

एक ओर फीजी 21वीं शताब्दी में व्याप्त आधुनिकरण की ओर बढ़ता नजर आता है तो वहीं दूसरी ओर अपनी सांस्कृतिक पहचान के लिए अन्य देशों से अपनी भिन्नता बनाए हुए है। फीजी एक बहुजातिय और बहुसांस्कृतिक देश है जहाँ पर प्रमुख जातियाँ फीजियन और हिन्दुस्तानी हैं। इन प्रमुख जातियों के अलावा यहाँ चीनी, यूरोपीयन, कोरीयन, रोतूमन आदि जातियाँ भी हैं जो एक दूसरे के साथ हिल-मिल कर रहते हैं। यहाँ के मूल निवासी ई-तउकइ फीजियन (i.Taukei Fijian) हैं जो अनेक कबीलों में बँटे हुए हैं। इस प्रकार यहाँ पर विभिन्न संस्कृतियों का सम्मिश्रण आपको हर जगह देखने को मिलेगा।

समुद्री तट, प्राकृतिक हरयाली, उष्णकटिबंधीय जलवायु और यहाँ के मिलनसार लोग फीजी को आकर्षित बनाते हैं। 'फीजी का हिंदी काव्य साहित्य' की भूमिका में लेखक जोगिन्द्र सिंह कंवल फीजी का परिचय इन शब्दों देते हैं: "समुद्र से घिरा यह देश जहाँ के छोटे-बड़े द्वापों के चारों ओर हलकोरे मारता पानी सूरज को अपनी रंग दिखाने के लिए सारा दिन उछलता-कूदता रहता है। मगर जब इसके नीले पानी पर संध्या के सूरज की सिंदूरी किरणें पड़ती है तो दूर-दूर तक फैले समुद्र में कितने ही इंद्रधनुष चमकते दिखाई देते हैं।" वास्तव में फीजी की वास्तविक सुन्दरता यहाँ के मुस्कुराते लोग, संस्कृति और प्राकृतिक दृश्य हैं।

फीजी द्वीप में प्रवासी भारतीयों का इतिहास लगभग 144 वर्ष पुराना है। गर्व की बात यह है कि भारत के अलावा फीजी ही ऐसा देश है जहाँ हिंदी संसद की मान्यता प्राप्त भाषाओं में से एक है। फीजी और भारत के सांस्कृतिक संबंधों की नींव सन् 1879 में गिरमिटिया भारतीय श्रमिकों ने रखी जो गन्ने के खेतों और चीनी की मिलों में काम करने के लिए ब्रिटिश सरकार द्वारा यहाँ अनुबंध के तहत लाए गए थे। गिरमिट काल के दौरान फीजी ब्रिटिश सरकार के अधीन थी और औपनिवेशिक प्रभाव के कारण हिंदी की उपभाषाओं और बोलियों में अंग्रेजी, ई-तऊकई और देशज शब्दों का मिश्रण हुआ जिसे 'फीजी हिंदी' नाम से जाना जाता है। फीजी हिंदी यहाँ की बोलचाल की भाषा बनी और जात-पात, धर्म, वर्ग के भेद-भाव मिटाती हुई एकता और प्रेम

के सूत्र में गिरमिटियों को बाँधती गई। फीजी में हिंदी भाषा के दो रूप प्रचलित हैं ; पहला बोल–चाल की भाषा 'फीजी हिंदी', जिसका प्रयोग प्रवासी भारतीयों के साथ–साथ गैर–भारतीय भी दैनिक व्यवहार के लिए करते आ रहे हैं, और दूसरा मानक हिंदी जिसे शिक्षा मंत्रालय द्वारा निर्धारित हिंदी पाठ्यक्रम के अंतर्गत स्कूलों में पढ़ाई जाती है। आदर्श हिंदी के रूप में इसका प्रयोग राजनीतिक, सामाजिक तथा धार्मिक अवसरों पर किया जाता है।

फीजी का हिंदी साहित्य मानक हिंदी के साथ–साथ फीजी हिंदी में उपलब्ध है। हिंदी में वे साहित्यिक रचनाएँ लिखते हैं, घर पर पारिवारिक बोलचाल और धार्मिक कार्यक्रमों में उसका व्यवहार करते हैं तथा उसे अपने पूर्वजों से मिली हुई धरोवर मानते हैं। फीजी के लिए यह एक ऐतिहासिक घटना रहा जब 12वाँ विश्व हिंदी सम्मेलन का आयोजन विदेश मंत्रालय, भारत सरकार द्वारा फीजी सरकार के सहयोग से 15 से 17 फरवरी, 2023 तक फीजी के नांदी शहर में आयोजित किया गया जिसके द्वारा फीजी के हिंदी लेखकों व साहित्य को विश्व मंच मिला।

गिरमिट प्रथा

भारतीय पृथ्वी के लगभग हर कोने में पाए जाते हैं। न केवल भारतीयों ने अन्य महाद्वीपों की यात्रा की है, बल्कि उन्होंने प्रशांत क्षेत्र में छोटे द्वीप राज्य जैसे टोंगा, वनवातू, समोआ आदि में अपने परिवार सहित सदा के लिए बस गए। विजय मिश्रा "ओल्ड" और "न्यू" इंडियन डायस्पोरा के बीच अंतर करते हैं, जहाँ ओल्ड डायस्पोरा कुली व्यापार को संदर्भित है। प्रथम प्रवासी भारतवंशी वे हैं जो 19वीं सदी के पूर्वार्ध तक कुली व्यापार के अंतर्गत यूरोपीय कॉलोनियों में गिरमिटिया मजदूर बनाकर गुयाना, त्रिनिडाड, दक्षिण अफ्रीका, सूरीनाम, मॉरीशस तथा फीजी आदि देशों में ले जाए गए। वहीं दूसरी कोटि में उन प्रवासी भारतीयों की गणना की जा सकती है जो स्वाधीन भारत से विकसित देशों जैसे अमरीका, कनाडा, जर्मनी, इंग्लैड, हॉलैंड, फ्रांस और खाड़ी देशों मे गए।

14 मई, 2020 को फीजी में गिरमिटियों के आगमन का 144वां

वर्ष था। फीजी में गिरमिटियों से संबंधित चार मुख्य सूत्र हैं: कुटिल भर्ती, कालापानी पार करने की भयानक स्थिति, गिरमिटिया जीवन और कुली लाइन का रहन-सहन, तथा गिरमिट के बाद का संघर्ष। इस आलेख में फीजी द्वीप समूह में गिरमिटिया मजदूरों की भर्ती, उनके भारत से फीजी का सफर, गिरमिट प्रथा और हाशिये पर उनके जीवन का चित्रण प्रस्तुत है। यहाँ "गिरमिट" अंग्रेजी के "अनुबंध" या गिरमिटिया श्रम के "समझौते" का फीजी हिंदी संस्करण है।

मई महीना फीजियन कैलेंडर की समयावधि में दो विपरीत घटनाओं को रेखांकित करते हैं। 14 मई, 1987 को लेफ्टिनेंट कर्नल सीतीवेदी राबुका के नेतृत्व में पहला तख्तापलट हुआ, जिसके परिणाम स्वरूप फीजियन प्रधान मंत्री तिमोदी बावड्रा की चुनी हुई सरकार को उखाड़ फेंका गया। वहीं दूसरी ओर 14 मई 1879, फीजी में भारतीय गिरमिटिया मजदूरों के आगमन का भी संकेत देता है। जहाँ 14 मई 1879 में साठ हजार से अधिक भारतीय गिरमिटिया मजदूरों के आगमन की ऐतिहासिक घटना है, तो वहीं 14 मई 1987 राजनैतिक तख्तापलट के कारण गिरमिटिया मजदूरों के हजारों वंशजों के पलायन के लिए उत्प्रेरक था। हम आभारी हैं अपने पूर्वजों के कि उन्होंने भारत छोड़ने के समय से अब तक बहुत कुछ बलिदान किया और फीजी में रहने के लिए संघर्ष किया। 14 मई, एक ऐतिहासिक दिन है जब फीजी के भारतीयों को उनके पूर्वाभासों के लिए सम्मानित किया जाता हैं।

भारत और भारतीयों की कई छवियों को यूरोपीय अन्वेषणकों ने चित्रित किया है। इन चित्रों में भारतीयों को फकीरों या धार्मिक प्रतिबंधों द्वारा अपनी मिट्टी से बंधे गरीब मजदूरों के रूप में चित्रित किया गया हैं। सन् 1800 में इंग्लैण्ड में औद्योगिक क्रांति की शुरुआत हुई। ऐसे में ब्रिटेन ने एशिया, अफ्रीका, ऑस्ट्रेलिया, फीजी आदि देशों में उपनिवेशवाद की शुरुआत की। इन देशों के लिए एक बड़ी संख्या में मजदूरों की जरूरत महसूस की गई। इस जरूरत को पूरा करने के लिए ब्रिटिश शासक भारत से मेहनती, सस्ते, ईमानदार श्रमिकों को ले जाते थे। बाद में, इन्हीं श्रमिकों को 'गिरमिटिया मजदूर' कहा जाने लगा।

फीजी के द्वीपों को पहली बार सन् 1643 में एबेल टेस्मान ने देखा

था। इस समूह में 330 से अधिक द्वीप शामिल हैं जो प्रशांत महासागर के केंद्र में स्थित हैं। यहाँ की जन समुदाय दो मुख्य द्वीपों में फैली हुई हैं जिनका नाम विती लेवु और वानुवा लेवु है। छोटे द्वीपों पर मुख्य रूप से ई-तउकइ निवासित हैं। आज फीजी प्रवासी भारतीयों के अतिरिक्त चीनी, तुवालुअन तथा अन्य प्रशांत द्वीप समूह से आए लोगों व मूल ई-तउकइ फीजियन का घर है। यह अपनी बहुसांस्कृतिक मिश्रण के लिए जाना जाता है। फीजी में सबसे अधिक बोली जाने वाली भाषा अंग्रेजी है। अंग्रेजी औपनिवेशिक विरासत से पाई गई प्रशासन की भाषा है। सन् 2013 के संविधान में अंग्रेजी, फीजियन और हिंदी भाषा देश की प्रमुख भाषाओं के रूप में सन्निहित है। तीन भाषाओं के बीच के परस्पर प्रक्रिया को सामाजिक स्थानों और सभाओं में आसानी से देखा जा सकता है।

उन्नीसवीं शताब्दी के तीसरे दशक में आरम्भ की गई, गिरमिट एक ऐसी प्रथा थी जो विदेश में काम करने के लिए मजदूरों को भर्ती करती थी। भारतीय बेरोजगार मजदूरों को रोजी की तलाश थी, और इसलिए वे एग्रीमेंट पर काम करने के लिए तैयार हो जाते थे। इनमें से ज्यादातर मजदूर अनपढ़ और असंगठित होते थे और इसलिए न्याय के विचार से शून्य वे आरकाटियों की बातों में फसकर कागज पर अंगूठे का निशान लगा देते थे। ऐसे में अंग्रेज चालाक उन्हें एग्रीमेंट पर काम दिलवाने के बहाने अपने देश से दूर अनजान देशों में ले जाते थे। इस प्रथा के अंतर्गत भारतीय मजदूरों से खेतों पर एक निर्धारित समय तक (प्रायः पाँच से दस साल) काम करने के लिए एक अनुबन्ध कराया जाता था। जिसे मजदूर आम बोलचाल की भाषा में 'गिरमिट प्रथा' कहने लगे। गिरमिट शब्द अंग्रेजी के 'एग्रीमेंट' शब्द का अपभ्रंश बताया जाता है और इस अनुबन्ध के अंतर्गत काम करने वाले लोग 'गिरमिटिया' कहलाए।

ऐतिहासिक दृष्टि से फीजी में भारतीयों का आगमन सन् 1879 में भारत के बिहार, उत्तर प्रदेश, और दक्षिण प्रदेशों से पहुँचे गिरमिटिया श्रमिकों द्वारा हुआ। आज फीजी की उन्नति और समृद्धि इन भारतीयों के श्रम और संघर्ष का ही प्रमाण है। गिरमिटिया मजदूरों के अनुबंध के

अनुसार उन्हें एक निर्दिष्ट समय के लिए निश्चित अवधि के लिए फीजी में काम करना पड़ता है। 5 साल के एग्रीमेंट के बाद, वे अपने खर्च पर भारत लौटने के लिए स्वतंत्र थे। औपनिवेशिक सरकार 10 साल के एग्रीमेंट के बाद हर गिरमिटिया और उनके बच्चों को भारत वापस भेजने के लिए तैयार थी। गिरमिट से मुक्त होने पर मजदूरों को छूट रहती थी कि वे या तो भारत लौट जाए या स्वतंत्र मजदूर की हैसियत से वहीं उपनिवेश में बस जाए। यदि वह 10 साल बाद स्वदेश लौटना चाहता तो उसे और उनके बच्चों को वापसी का किराया दिया जाता था। हालांकि गिरमिट की यह सामान्य प्रथा कहीं-कहीं पर कुछ परिवर्तित रूप में भी प्रचलित थी।

इस अनुबंध से गिरमिटिये छूट तो सकते थे, लेकिन उनके पास स्वदेश लौटने के पैसे नहीं थे। उनके पास इसके अलावा और कोई चारा नहीं होता था कि वहीं रहकर या तो अपने मालिक के पास काम करें या किसी अन्य मालिक के नीचे मजदूरी करें। एग्रीमेंट के चक्कर तथा दूरी के कारण ये घर भी वापस नहीं आ पाते थे। हर किसी को अपनी आजादी प्यारी होती है, फिर चाहे वह इंसान हो या फिर पशु-पक्षी। उनका जीवन जेलों में वर्षों से बंद कैदियों के भाँति होता था जो अनुबन्ध से आजादी के लिए तड़पते रहते। ये सिलसिला कई सालों तक चलता रहा। फिर भारत की इमपिरियल लेजिस्लेटिव कॉन्सिल के प्रस्ताव के पर 20 मार्च 1916 में गिरमिट प्रथा का अंत हो गया और भारतीयों ने स्वतंत्रता की सांस ली।

गिरमिटियों के तीसरे पीढ़ी के वंशज खेमेंद्र कुमार 'पिंजरा' कविता में अपने पूर्वजों की संवेदनाएँ इन पंक्तियों में अभिव्यक्त करते हैं-

एक छोटी-सी पोठली
एक मीठा-सा सपना
लेकर झगरू चला
सात समुद्र पार
बारह हजार मील दूर
जब आँख खुली
तो पाया रमणीक द्वीप

साहब का कटीला चाबुक
और भूत लैन में
एक अंधेरा कमरा
रोया, गाया, भागा
बहुत चिल्लाया
अपने को कोसा
लेकिन तोड़ न पाया
वो समुद्री पिंजरा...(कुमार 47)

भारत और फीजी के बीच की दूरी लगभग बारह हजार मील है। कई साहित्यिक ग्रंथों ने इस बात को रेखांकित किया कि जहाजों पर यात्रा के दौरान भारतीय मजदूरों के साथ बुरा उपचार हुआ। जहाज द्वारा भारत से फीजी की यात्रा के लिए नौकायन जहाजों को तिहत्तर दिन का समय लगता था, जबकि स्टीमर 30 दिन में पहुँच जाती थी। तोतोराम सनाढ्य के लिए भी कालापानी पार करने के ये तीन महीने और बारह दिन एक सरासर अपराध के अलावा और कुछ नहीं था। फीजीद्वीप में मेरे 21 वर्ष' में पं तोतोराम सनाढ्य जहाज पर अपने अनुभव के विषय में लिखते हैं: "हम लोगों में से प्रत्येक को डेढ़ फुट चौड़ी और छह फुट लंबी जगह दी गयी। कई लोगों ने शिकायत की कि इतने स्थान में हम नहीं रह सकते, तो गोरे डाक्टर ने ललकार कर कहा 'साला टुम को रहना होगा'। जब हम लोग बैठ चुके तो हर एक को चार-चार बिस्कुट और आधी-आधी छटांक चीनी दी गयी। इन बिस्कुटों कों गोरे लोग डाग बिस्कुट कहते हैं और ये कुत्तों को खिलाये जाते हैं।"

इसके अतिरिक्त सभी जाति वर्ग का एक साथ खाना, एक ही कंटेनर से पानी पीना, वस्तुओं का साझा और शौचालय को साफ-सफाई, आदि कठिन परिस्थितियाँ रही। इन भारतीयों को कुली का दर्जा दिया गया। काला पानी की यात्रा ने जाति व्यवस्था को भंग कर दिया और हिंदुओं, मुस्लिमों, और ईसाईयों को एक नए रिश्ते को आत्मसात करने के लिए मजबूर किया, जिसे "जहाजी भाई" कहा गया, जो भाई-बहन के रिश्ते को दर्शाता है। अपनों से दूर होने के गम में ये मजदूर इतने टूट जाते थे कि कई दिनों तक अपने गाँव, परिवार, संगे-संबंधियों के

लिए रोते बिलखते मानसिक तनाव से घिरे रहते थे। इन परेशानियों को झेलते हुए गिरमिटिये अपने प्रवास को 'काला पानी' कहते थे। यह काला पानी का सफर ही था जिसने पारिवारिक संपर्क, पुराने तरीके, जाति और नए लोगों को एक सामान्य संबंध में जोड़ दिया था। यह वह संबंध है जिसने तत्काल पश्चात अवधि में प्रवासियों के बीच सामाजिक संपर्क, आर्थिक सहयोग और भावनात्मक समर्थन का आधार बनाया।

उनकी विवशता त्रासदी, निर्वासन की पीड़ा उनके गीतों और बिरहा में बोलती है। फीजी के बिदेसिया लोकगीत में भी 'काला पानी' का उल्लेख मिलता है। कवयित्री अमरजीत कौर बिदेसिया गीत के माध्यम से गिरमिटिया नारियों की व्यथा प्रस्तुत करती हैं-

फिरंगिया के राजुआ मा छूटा मोरा देसुआ हो
गोरी सरकार चली चाल रे बिदेसिया...
पाल के जहाजुआ मा रोय-धोय बैठी हो
कैसे होय काला पानी पार रे बिदेसिया
जी अरा डराए घाट क्यों नहीं आए हो
बीते दिन कई भये मास रे बिदेसिया...

तीन मास के लम्बे समुद्री यात्रा के दौरान कुछ मजदूर समुद्री बीमारी, हैजा, पेचिश, बड़ी माता जैसी बीमारियों से पीड़ित हो जाते थे जिनका इलाज जहाज पर करना मुश्किल था। सही समय पर इलाज न होने के कारण उनकी मृत्यु भी हो जाती थी। तब उनके शव को समुद्र में ही फेंक दिया जाता था।

गिरमिटिया श्रमिकों की भरती

गिरमिटिया श्रमिकों की भरती में आरकाटियों का हाथ था। आरकाटी औपनिवेशिक उत्प्रवास एजेंट द्वारा नियुक्त किए गए वे स्थानीय पुरुष, लड़के व महिलाएँ थीं जो अवैध रूप से श्रमिकों की भर्ती में लगे हुए थे। ये आरकाटी खुद को कभी एक पुल या पानी वाले स्थान के पास, कस्बों और शहरों के बाहर सड़क के किनारे पर तैनात रहते थे, या फिर बाजारों, मंदिरों और मेलों में हालात के मारे लोगों की प्रतीक्षा करते थे। ज्यादातर वे हालात के मारे भोले-भाले ग्रामीणों को निशाना बनाते और

उन्हें प्रवास में मजदूरी करने का सुनहरा सपना दिखाते: “ऐसा काम मिलेगा जो आपके दिल को खुश कर देगा, आपको कभी भी किसी भी प्रकार के दुखों को नहीं झेलना पड़ेगा, कभी भी किसी भी प्रकार की समस्या नहीं होगी।” इस प्रकार आराकाटी भोले-भाले ग्रामीणों को बहका कर डेपों के अंदर ले जाते थे, जिसके लिए उन्हें कमीशन मिलता था। अच्छे वेतन और सुखी जीवन की चाह में भोले-भाले भारतीय आरकाटियों की बातों में आ जाते और अपने देश तथा परिवार को छोड़ने के लिए तैयार हो जाते। जब भारतीय मजदूर शर्तबंदी प्रथा को कानूनी रूप से स्वीकार कर लेते तब आरकाटी उन्हें कलकत्ता या मद्रास भेज देते थे क्योंकि इन्हीं दो बन्दरगाहों से गिरमिटियों को जहाजों पर चढ़ाया जाता था।

गिरमिटिया श्रमिकों की भर्ती पर पंडित तोताराम सनाढ्य अपनी पुस्तक ‘फीजी द्वीप में मेरे इक्कीस वर्ष’ में लिखते हैं: “वह आरकाटी हम सब को मजिस्ट्रेट के पास ले जाने की तैयारियाँ करने लगा। कुल 165 स्त्री-पुरुष थे। सब गाड़ियों में बंद किए गए और कोई आध घंटे में हम लोग कचहरी पहुँचे। उस आरकाटी ने हम लोगों से पहले ही कह रखा था कि साहब जब तुम लोगों से कोई बात पूछे तो ‘हाँ’ कहना, अगर तुमने नाहीं कर दी तो बस तुम पर नालिश कर दी जाएगी और तुम्हें जेल काटनी पड़ेगी। सब लोग एक-एक करके मजिस्ट्रेट के सामने लाये गए। वह प्रत्येक से पूछता था, ‘कहो तुम फीजी जाने को राजी हो?’ मजिस्ट्रेट यह नहीं बताता था कि फीजी कहाँ है, वहाँ क्या काम करना पड़ेगा तथा काम न करने पर क्या दंड दिया जाएगा।” सन्नाढ्य की कथा यह दर्शाती है कि भारतीयों को फीजी में काम करने के लिए कैसे भर्ती किया गया था। अपनी किताब ‘फीजी द्वीप में मेरे इक्कीस वर्ष’ में कई उदाहरणों में सन्नाढ्य ने बहकाना शब्द का प्रयोग किया है। सनाढ्य को इस बात का अधिक दुख हुआ कि आरकाटी ने अंतर्निहित वास्तविकता और आने वाले अन्यायपूर्ण सामाजिक परिवर्तन की व्याख्या नहीं की और अपने नीजि स्वार्थ के लिए लोगों को धोके में रखा।

पाँच लंबे वर्षों और समुद्री यात्रा को ध्यान में रखते हुए पं. तोताराम सनाढ्य ने अन्यथा निर्णय लिया। जब अनुबंध की शर्तें सुन उन्होंने जाने

से मना किया तब उसे दूर एक कमरे में बंद कर दिया गया। उसे बिना भोजन और पानी के रखा गया जब तक कि वह फीजी जाने के लिए सहमत नहीं हुआ। उसे दोबारा इस्तेमाल की गई प्लेटों में खाना खाने को दिया गया और उसी झूठे कप में पानी पीने के लिए मजबूर किया गया और विरोध करने पर पीटा भी गया। इस तरह एक ब्राह्मण जाति का शोषण शुरु हुआ और मजदूरों को फीजी ले जाने के लिए तैयार किया गया।

इस विषय पर विचार करते हुए, लाल ने फीजी के गिरमिटिया श्रमिकों के सामाजिक मूल पर इतिहास की खोज करते हुए भर्ती प्रक्रिया की जांच भी की जिसमें कुछ हद तक वे सनाढ्य की व्याख्या से सहमत हैं। लाल ने निष्कर्ष निकाला कि प्रलोभन कभी-कभी धोखे और धोखाधड़ी पर आधारित था, लेकिन इसकी सीमा अतिरंजित थी। एक निबंध बहर्राइच की वापसी' में लाल बताते हैं कि एक युवा अविवाहित व्यक्ति के रूप में उनके दादा कैसे और क्यों, नौकरी की तलाश में फीजी पहँचे थे। सन् 1907-1908 में बहर्राइच एक निर्धन सूखाग्रस्त जिला था, जिसके कारण यहाँ लगातार खराब फसलें आ रही थीं। उनके दादाजी स्थानीय जिल्लों में काम की तलाश में भटक रहे थे जहाँ उन्होंने एक टापू में अद्‌भुत अवसरों के बारे में सुना और तुरंत काम के लिए तैयार हो गए। जिसके बाद उन्हें 13 जनवरी 1908 को पंजीकरण के लिए फैजाबाद ले जाया गया। प्रशासनिक प्रोटोकॉल की पूर्ति के साथ सभी आवश्यक शारीरिक और मानसिक जांचों के बाद, उनके दादा को 'एसएस सांगोला' जहाज पर फीजी यात्रा के लिए प्रमाणित किया गया था। उनके दादा के उपाख्यान के आधार पर हम यह अनुमान लगा सकते हैं कि कई ऐसे श्रमिक थे जो अपनी पसंद और स्वतंत्र इच्छा से फीजी आए थे।

प्रसिद्ध मिशनरी जे.डब्ल्यू बर्टन ने अपनी पुस्तक, द फीजी ऑफ टू-डे (1910) में भारतीय गिरमिटियों को "निम्न या जाति हीन, शहरों की सड़कों पर झाड़ू-पोछा करने वाले, भारत में कानून से बचने वाले और भोले ग्रामीण" के रूप में वर्गीकृत किया है।" इस संदर्भ में के. एल. गिलियन ने अपनी डॉक्टरेट थीसिस 'ए हिस्ट्री ऑफ इंडियन

इमिग्रेशन एंड सेटलमेंट इन फीजी' में बर्टन के समानांतर दृष्टिकोण प्रस्तुत किया है। गिलियन लिखते हैं कि:

"... most recruits were poverty.stricken, desperate men, underage boys, women separated from their families or kidnapped, and others wanted by police. Many had no idea where Fiji was. To them, Fiji was a district near Calcutta. Majority of them left their homes for reasons including family quarrels, the desire for adventure, to escape responsibility and burdensome social restrictions. Some were even deviants, loafers, vagrants, and misfits. Women to men ratio were 40 is to 100 men. The arkatis targeted widows, runaway or destitute wives, girls who have left their house under a cloud, and girls who formed part of an emigrating family. The recruiters gave false names, addresses, or caste, or declared men and women to be husband and wife (depot marriage) to avoid enquiries.)[1]

फीजी में गिरमिटियों का आगमन

सन् 1874 में फीजी को ब्रिटिश कॉलोनी बनने के बाद इंडेंटचर सिस्टम का आरंभ हुआ। कॉलोनी के प्रशासन के बारे में ब्रिटिश साम्राज्य का रुख स्पष्ट था कि प्रत्येक कॉलोनी को अपना राजस्व उत्पन्न करने के साथ अपने संसाधनों का प्रबंध भी करना था। इसलिए यह निष्कर्ष निकाला जा सकता है कि एक संपन्न और स्थायी अर्थव्यवस्था स्थापित करने के लिए, इस औपनिवेशिक परियोजना (गिरमिट प्रथा) के पीछे तत्कालीन फीजी के गवर्नर सर आर्थर गॉर्डन का अत्यधिक दबाव था। तथा उन्होंने यह भी कोशिश की कि मूल फीजियन समाज को बाधित किए बिना ही कॉलोनी के सीमित व्यावसायिक विकास से राजस्व प्राप्त किया जाए।

गवर्नर सर आर्थर गॉर्डन ने फीजी के सीमित व्यावसाय को विकसित करने के लिए एक ऑस्ट्रेलियाई उद्यम औपनिवेशिक शुगर रिफाइनिंग कंपनी (सी.एस.आर) को आमंत्रित किया। सी.एस.आर के साथ योजनाएँ सुनिश्चित होने के बाद, उन्होंने कंपनी के लिए सस्ते और प्रचुर मात्रा में श्रमिकों के मुद्दे को उठाया। ब्रिजलाल के अनुसार, गॉर्डन

को त्रिनिडाड और मॉरीशस में भारतीय गिरमिटिया प्रणाली का अनुभव था इसलिए उन्होंने भारत से श्रमिकों को लाने का विचार किया। गॉर्डन की 'मानवीय उद्यम' चार स्तंभों पर आश्रित था: फीजी का आर्थिक विकास, गरीब भारतीयों की आर्थिक उन्नति, फीजियनों और यूरोपियन उपनिवेशकों के बीच आदेश का पालन, और मूल फीजियनों के सामाजिक संरचना और रीति-रिवाजों का संरक्षण।

ब्रिटिश साम्राज्य और भारत की औपनिवेशिक सरकार को आश्वस्त करने के बाद, पांच साल के इंडेंटचर समझौते पर भारतीय गिरमिटिया श्रमिकों का पहला जत्था 14 मई, 1879 को लियोनिदास नामक जहाज में फीजी पहुँचा। 17 मई, 1879 को 'द फीजी टाइम्स' समाचार पत्र ने रिपोर्ट छापी थी कि लियोनिदास जहाज बुधवार, 14 मई को लेवूका बंदरगाह के पास भारतीय मजदूरों को लेकर पहुँच गया है। किंतु, जहाज में कई यात्री बीमारी से पीड़ित थे इसलिए यात्रियों को द्वीप पर नहीं उतारा जा सका। जब समस्त यात्री बीमारियों से बाहर आए तब 9 अगस्त, 1879 को उन्हें यनूदालाईलाई द्वीप पर से वीतिलेवू के पास के नुकूलाऊ द्वीप पर ले जाया गया। नुकूलाऊ द्वीप पर सी. एस.आर कंपनी ने एक डेपो बनाया था जहाँ गिरमिटिया यात्रियों को उतारा जाता था। पं. तोताराम सनाढ्य ने भी अपनी पुस्तक में नुकूलाऊ द्वीप पर बने इस डेपो की व्याखया की है। यही से मजदूरों को विभिन्न एस्टेटों में जाने के लिए विभक्त किया जाता था।

कुल 60,965 यात्री भारत से फीजी के लिए रवाना हुए लेकिन 60,553 यात्री फीजी पहुँचे। आरंभिक दौर में जहाज केवल कलकत्ता से मजदूरों को लाता था, लेकिन 1903 से दो जहाजों को छोड़कर सभी जहाज मद्रास से ही मजदूरों को लाने लगे। कलकत्ता से कुल 45,439 गिरमिटिया मजदूर और मद्रास से 15,114 गिरमिटिया मजदूर फीजी आए। फीजी में बसे अधिकांश भारतीय इन्हीं निर्वासित गिरमिटियों के प्रत्यक्ष वंशज हैं। आखरी जहाज 'सुतलज' 11 नवम्बर, 1916 को 888 मजदूरों के साथ फीजी पहुँचा। इस प्रकार की 87 यात्राओं के जरिये से गिरमिटिया मजदूर फीजी पहुँचे। इनमें से एक जहाज 'सीरिया' समुद्री दुर्घटना का शिकार भी हुई। यह जहाज फीजी में आकर तट से केवल

चार मील की दूरी पर घिरी नसीली रीफ से टकरा गई थी। इस घातक यात्रा पर सीरिया 13 मार्च 1884 को 497 यात्रियों को लेकर कलकत्ता से निकला था। अफसोस की बात है कि रविवार 11 मई 1884 को इस दुर्घटना में 59 लोगों की जान चली गई। फीजी के इतिहास के पन्नों में यह सबसे खराब समुद्री आपदा थी।

जब महात्मा गांधी प्रवासी भारतीयों की सहायता करने के लिए दक्षिण अफ्रिका गए, तब उन्होंने वहाँ के लोगों को उनके अधिकार दिलाने के लिए अहिंसक संघर्ष किया। गांधी ने वहाँ से इन्डियन ओपीनियन नामक साप्ताहिक पत्र द्वारा गिरमिटिया मजदूरों के संघर्षमय जीवन को दुनिया के सामने प्रस्तुत किया। गांधीजी ने मॉरिशस पहुँचकर वहाँ के भारतवंशियों को अपने अधिकार और भाषा के महत्व को समझाया। इसके बाद सन् 1916 में बनारसीदास चतुर्वेदी, भवानी दयाल संन्यासी, पं. तोताराम सनाढ्य आदि के प्रयास से गिरमिट प्रथा का अंत हुआ। अब मॉरिशस, फीजी, सूरीनाम आदि देशों के मूल भारतीय लोग 'पीपुल ऑफ इन्डियन ओरिजिन' नाम से जाना जाता है।

पहले पाँच साल के अनुबंध के बाद, गिरमिटिया श्रमिकों के पास अपने स्वयं के खर्च पर भारत लौटने का विकल्प था, या यदि वे एक नए अनुबंध पर हस्ताक्षर करते और दूसरे अनुबंध के पांच साल पूरे कर लेते थे तब वे कॉलोनी के खर्च पर वापस जा सकते थे। कुछ गिरमिटिया मजदूर पांच साल बाद लौटे मगर कई 10 साल के बाद मुक्त मार्ग से लौटने के लिए निर्भर थे। लेकिन ज्यादातर मजदूरों ने स्थायी रूप से फीजी में रहने के लिए चुना। इतने परिश्रम और संघर्ष के बावजूद इन मजदूरों ने तन-मन से फीजी देश को अपना बसेरा बनाया।

गिरमिटिया जीवन और कुली लाइन

भारतीय श्रमिकों के लिए अपना स्वदेश छोड़कर सात समुद्र पार करना एक कठिन कार्य था, तो कुली लाइनों का जीवन उससे भी निरंकुश और बत्तर था। हालांकि, भारत की तुलना में प्रवासियों की अधिक कमाई हो रही थी, लेकिन भारत में वे जो काम करते थे, उस पर बगान का जीवन बहुत कठिन सिद्ध हुआ। इन श्रमिकों का दिन

सुबह लगभग 4 बजे शुरू होता था। सुबह 5 बजे तक खाना बनाने, खाने के बाद वे मैदान में उतर जाते थे जहाँ उन्हें उस दिन का निर्धारित कार्य (टास्क) सोपा जाता था। पुरुषों के साथ-साथ स्त्रियाँ भी अपने छोटे-छोटे बच्चों के साथ काम करने जाती थी। इन कार्य में नालियों को खोदना या साफ करना, छंटाई, कटाई और गन्ना भरना शामिल था। काम इतना ज्यादा होता कि ज्यादातर श्रमिक समय पर दिए गए कार्य को पूरा नहीं कर पाते थे। उन्हें प्रतिदिन घंटों काम करना पड़ता और काम न करने पर प्रताड़ित भी किए जाते थे।

प्रत्येक व्यक्ति को 1200 फुट से लेकर 1300 फुट लंबी और 6 फुट चौड़ी खेतों में दिन-भर कुदाली चलाने, बोने, कटाई व साफ-सफाई के लिए दी जाती थी। इस कठिन काम के लिए उन्हें कम वेतन भी दिया जाता था। फीजी के गिरमिटिया मजदूर तोताराम सनाढ्य अपने संस्मरण फीजी द्वीप में मेरे 21वर्ष में लिखते हैं: "हम लोगों को वहाँ प्रति सप्ताह 5 शिलिंग 6 पैंस मिलते हैं, सो भी तब, जब पूरा काम करें। और सौ आदमियों में 5 से अधिक पूरा काम कभी भी नहीं कर सकते।" इन कठिन परिस्थितियों से गिरमिटिया मजदूरों को गुजरना पड़ता था। गिरमिटियों को केवल जीवित रहने लायक भोजन, वस्त्रादि दिए जाते थे। इन्हें शिक्षा, मनोरंजन आदि मूलभूत जरूरतों से वंचित रखा जाता था। मालिकों के बुरे व्यवहार के कारण मजदूर अकाल मौत का शिकार भी हो जाते थे। ऐसा कष्टों से भरा जीवन इन श्रमिकों को सहना पड़ा जिसे वे 'नरक' की संज्ञा देते हैं। अधिक काम करना श्रमिकों की एक आम शिकायत थी। कम संसाधनों और काम पूरा न होने के कारण मारपीट और पिटाई की खबरें भी आम बात थीं (गिलियन 305-325)।

सवेरा जोगिन्द्र सिंह कंवल का पहला उपन्यास है जिसमें उन्होंने भारत से फीजी आए भारतीयों की परिस्थितियाँ, फीजी लाने में झूठ-कपट, बईमानी, अंग्रेज कोलम्बरों की करतूतों का उल्लेख किया गया है। इसमें निरीह भारतीय मजदूरों के साथ अमानवीय पशुओं जैसे बर्ताव का मार्मिक वर्णन है। उपन्यास की कथावस्तु सन् 1879 से शुरु होती है और सन् 1920 में गिरमिट प्रथा के अंत के साथ ही समाप्त हो जाती है। इतिहास का यह लोमहर्षक कालखंड कंवल ने बड़े ही संवेदना के

साथ दर्ज किया है। यह गिरमिटिया साहित्य उनकी पीड़ा, उनकी त्रासदी, ब्रिटिश एजेन्टों द्वारा धोखे से गिरमिटिया बनाए जाने से ले कर अनेक लोगों की हुई मृत्यु का दस्तावेज है।

इस प्रकार की कई अमानवीय परिस्थितियों से मजदूरों को गुजरना पड़ा और मजदूर इसी उम्मीद में थे कि कब इस कुली प्रथा का अंत होगा और नया सवेरा आएगा। कंवल लिखते हैं-

सवेरा आएगा
यह खेत कभी तो जागेंगे
तब खून पसीना महक उठेगा
तब कुदाल और छुरियाँ ललकारेंगी
फिर धरती का आँगन चहक उठेगा।। (*सवेरा, पृष्ठ 114-115*)

इस आशावादी विचारधारा के सहारे गिरमिटियों ने अनुबन्ध के 5 से 10 वर्षों को काटा जहाँ जहाजी भाई एक दूसरे के दुख-सुख का हिस्सा बने।

निर्धारित काम या समय समाप्त होने पर मजदूर अपने बैरकों में लौट जाते थे जिसे 'कुली लैन' कहा जाता था। आम तौर पर इन कुली लैनों में रहने की स्थिति असहज, भीड़, गंदगी और बदसूरत थी। यूरोपियन लोग भारतीय मजदूरों को कुली कहकर संबोधित करते थे। यहाँ तक की सन् 1881 की जनगणना के खाते में इनको कुली श्रेणी में दर्ज किया गया और इसलिए उनके रहने की जगह को कुली लैन (Coolie lines) कहा जाता था। ब्रिटन सरकार द्वारा फीजी में रहने के लिए मजदूरों को कोठरियाँ मिलती थी। प्रत्येक कोठरी 12 फुट लंबी 8 फुट चौड़ी होती थी। यदि किसी पुरुष के साथ उसकी विवाहिता स्त्री हो तो उसे यह कोठरी दी जाती और नहीं तो तीन पुरुषों या तीन स्त्रियों को यह कोठरी रहने को मिलती थी। औपनिवेशिक सरकार ने यह नियम बनाया था: " "Employers of Indian labourers must provide at their own expense suitable dwellings for immigrants. The style and dimension of these buildings are fixed by regulations. "[15] अर्थात् 'जो लोग भारतवासी मजदूरों को नौकर रखेंगे, उन्हें अपने खर्च से उन मजदूरों को रहने के लिए अच्छे निवास-स्थान देने होंगे। इन मकानों की बनावट, लम्बाई,

ऊँचाई, चौड़ाई इत्यादि नियमों से स्थिर की जाएगी।' किंतु, जिन तीन आदमियों को रहने के लिए यह कोठरी मिलती उनमें चाहे कोई हिंदू हो या मुसलमान, अथवा चमार-तेली कोई क्यों न हो, इन्हें साथ रहना ही पड़ता। यदि कोई ब्राह्मण देवता किसी चमार इत्यादि के संग आ पड़े तो फिर उनके कष्टों का क्या पूछना है। प्राय: ऐसा हुआ करता था कि ब्राह्मणों को चमारों के साथ रहना पड़ता था। इस रहन-सहन और मेल-जोल के कारण भारतीय सामाजिक जाति व्यवस्था का अध:पतन हुआ जिसकी शुरुआत कलकत्ता डीपो से हो गई थी जहाँ मजदूरों को एक जैसे कपड़े पहनने, साथ खाने-पीने, रहने-सोने आदि के लिए ब्रिटिश अधिकारियों द्वारा मजबूर किया गया। शाम के भोजन के बाद, कई प्रवासी भारतीय थकान के कारण जल्द ही सो जाते थे और सप्ताहांत ही मनोरंजन के लिए वे वक्त निकालते थे।

उतर-गिरमिट

पाँच साल के अनुबंध के बाद, गिरमिटिया श्रमिकों को 'Certificate of Industrial Residence' औद्योगिक निवास का प्रमाण पत्र दिया जाता था जिसके बाद वे एक स्वतंत्र हो जाते थे। यह प्रमाण पत्र उनके लिए आजादी का और भारत लौटने का जरिया था। उन मजदूरों के लिए यह एक ऐसा दिन था जब वे एक स्वतंत्र भारतीय के रूप में चल-फिर सकते थे, और औपनिवेशिक कुली प्रथा से मुक्त थे। वे अपनी पसंद के किसी भी उद्योग में शामिल होकर नए सिरे से अपनी आजीविका का निर्माण कर सकते थे। सन् 1957 तक, लगभग 40 प्रतिशत प्रवासी भारतीय अपने वतन भारत लौट आए (के.एल. गिलियन, 392)।

कुछ गिरमिटिया मजदूर पांच साल बाद भारत लौट गए तो वहीं कई 10 साल के बाद मुक्त मार्ग से लौटने के लिए निर्भर थे। लेकिन ज्यादातर गिरमिटियों ने स्थायी रूप से फीजी में रहने के लिए चुना। ब्रिज लाल के अनुसार, गिरमिटियों के फीजी में बने रहने के कुछ कारण थे बेहतर अवसरों की संभावना, धर्म भ्रष्ट और फिर से एक लंबी समुद्री यात्रा करने का भय था। तथा इतिहासकारों ने यह भी तर्क दिया कि उन्हें फीजी की औपनिवेशिक सरकार और ऑस्ट्रेलिया की औपनिवेशिक

कोलोनियल शुगर रीफाइनिंग कंपनी (CSR) द्वारा भारत लौटने से रोका गया था क्योंकि उस समय फीजी का चीनी उद्योग पूरी तरह से इन भारतीयों के श्रम पर आश्रित थी और फीजी की अर्थव्यवस्था चीनी व्यवसाय पर निर्भर थी।

इस प्रकार गिरमिट पश्चात अधिकांश गिरमिटिया फीजी की भूमि पर बस गए और समृद्धि व प्रगति की ओर बढ़ते चले गए। वे न केवल फीजी में रुके, बल्कि उन्होंने कुली प्रथा जिसने उनसे उनकी इज्जत लूट ली थी, एक ऐसा अभिशाप जिसने उन्हें इंसाफ से वंचित कर दिया था के विरुध मिलकर आवाज उठाई। तोताराम सनाढ्य की 'फीजी द्वीप में मेरे इक्कीस वर्ष' एक गिरमिटिया मजदूर के दृष्टिकोण से लिखी पहली कृति रही जिसने गिरमिट प्रथा के कष्टों को मार्मिकता से प्रस्तुत किया। तोताराम सनाढ्य एक करारबद्ध श्रमिक की हैसियत से सन् 1896 में फीजी आए थे। उनसे 5 सालों तक बंधुआ मजदूर के रूप में काम कराया गया। इस दौरान वे अपने अधिकारों के लिए निडर होकर संघर्ष करते रहे। करार की अवधि समाप्त होने पर उन्होंने एक छोटे किसान और पुजारी का जीवन व्यतीत किया और उसके साथ-साथ अपना अधिकांश समय उन लोगों की सहायता में लगाया जो बंधुआ मजदूर के रूप में वहाँ काम कर रहे थे। वे भारत की स्वतंत्रता के लिये संघर्ष कर रहे भारतीय नेताओं के सम्पर्क में रहे और भारत से अधिक शिक्षक, वकील, कार्यकर्ता आदि भेजने का अनुरोध किया ताकि फीजी के भारतीय लोगों की दुर्दशा को कम किया जा सके। फीजी में 21 वर्ष रहने के बाद 1924 में वे भारत लौटे तथा फीजी में अपने अनुभवों को 'फीजी द्वीप में मेरे इक्कीस वर्ष' नाम से एक पुस्तक में पं. बनारसीदास चतुर्वेदी के संपादन तले प्रकाशित किया। फीजी की करारबद्ध मजदूरों की दुर्दशा को समझने के लिए इस पुस्तक में वर्णित अनुभव बहुत सहायक सिद्ध हुए।

सन् 1916 में गिरमिट प्रथा के पश्चात, अधिकांश मजदूर फीजी में बस गए और इसी मिट्टी के होकर रह गए। फीजी में रहने के कुछ अन्य कारण रहें, नए पारिवारिक संबंध, अंतर्जातीय विवाह, भारत में बहिष्कृत होने का डर और पैसे बचाने के लिए थे। ऐसे अन्य लोग भी थे जो अपनी नई सामाजिक प्रतिष्ठा और आर्थिक लाभ को नहीं छोड़ना

चाहते थे। गिरमिटिया मजदूरों के संबंध में बर्टन ने इस बात को भी स्वीकारा है कि भारतीय अपने बच्चों को काम करना, और कड़ी मेहनत करना सिखाते हैं। इसलिए जमीन किराए पर होने के बावजूद भी वे जीवित और पनपते रहे हैं। उन्होंने भारतीयों की प्रशंसा करते हुए यह भी कहा कि गिरमिट के अभिशाप को भारतीयों ने अपने वंशज और मानव जाति के लिए एक वरदान बना दिया है।

गिरमिटिया मजदूरों ने जैसा देश वैसा अपना भेस बनाया और फीजी के आदिवासी लोगों के साथ घुल-मिल गए। आज फीजी की 9 लाख की जन आबादी में साढ़े तीन लाख से अधिक भारतीय मूल के लोग हैं। यहाँ तक की फीजी के प्रवासी भारतीयों ने पीढ़ी-दर-पीढ़ी अपनी भाषा और परंपरा को हिंदी के माध्यम से कायम रखा है। अधिकांश गिरमिटियें अपने बच्चों को सामाजिक व्यवस्था के निचले पायदान पर नहीं देखना चाहते थे तथा स्वयं उन्होंने जो गरीबी और अपमान झेला उस प्रकार का जीवन वे अपने वंशज के लिए नहीं चाहते थे। इस मन:स्थिति के साथ गिरमिटियों की भावी पीढ़ियों ने विद्यालयों में निवेश लिया और शैक्षिक उपलब्धियों पर अत्यधिक जोर दिया। वे आज सरकारी अधिकारी, उद्यमी और कुशल पेशेवर हैं। सामाजिक-आर्थिक सफलता के साथ, कई इंडो-फिजियंस ने आंतरिक और बाहरी प्रवासन किया है। हालांकि प्रवासी भारतीयों की जनसंख्या फीजी में कम हो रही है, लेकिन ऑस्ट्रेलिया, न्यूजीलैंड, कैनेडा और संयुक्त राज्य अमेरिका जैसे देशों में उनकी आबादी के लिए यह नहीं कहा जा सकता है। न केवल उनकी आबादी बढ़ रही है, बल्कि इंडो-फिजियन भी सामाजिक, सांस्कृतिक और आर्थिक विकास में गहराई से लगे हुए हैं।

गिरमिट प्रथा से छूटने पर भारतीयों में आत्मसम्मान और आत्म विश्वास पुन:स्थापित हुआ। उन्होंने इस बात को स्वीकार किया कि अब फीजी ही उनका देश है। हालांकि जिस जमीन पर वे रह रहे थे वे नेटिव लैण्ड ट्रस्ट बोर्ड से पट्टे पर ली गई थी। जमीन के संबंध में ब्रिज लाल लिखते हैं: "अपने अन्य साथियों की तरह मेरे पिता का संसार भी नेटिव लैण्ड ट्रस्ट बोर्ड द्वारा पट्टे पर ली गई दस एकड़ भूमि पर केंद्रित था। वह केवल एक पट्टा था क्योंकि हमें भूमि का स्वामित्व कभी नहीं दिया

गया। अधिकांश भूमि फीजियनों के हाथों में ही रही, पर हमने यह कभी नहीं सोचा कि वह भूमि हमारी नहीं रहेगी। यह विचार कि वह एक दिन अपने स्वामियों के पास वापस चली जाएगी जैसा कि आज हो गया है ऐसा कभी हमारे दिमाग में ही नहीं आया।" अतः इन भारतवंशियों और उनके वंशज ने फीजी को ही अपनी मातृभूमि का दर्जा दिया।

धीरे-धीरे उन्होंने बहुजातिय समाज में अपनी पहचान बनाई तथा अपनी भाषा, रीति-रिवाजों और सांस्कृतिक मूल्यों को भी संभाले रखा। तीसरी और चौथी पीढ़ी के भारतीयों ने फीजी में अपनी भाषा, अपनी संस्कृति और धर्म को सुरक्षित रखा है। फीजी में आर्य समाज, सनातन धर्म, मुसलिम लीग, कबीर पंथ सभा, सिक्ख गुरुद्वारा समिति आदि धार्मिक संस्थाएँ अपना-अपना कार्य आनंद-पूर्वक कर रही हैं। दीपावली, होली, रामनवमी, ईद इत्यादि त्योहार आज उसी तरह मनाए जाते हैं जैसे वे पचास वर्ष पहले मनाए जाते थे। अंग्रेजी शिक्षा प्रचलित होते हुए भी अधिकांश भारतीय अपने घरों में हिंदी भाषा का प्रयोग करते हैं। वे अपने पूर्वजों द्वारा प्राप्त संस्कृति और परंपराओं को एक पीढ़ी से दूसरी पीढ़ी तक पहुँचाने में सक्षम रहे हैं।

सनाढ्य, बर्टन, सुब्रमनी, सतेंद्र नंदन, के.एल. गिलियन, विजय मिश्रा, सुदेश मिश्रा, अहमद अली, विजय नायडू, कंवल और ब्रिज लाल सहित कई अन्य विद्वानों ने मजदूरों की भर्ती पर बहुत कुछ लिखा है, काला पानी को पार करने की स्थिति, और कुली लाइनों का जीवन, और गिरमिट काल के बाद का जीवन। प्रमुख विषयों की खोज के आधार पर कहा जा सकता है कि भर्ती प्रक्रिया में झूठ का सहारा लिया गया, प्रवासियों के खिलाफ अपराध जैसे शारीरिक दंड, अति-भुगतान, अनियमित भुगतान, खराब सेवाएँ, यौन शोषण, असमानता और अपर्याप्त आवास काल। पानी के जेल-सा जीवन हमारे पूर्वजों की सहना पड़ा। इस भयानक अनुभव के परिणाम स्वरूप फीजी में कालोनियों ने आत्महत्या भी की। लेकिन गिरमिट के सभी अनुभव उदास और कष्टों से भरे नहीं थे। यदि पुराने रिश्ते डेपो में टूट गए, तो जहाजी भाई के एक नए रिश्ते ने जाति, धर्म, सामाजिक स्थिति को अनदेखा कर सभी गिरमिटियों को एक सूत्र में बांध दिए जहाँ जाति-पाति की दीवारे नहीं

थी। यदि कुली प्रथा ने प्रवासियों को पुराने तरीके छोड़ने के लिए मजबूर किया, तो दूसरी ओर उन्हें जीवन जीने का नया तरीका भी सिखाया है।

फीजी महाद्वीप की भाषा

मनुष्य अपने भावों की अभिव्यक्ति के लिए भाषा का प्रयोग करता है। भाषा के अभाव में न तो किसी सामाजिक परिवेश की कल्पना की जा सकती है, न ही समाज व राष्ट्र की प्रगति की। साहित्य, संस्कृति, विज्ञान, कला, दर्शन आदि सभी विषयों का आधार भाषा है। आज हम बहुसांस्कृतिक और बहुभाषीय समाज में रहते हैं। अतः सिर्फ एक भाषा का ज्ञान अर्जन काफी नहीं है। फीजी में विभिन्न भाषाएँ बोली जाती हैं। अपनी बात अन्य लोगों तक पहुँचाने के लिए लोगों को एक भाषा से दूसरी भाषा के बीच आवाजाही करनी पड़ती है। दैनिक व्यवहार के लिए घर पर प्रवासी भारतीय फीजी हिंदी का ज्यादातर प्रयोग करते हैं और स्कूल में, या ऑफिस में अंग्रेजी, मानक हिंदी और फीजियन भाषा का प्रयोग होता है।

सन् 1997 के संविधान अनुसार फीजी की तीन राष्ट्रीय भाषाएँ हैं: अंग्रेजी, फीजियन और हिंदी। "The English, Fijian and Hindustani languages have equal status in the State, (Fiji Constitution ,1997 Chapter1 , Section 4 Languages). सन् 2013 के संविधान में भी इस प्रावधान को बदला नहीं गया। फीजियन भाषा का सबसे ज्यादा प्रयोग स्वदेशी फीजियनों द्वारा पहली या दूसरी भाषा के रूप में हो रहा है। भारतीय मूल के फीजियन जिनकी जन आबादी लगभग 37% है, मुख्य रूप से हिंदी के एक स्थानीय संस्करण बोलते हैं, जिसे 'फीजी हिंदी' के नाम से जाना जाता है। वास्तव में, फीजी के द्वीपों पर ब्रिटिश औपनिवेशिक शासन के समय से अंग्रेजी ही एकमात्र आधिकारिक भाषा रही है और इसका व्यापक रूप से भाषा, व्यापार और शिक्षा में लिंगुआ फ्रैंका (lingua franca) के रूप में काम में लाया जाता है।

फीजी में होनेवाले भाषा प्रयोग को हम विस्तार से निम्नलिखित बिंदुओं में जानेंगे।

फीजियन भाषा (वोसा वाकाविती / ई-तऊकइ)

पहले यहाँ लेखन की कोई भाषा नहीं थीं। ईसाई लोगों के पहुँचने के कारण यहाँ के लोग रोमन लिपि में अपनी बात लिखने व पढ़ने लगे। सन् 1997 के संविधान द्वारा अंग्रेजी, फीजियन और फीजी हिंदी भाषाओं को बराबर का दर्जा दिया गया। फीजियन (वोसा वाकाविती/ ई-तऊकइ) यहाँ के मूल निवासियों की मातृभाषा है। फीजी में व्यापक रूप से इस्तेमाल की जाने वाली फीजियन भाषा में कई बोलियाँ शामिल हैं। लेकिन उपनिवेशवादी शासन के समय से ही फीजी में सबसे अधिक मान्यता और औपचारिक प्रयोग 'बाउवन' (Bauan) बोली का ही होता आ रहा है। फीजियन (वोसा वाकाविती/ई-तऊकइ) मूल भाषा के रूप में कुछ 400,000-450,000 मूल फीजियनों द्वारा बोली जाने वाली मलयो-पॉलिनेशियन परिवार की एक ऑस्ट्रोनीशियन भाषा है। इसकी वाक्य संरचना 'क्रिया-वस्तु-कर्ता' पर आधारित है।

फीजियन (वोसा वाकाविती/ ई-तऊकइ) भाषा यहाँ के लोगों की पहचान से जुड़ी है और उनकी संस्कृति का अहम हिस्सा है। 'बुला' फीजियन भाषा का एक प्रचलित शब्द है, जिसका शाब्दिक अर्थ है "जीवन" और इसका उपयोग आमतौर पर ग्रीटिंग के रूप में किया जाता है, जिसका अर्थ है "हैलो"। पूर्ण वाक्यांश में कहते है "नी-सा बुला विनाका" अर्थात् मैं आपकी खुशी और अच्छे स्वास्थ्य की कामना करता हूँ।

फीजियन भाषा के कुछ शब्द देखिए-

फीजियन	हिंदी	फीजियन	हिंदी
मरामा	स्त्री	तोकाना	बड़ा भाई
तुरांगा	आदमी	तादोना	छोटा भाई
तेनाना	माँव	तीना	पत्नी
तमाना	बाप	वाई	पानी
लेवा	लड़की	कलौ	ईश्वर

भले ही 1997 के संविधान ने माना कि फीजी एक बहुभाषी राज्य है और परिस्थिति, प्रयोग और कार्य के संदर्भ में मुख्य भाषाएँ

(फीजियन, हिंदी और अंग्रेजी) समान है किंतु, वास्तविकता यह है कि अंग्रेजी सदैव से आधिकारिक भाषा के रूप में प्रतिष्ठित रही। इसीलिए पिछली सरकारों द्वारा फीजियन भाषा के संरक्षण और प्रचार-प्रसार के मुद्दों पर काफी बहस हुई। उदाहरण के लिए, 2005 में राष्ट्रीय भाषा बहस के दौरान तत्कालीन शिक्षा मंत्री, तौफा वाकाताले ने कहा कि "यदि देश में भारतीयों ने अपनी भाषा खो दी, तो भारत में ऐसे लोगों का एक पूरा महाद्वीप है, जिनके पास अभी भी यह भाषा है"। ...पूरी दुनिया में केवल 330,000 ऐसे लोग हैं जो कि फीजियन में कैसे बोलना है जानते हैं और अगर यह भाषा खो जाती है, तो कहीं से भी इसे पुनर्जीवित नहीं किया जा सकता है, इसीलिए फीजियन जाना चाहिए और सभी प्राथमिक स्कूलों में संवादी कार्यक्रम लागू किए जाए"। यह फीजी गणराज्य के संविधान की धारा 31 (3) को पूरा करता है जिसमें कहा गया है कि "सभी प्राथमिक स्कूलों में संवादी और समकालीन ई-तऊकइ और फीजी हिंदी भाषाओं को अनिवार्य विषय के रूप में पढ़ाया जाना चाहिए भाषा को संरक्षित करना महत्वपूर्ण है।" इस विषय को गम्भीरता से लिया गया और भाषा के स्तर को ऊपर उठाने के लिए सभी प्रायमरी स्कूलों में ई-तऊकई (फीजियन) के साथ-साथ हिंदी भाषा की भी पढ़ाई अनिवार्य की गई। इस तरह वर्ष 2014 में जारी एक प्रेस विज्ञप्ति में, फीजियन सरकार ने निर्देश दिया कि "दो वर्नाक्यूलर को अनिवार्य विषयों के रूप में पढ़ाया जाए" (फीजी गणराज्य का संविधान 2013)।

फीजी के मूल निवासी ई-तउकइ फीजियन हैं और उनकी भाषा 'ना वोसा वाका-वीती' है। फीजियन (ना वोसा वाका-वीती) का प्रभाव फीजी हिंदी भाषा में परिलक्षित है। साहित्यकार अपनी रचनाओं में यह बतलाने का प्रयास करते हैं कि समयानुसार प्रवासी भारतीयों का फीजी के आदिवासी फीजियन लोगों के साथ संपर्क स्थापित होना स्वाभाविक था। वे एक-दूसरे से घुलने-मिलने लगे थे जिसकी वजह से भारतीय लोग फीजियन और फीजियन लोग हिन्दी सीखने लगे।

नीचे दिए गए उदाहरणों में यह बात स्पष्ट देखी जा सकती है कि दैनिक व्यवहार की भाषा में प्रवासी भारतीय फीजियन मिश्रित हिन्दी का

प्रयोग करते हैं। फीजियन मिश्रित हिन्दी का उदाहरण देखिए-"ईह खेत हमार बैथो। लीस खलास। तुम नहीं सको ईह जमीन कमाओ अब।" (धरती मेरी माता, पृष्ठ 39) फीजी हिंदी भाषा में कई फीजियन शब्द सहजता से घुल-मिल गए हैं। जैसे-

कोरो (गाँव), यंगोना (पेय पदार्थ), डालो, कुमाला, कसेरा, (जड़ वाली फसलें), विनाका (धन्यवाद), सुल्लू-ई-रा (लुंगी), लूवेंगोयालेवा (बेटी), मातांगाली (जमीनदार), तम्बुआ (फीजियन लोगों के लिए अनमोल वस्तु, यह व्हेल मछली का दाँत), तिबोरो (भूत), बेलो (बिना दिवार के फूस का घर), मारामा (औरत), सूलू चांम्बा(औरतों का पोशाक), केरेकेरे (माँगना), बुलांगी(मेहमान), चिमोनी (भूत) आदि।

फीजियन मिश्रित हिंदी के वाक्य उदाहरण देखिए-

नानीसे के घरे कोई बुलांगी (मेहमान) आइस, वही से नई देखानी। हमेसा कोई न कोई आवा करे केरेकेरे (चीज माँगना) करें। (फीजी माँ, पृष्ठ 50)

अच्छा बइनी, पिर मिलेक ओई। तोड़ा बरेट लेई, बउत बुलांगी आज।(फीजी माँ, पृष्ठ 30)

"नी-सा मोधे (नमस्ते) कहकर नन्दू हाथ छुड़ाकर अपने घर की ओर चला गया।" (सात समुद्र पार, पृष्ठ 136)

अमार मारामा (औरत) माँगो बउत इंदी फिल्म देको। (अलिपाते अपने पत्नी के विषय में फीजीलाल से बतलाता कि उसे हिंदी फिल्म देखना पसन्द है। (डउका पुरान, पृष्ठ 230)

फीजी के हिंदी कथा साहित्य में फीजियन पात्रों के नाम भी शामिल हैं जैसे: मनासा, इमोसी, अरियता, तोरानासा, जोरोताकी, नालोतो, वानी, नानीसे, मीका, मेली आदि है। फीजी एक बहुजातीय और बहुसांस्कृतिक देश है जहाँ फीजियन और हिन्दुस्तानी प्रमुख जातियाँ हैं। इसलिए इन दोनों जातियों की भाषाओं का प्रभाव एक दूसरे पर पड़ना स्वाभाविक है।

फीजी हिंदी

गिरमिटिया देश जैसे मॉरीशस, सूरीनाम, फीजी, त्रिनिदाद, गुयाना आदि ने हिंदी भाषा को अपनी अस्मिता के साथ जोड़ रखा है। उन्नीसवीं शताब्दी में भारत से बिछड़े गिरमिटिया मजदूरों ने अपना देश तो त्यागा परन्तु अपनी भाषिक परंपरा और सांस्कृतिक संपत्ति को कठिन काल में भी कायम रखा। वे बहुत कम संपत्ति साथ लाए थे मगर अपनी मातृभाषा की धरोवर उनकी अभौतिक संपत्ति का हिस्सा जरूर रही है। इस प्रकार उनकी प्रांत की भाषाएँ जैसे अवधी, भोजपुरी, ब्रज, तमिल, तेलुगु, मलायम, पंजाबी, आदि भाषाएँ व बोलियाँ फीजी पहुँची। इनमें से अधिकांश मजदूर हिंदी बोलते थे, कुछ लोग लिखते-पढ़ते भी रहे इसलिए सामाजिक विविधताओं से ऊपर उठकर हिंदी ही इन प्रवासी भारतीयों को एक सूत्र में बाँधने वाली संपर्क भाषा बनी और आज यह साहित्यिक भाषा का रूप ले चुकी है।

दक्षिण अफ्रीका के भूतपूर्व राष्ट्रपति नेल्सन मंडेला का मानना हैं कि अगर आप किसी से उस भाषा में बात करते हैं जिसे वो समझ सकता है तो वह भाषा उसके दिमाग तक जाएगी लेकिन अगर आप किसी से उसकी अपनी भाषा में बात करते हैं तो वह बात उसके दिल तक जाएगी। उसी तरह 'फीजी हिंदी' फीजी के भारतीयों की मातृभाषा है जो उनके दिल के बेहद करीब है। सुब्रमनी के डउका पुरान और फीजी माँः हजारों की माँ ने फीजी हिंदी को साहित्यिक भाषा के रूप में महत्वता दिलाई है। फीजी के विभिन्न गाँवों व शहरों में दैनिक व्यवहार के लिए जिस प्रकार की हिंदी काम में लाई जाती है, उसका प्रयोग फीजी हिंदी लेखन में देख सकते हैं।

हालांकि फीजी हिंदी में लेखन की नींव बहुत पहले पड़ चुकी थी जिसका आरम्भ कुमकुम बा के पंडित बाबुराम ने 100 पृष्ठों की छोटी-सी व्यंग्यात्मक पुस्तक से हुआ। उसके बाद महाबीर मित्र की कविता की पुस्तकें, रामनारायण गोबिंद और रामकुमारी की लोक गीतों की पुस्तकें आई। कुछ वर्ष पहले ठाकुर रणजीत सिंह ने शांति दूत के लिए फीजी हिंदी में लेख लिखें। इन रचनाओं द्वारा पाठकगण फीजी की

मिट्टी की सुगंध, यहाँ का प्राकृतिक परिवेश, सामाजिक जीवन के साथ-साथ फीजी बात का मधुर आनंद उठा सकेंगे।

गिरमिट काल के दौरान फीजी ब्रिटिश सरकार के आधीन थी और उपनिवेशक प्रभाव के कारण हिंदी की उपभाषाओं और बोलियों में अंग्रेजी, फीजियन और देशज शब्दों का मिश्रण हुआ। जिसके फलस्वरूप हिंदी की साज-सज्जा तो बदली किंतु इसने अपनी भाषिक संस्कार को सुरक्षित रखा। इसकी प्रकृति और स्वरूप में परिवर्तन आया और यहाँ 'फीजी हिंदी' भाषा की उत्पत्ति हुई। इसे 'फीजी बात' भी कहते हैं। यह फीजी की आधिकारिक भाषाओं में से एक है। भारतीय मूल के लोगों के अलावा यह भाषा आदिवासी फीजियन निवासियों द्वारा भी बोली जाती है। किंतु, शुद्ध हिंदी की तुलना में लोग फीजी हिन्दी को निम्न कोटी की भाषा मानते हैं।

भारत से हजारों मील दूर होते हुए भी हिंदी संसद की मान्यता प्राप्त भाषाओं में से एक है। फीजी हिंदी यहाँ की बोल-चाल की भाषा बनी और जात-पात, धर्म, वर्ग के भेद-भाव मिटाती हुई एकता और प्रेम के सूत्र में गिरमिटियों को बाँधती गई। फीजी हिंदी मुख्य रूप से अवधी और हिन्दी की अन्य बोलियों से व्युत्पन्न भाषा है, इसमें अन्य भारतीय भाषाओं का समावेश है। यह भाषा न तो पूर्णतः अवधी है और न ही भोजपुरी। यह हिंदी फीजी में विकसित एक नई भाषिक शैली है जिसकी संरचना तो सामान्यतः अवधी की है, भोजपुरी का उस पर प्रभाव है तथा अंग्रेजी और फीजियन के तत्सम और तद्‌भव दोनों के शब्दों का सहज समावेश है। इसमें फीजियन और अंग्रेजी भाषा से बड़ी संख्या में शब्द उधार लिए गए हैं।

फीजी हिंदी में बड़ी संख्या में ऐसे अनूठे शब्द भी हैं, जो फीजी में बसे प्रवासी भारतीयों को नए माहौल में ढलने के लिए जरूरी थे। भारतीयों ने मुख-सुख और सुविधा के लिए कुछ अंग्रेजी शब्दों का हिंदीकरण किया तथा कुछ अंग्रेजी शब्दों का ज्यो का त्यो प्रयोग किया जैसे जों-तास, cane-top-कनटॉप, crowbar-कुरबाल, sardaar-सरदारवा, agreement-गिरमिट, आदि। उदाहरण के लिए 'आप क्या कर रहे हैं?' को फीजी हिंदी में कहा जाएगा 'तुम कौनची करता'?

'फीजी हिंदी' पर कई विदेशी विद्वानों ने महत्वपूर्ण पुस्तकें लिखी हैं जिनमें रोडने मोग का 'फीजी हिंदी' नामक एक महत्वपूर्ण परिचयात्मक पुस्तक है। फीजी हिंदी भाषा के साथ अक्सर यह संदेह रहा है कि वह एक अपूर्ण टूटी-फूटी, व्याकरणहीन भाषा है, और इसका प्रयोग सिर्फ बोल-चाल के लिए ही उपयुक्त है। इसलिए स्कूलों और लेखन में मानक हिंदी को ही महत्व दिया गया। पाठशालाओं में बच्चों को हिंदी की शिक्षा खड़ी बोली हिंदी में उपलब्ध कराई जाती है पर घर, खेत, बाजार, खेल-कूद के मैदान, आदि अनौपचारिक स्थलों पर फीजी हिंदी का सरल सुबोध प्रयोग होता आ रहा है।

सुब्रमनी की बृहत औपन्यासिक कृति डउका पुरान फीजी हिन्दी साहित्य की एक ऐतिहासिक तथा महत्वपूर्ण उपलब्धि है जिसका प्रकाशन स्टार पब्लिकेशन, नई दिल्ली द्वारा सन् 2001 में हुआ। मानक हिंदी की तुलना में सुब्रमनी फीजी हिंदी भाषा में अपनी भाव-व्यंजनाओं को अच्छी तरह से अभिव्यक्त कर पाते हैं। इक्कीसवीं शताब्दी में फीजी हिंदी साहित्य की एक नई लहर उठी जिसके फलस्वरूप भारतीय मूल के अंग्रेजी प्रोफेसर तथा प्रतिष्ठित साहित्यकारों ने भी अंग्रेजी भाषा के मोह को छोड़कर हिंदी में साहित्यिक कृतियाँ लिखनी प्रारंभ कीं। चूँकि यह हिंदी उनकी अपनी थी, सहज थी जिसे सारा देश समझता था, उस हिंदी पर उनका अच्छा अधिकार था इसलिए फीजी हिंदी में साहित्य सृजन कर उन्होंने विश्वव्यापी ख्याति अर्जित की और भारत ने भी औपचारिक रूप से उनकी हिंदी में लिखित कृति को पुरस्कृत कर इस नई शैली की हिंदी को मान्यता प्रदान की है।

आज फीजी में हिंदी लेखक फीजी हिंदी में साहित्यिक रचनाएँ लिख रहे हैं जिनमें सुब्रमनी, रेमण्ड पिल्लई, ब्रिज विलास लाल, प्रवीण चंद्रा आदि को साहित्यिक गौरव भी प्रदान किया गया है। मातृभाषा के इसी प्रेम के फलस्वरूप फीजी हिंदी की साहित्यिक कृतियों का सृजन भी हुआ है, जिनमें रैमंड पिल्लै का अधूरा सपना और सुब्रमनी का 'डउका पुराण' एवं 'फीजी माँ' प्रमुख हैं। सन् 1926 से ही भारतीय बच्चों के लिए औपचारिक शिक्षा की शुरुआत के साथ फीजी हिंदी के बजाय मानक हिंदी का अधिक समर्थन होने लगा। हालांकि, फीजी हिंदी

बहुसंख्यक भारतीय मूल के फीजियनों की मूल भाषा के रूप स्थापित भाषा है किंतु, शिक्षा प्रणाली में फीजी हिंदी के उपयोग को अस्वीकारा गया। लेकिन 2013 के संविधान के बाद से, फीजियन कक्षाओं में फीजी हिंदी के उपयोग के दायरे का विस्तार हुआ है। तथा राष्ट्रीय एकता को बढ़वा देने के लिए फीजी के शिक्षा मंत्रालय ने गैर भारतीय छात्रों को वार्तालापीय फीजी हिंदी सिखाने के लिए एक उल्लेखनीय पहल की है। फीजी सरकार ऑनलाइन पोर्टल के अनुसार, भूतपूर्व माननीय शिक्षा मंत्री, फिलिप बोले ने 22 जनवरी 2014 को घोषणा की थी कि सभी प्राथमिक विद्यालयों में वार्तालापीय भाषा कार्यक्रम के तहत वोसा वाकाविती और फीजी हिंदी पढ़ाई जाए। यह घोषणा फीजी गणराज्य के संविधान की धारा 31 (3) को पूरा करती है जो एक ऐसे भविष्य की कल्पना करती है जहाँ छात्र एक दूसरे की भाषाओं को बहुसांस्कृतिक परिवेश में समझते और बोलते हो। हालांकि, हिंदी भाषी समुदाय में कुछ ऐसे समूह हैं जो शिक्षा प्रणाली में फीजी हिंदी पढ़ाने के विरूद्ध हैं, वे मानक हिंदी की तुलना में फीजी हिंदी को एक भ्रष्ट और अपूर्ण भाषा मानते हैं।

फीजी हिंदी शब्दावली

फीजी हिंदी मुख्य रूप से अवधी, भोजपुरी और हिन्दी की अन्य बोलियों से व्युत्पन्न भाषा है, जिसमें अन्य भारतीय भाषाओं के अलावा फीजियन और अंग्रेजी भाषा से बड़ी संख्या में शब्द उधार लिए गए हैं। सन् 1879 और 1916 के बीच, भारत में तत्कालीन ब्रिटिश औपनिवेशिक सरकार द्वारा लगभग साठ हजार भारतीयों को गन्ने, नारियल और कपास के बागानों में काम करने के लिए फीजी द्वीप समूह लाया गया था। चूँकि ये भारतीय विविध भारतीय क्षेत्रों से थे इसलिए उन्हें संवाद करने के लिए एक संपर्क भाषा की आवश्यकता पड़ी। उन दिनों फीजी पर ब्रिटिश सरकार का राज था और उपनिवेशक प्रभाव के कारण यहाँ हिंदी की विभिन्न उपभाषाओं और बोलियों में अंग्रेजी, फीजियन देशज शब्दों का मिश्रण हुआ। इसमें बड़ी संख्या में ऐसे अनूठे शब्द हैं, जो गिरमिट काल के दौरान कृषि जीवन और नए माहौल में ढलने के लिए जरूरी

थे।

सुब्रमनी की औपन्यासिक कृतियाँ फीजी माँ और डउका पुरान में मुख्यता फीजी के लम्बासा जिले में प्रयुक्त होने वाली फीजी हिंदी की लोकगंध मिलती है। सुब्रमनी ने इन औपन्यासिक कृतियों में फीजी हिंदी के ऐसे अनूठे शब्दों को संग्रहित किया है जो आधुनिक भाषाओं के मोह में लुप्त हो रहे थे जैसे 'मनहई', 'छीछर लेदर', 'बजर भट्टू', 'टिर्राई', 'नारियल के बूलू', 'टिबोली', 'झाप', 'निपोरिस', 'ठिनकही', 'गोदना', 'झाप','बकेड़ा', 'दाबे', 'झाप', 'आवा-गावा', आदि फीजी हिंदी शब्दों का पुरालेख है। इसके अतिरिक्त इसमें फीजियन भाषा के बहुत से शब्द उधार लिए गए हैं जैसे-बकेड़ा (केकड़ा), लोलो (नारियल दूध), वनुवा (गाँव), तबाले (साला), मातंगाली (सामंत), तईतई (खेत) आदि। सुब्रमनी ने अपने उपन्यासों में फीजी हिंदी के अश्लील शब्दों को भी अंकित किया है जैसे: चुतर, दोगला, उठल्लू, चिन्हार, बजाडू, पतुरिया आदि।

फीजी माँ उपन्यास में सुब्रमनी ने देवी पूजा, भूमि पूजा, लोक गीत, बकड़ी पूजन, पियरी झाड़ना, अंधविश्वास, खान-पान की चीजे, शादी बियाह आदि को उपन्यास की कथा में समाहित किया है। उदाहरण के लिए 'सतुवा' एक प्रकार का मिष्ठान है जो फीजी के लम्बासा ग्रामीण क्षेत्र में प्रचलित था पर वर्तमान पीढ़ी इस के बारे में बहुत कम जानती हैं और आज के अधिकांश युवा वर्ग ने इस मिष्ठान को चखा तक नहीं है। फीजी माँ में नायिका बेद मती अपनी माँ से 'सतुवा' के विषय में पूछती है-

"मइया थरिया में रकम रकम के दाल निकारे रही सबेरे पीसे के खातिर: उर्दी, मटर, तूर, मकई। माँ, सतुवा कइसे बने?...रोज देखत हिव, पता नइं तोके? काहे सिखियो, तोके कहाँ चक्की चलाय के है। पता नइं का करियो आगे चल के।...

सात रंग के दाल से बने सतुवा।"

जब बेद मती की बहन बिंदा बीमार पड़ती है तब माँ एक साधू (महादेव) से पियरी उतारने को कहती हैं। पियरी उतारने का वर्णन लेखक ने इन शब्दों में दिया है:

"चूना मंगाइस, पूजा वला थाली में दूब गिरास अउर पियाली में पानी। महादेव चूना राउन से पूजा वला थाली में डारिस, उप्पर से पानी छोड़िस। दूब गिरास के मोटा से गुहिस। बिंदा के ठीक से सामने बैठारिस, बताइस थाली में देखो। महादेव मंतर पढ़े के सुरू करिस अउर दूब गिरास थाली के राउन घुमाय लगा। ...महादेव मइया के थाली के तरफ इसारा करिस। हम लोग सब कोई थाली देखे लगा। थाली में चूना पियर होई लगा। मइया बिंदा के आँखी हाथ से खोल के देखिस। 'सच्चे महादेव आँखी बहुते फरका लगे'।"

इस प्रकार फीजी हिंदी साहित्य प्रवासी भारतीयों की भाषा, रीति-रिवाज, उनके आचार-विचार, आशा-आकांशाओं और उनके उत्थान एवं पतन का आख्यान है।

इसके अतिरिक्त कंवल ने भी मानक हिंदी के उपन्यासों में पात्रानुकूल फीजी हिंदी संवादों का प्रयोग किया है। जैसे 'सवेरा' का प्रेम सिंह बीस साल से फीजी में रह रहा है और इस कारण वह मानक हिंदी के बजाय फीजी हिंदी में बातें करता है, "आओ महाजनों, कौनची है?. .तुमार बप्पा के नाम कौनची है? ...तुम कैसे जान गवा कि हम फीजी में रहित है।" इस में भाषा का अत्यन्त स्वाभाविक रूप उभर कर सामने आता है। तथा 'करवट' का माधो भी लोक भाषा में गीत गाकर अपने दोस्तों का मनोरंजन करता है।

"सब दुखन की खान कम्पनी की कोठारिया
याही में खाना, याही में सोना
याही में बहत पनरिया
तास कड़। सरदरवा देवे
सर पै हनत कुदरिया
मुड़ फटत है, देह दुखत है
टूटी जात कमारिया"

उपर्युक्त लोक गीत सी.एस.आर कंपनी द्वारा गिरमिटिया श्रमिकों पर किए गए अत्याचारों को दर्शाता है जिसे प्रवासी भारतीय मजदूर आपस

में अपना दुख-दर्द बाँटने के लिए गाते थे। वहीं 'सात समुद्र पार' की नायिका निर्मला की सास और जेठानी, फीजी में जन्मे और पले-बढ़े, इसलिए वे भी एक दूसरे से अपनी मातृभाषा फीजी हिंदी में बातें करते हैं। 'सात समुद्र पार' से फीजी हिंदी भाषा का उदाहरण दृष्टिगोचर है: "ईह कैसन भासा बोले तुम। कौन ची भईस गोपाल के?" (तुम कौन-सी भाषा बोल रही हो। गोपाल को क्या हुआ।) "गोपाल के मूड़ पिराए (गोपाल के सिर में दर्द है) (सात समुद्र पार, पृष्ठ 76)।"

अत: भाषा कई समूहों के लिए पहचान और संस्कृति का महत्वपूर्ण आधार है तथा साहित्य की कला समाग्री है। अपनी रचनाओं द्वारा सुब्रमनी फीजी हिंदी भाषा संरक्षण हेतु प्रलेखन का मार्ग प्रशस्त करते हैं।

मानक हिंदी

फीजी में हिंदी भाषा के इतिहास को विवेकानन्द शर्मा तीन भागों में विभाजित करते हैं। उन्होंने प्रथम काल को उद्भव और गिरमिट काल की संज्ञा देते हुए, इसका समय 1879 से 1920 बतलाया है। इसके बाद हिंदी भाषा का विकास काल आता है, जिसका समय 1921 से 1970 निर्धारित किया गया है। इस काल में भारतीय शर्तबंदी प्रथा से आजादी पाते हैं और अपने भविष्य की ओर ध्यान देते हैं। विवेकानन्द शर्मा के शब्दों में "उन्हें लगा कि किसानी कर लेने से, कुछ अच्छे मकान और सम्पत्ति एकत्रित कर लेने से ही काम नहीं चलेगा, अपितु जीवन को संपन्नता प्रदान करने के लिए विद्या की आवश्यकता होगी।" इस विचार हेतु, श्री सनातन धर्म प्रतिनीधि सभा, आर्य समाज, संगम, गुजरात सोसइटी तथा अन्य सामाजिक संस्थाओं द्वारा स्कूलों की स्थापना की गई और अन्य विषयों के साथ-साथ हिंदी भाषा शिक्षण और अध्ययन पर बल दिया गया। शर्मा के अनुसार हिंदी भाषा के इतिहास का तीसरा खंड वर्तमान काल है जो 1971 से शुरू होता है। फीजी की स्वतंत्रता पश्चात, हिंदी भाषा संरक्षण, विकास और प्रचार-प्रसार के लिए इस काल में महत्वपूर्ण कदम उठाए गए जिसके फलस्वरूप आज फीजी में हिंदी सिर्फ ग्राम्य संस्कृति की भाषा नहीं रही अपितु शिक्षण, साहित्यिक, राजनीतिक, पत्रकारिता, धार्मिक, सामाजिक तथा सांस्कृतिक

स्थलों पर प्रतिष्ठित भाषा है।

सन् 1918 में लौतोका के गुरुकुल प्रायमरी स्कूल ने भारतीयों की शिक्षा का बीड़ा उठाया। यह हिंदी की शिक्षा प्रदान करने वाली पहली पाठशाला थी। मई 1920 में, साधु वशिष्ठ मुनि ने फीजी आकर नावुआ में एक घर में ही स्कूल स्थापित किया, जहाँ उन्होंने लगभग सौ बच्चों को मानक हिंदी सीखना शुरू किया। जब फीजी की सरकार द्वारा 1926 में दूसरे शिक्षा आयोग की नियुक्ति हुई तब प्राथमिक स्कूलों में हिंदी को शिक्षा का माध्यम बनाने के लिए की गई सिफारिश को 1929 में कुछ हद तक प्रभावी बनाया गया। फिर 1969 में एक और शिक्षा आयोग ने एक व्यापक रिपोर्ट तैयार की जिसमें प्राथमिक और माध्यमिक स्तर पर भाषा के अध्ययन को शामिल किया गया। इसमें सिफारिश की गई कि भारतीयों के लिए सभी प्राथमिक विद्यालयों में पहले तीन वर्षों के लिए मानक हिंदी ही शिक्षा का माध्यम हो, तथा प्राथमिक और माध्यमिक दोनों विद्यालयों में मानक हिंदी के निरंतर अध्ययन के लिए प्रावधान बना रहें। सन् 1970 में ब्रिटन से स्वतंत्रता के पश्चात, मानक हिंदी पाठ्यक्रम को और अधिक व्यवस्थित तरीके से आयोजित किया गया। प्राथमिक स्कूलों के लिए वैज्ञानिक पद्धतियों पर पढ़ाए जाने वाले पाठ के अनुकूल स्थानीय स्तरीय पाठ्य पुस्तकें भी मुद्रित किए गए।

फीजी में हिंदी के प्रचार-प्रसार में सबसे महत्वपूर्ण योगदान फीजी के शिक्षा मंत्रालय का है। भाषा के स्तर को उठाने के लिए सभी प्रायमरी स्कूलों में ई-तऊकइ (फीजियन) तथा हिंदी भाषा की पढ़ाई अनिवार्य की गई है। शिक्षा मंत्रालय हिंदी भाषा अध्ययन और शिक्षा के अलावा भाषण प्रतियोगिता, काव्य प्रस्तुति, रामायण सम्मलेन आदि कार्यक्रमों का आयोजन भी कर रही हैं तथा समाज में हिंदी के लिए सकारात्मक वातावरण स्थापित किया जा सकें। हिंदी भाषा पाठ्यक्रम का मूल उद्देश्य है कि वे भाषीय छात्रों को केंद्रित करते हुए, उन्हें हिंदी भाषा को सुरक्षित रखने, सांस्कृतिक प्रचार-प्रसार, साहित्य व संस्कृति संघटित करते हुए, उनके ज्ञान, कौशल और सकारात्मक भावों को विकसित कर सकें।

गिरमिटियों की अस्मिता का प्रतीक 'हिंदी' को लेकर आज कई

प्रश्न उठ रहे हैं क्योंकि वर्तमान पीढ़ी हिंदी को भौतिक दृष्टि से देख रही है और अपनी भाषिक परंपरा को कायम रखने में उत्साही नहीं हैं। सेकेंडरी स्कूलों और विश्वविद्यालयों में हिंदी पढ़ने वाले विद्यार्थियों की संख्या दिन-प्रति-दिन घटती जा रही है। जहाँ सेकेंडरी स्कूलों में एक समय पंद्रह से बीस बच्चे हिंदी की पढ़ाई करते थे वही अब एक-दो छात्र हिंदी की परंपरा को कायम रखने में रूचि ले रहें हैं।

सेकेंडरी स्कूलों में हिंदी पढ़ने वाले छात्रों की कमी का प्रभाव अब विश्वविद्यालयों में भी पड़ने लगा है। फीजी के तीनों विश्वविद्यालयों: 'युनिवेर्सिटी ऑफ द साउथ पॉसफिक', 'फीजी नेशनल युनिवेर्सिटी' तथा 'युनिवेर्सिटी ऑफ फीजी' में हिंदी भाषा, साहित्य और संस्कृति संबंधी प्रोग्राम उपलब्ध हैं। किन्तु, खेद का विषय यह है कि वहाँ भी हिंदी पढ़ने वाले विद्यार्थियों की संख्या कम हो रही है। सन् 2015 में युनिवर्सिटी ऑफ द साउथ पैसिफिक द्वारा घोषित की गई कि वें 2017 से हिंदी के प्रोग्राम नहीं उपलब्ध करेंगे। विद्यार्थियों की कम संख्या और प्रोग्राम चलाना अनार्थिक था इसलिए ऐसा कदम उठाया गया। इस निर्णय का घोर विरोध श्री सनातन धर्म प्रतिनिधि सभा, आर्य समाज संस्था, संगम, गुजरात सोसाइटी, अन्य सामाजिक संस्थायों और हिंदी प्रेमियों ने किया। यह खबर एक कड़वा सत्य था जिसने भारतीयों को हिंदी भाषा की स्थिति और भविष्य पर विचार करने के लिए मजबूर कर दिया। इस ठोस कदम के फलस्वरूप 2016 की शुरुआत में आर्य समाज प्रतिनीधि सभा, श्री सनातन प्रतिनिधि सभा ने अपने सभी स्कूलों में पुनः हिंदी की शिक्षा पर बल देते हुए उसे अनिवार्य कर दिया। तथा हिंदी को प्रोत्साहित करते हुए भारतीय हाई कमीशन ने युनिवर्सिटी ऑफ द साउथ पैसिफिक को हिंदी के प्रोग्राम जारी रखने के लिए आर्थिक सहयोग प्रदान किया।

फीजी में हिंदी को विकसित करने में धार्मिक सांस्कृतिक ग्रन्थ जैसे रामचरितमानस, हनुमान चालिसा और कबीरदास जैसे संतों की वाणी ने अहम भूमिका निभाई है। गिरमिट काल में पराजय और निराशा की चरम स्थितियों में साहस और सांत्वना देने के अलावा गोस्वामी तुलसीदास का रामचरितमानस फीजी में भाषा, धर्म, संस्कृति और सभ्यता की रक्षा करने वाला प्रहरी रहा है। भारतीय समाज में हर मंगलवार को नियमित रूप

से रामायण पाठ करने की परंपरा कई सालों से चली आ रही है। यहाँ 2000 से अधिक रामायण मंडलियाँ हैं जिनके माध्यम से रामकथा तथा पारंपरिक त्योहार जैसे होली, राम नवमी , महा-शिवरात्री, नवरात्री, दीपावली आदि को उत्साह के साथ मनाया जाता है।

फीजी में ऐसे कई प्रवासी भारतीय हैं जो हिंदी की सुरक्षा तथा सम्मान के लिए सजग हैं तथा हिंदी को भारतीय अस्मिता का प्रतीक मानते हैं। यही कारण है कि आज भी यहाँ हिंदी भाषा, साहित्य और भारतीय संस्कृति की ध्वजा लहरा रही है।

अंग्रेजी

फीजी की तीन आधिकारिक भाषाएँ हैं: अंग्रेजी, ई-तउकइ और हिंदुस्तानी। ई-तउकइ भाषा को पहली या दूसरी भाषा के रूप में मूल फीजियन निवासी बोलते हैं और भारतीय मूल के लोग हिंदी के स्थानीय संस्करण फीजी हिंदी बोलते हैं। लेकिन फीजी में व्यापक रूप से अंग्रेजी भाषा का उपयोग किया जाता है। अंग्रेजी यहाँ की प्रमुख आधिकारिक भाषा है तथा बहुजातीय समाज की संपर्क भाषा भी है।

यूरोपियन खोजकर्ताओं और व्यापारियों द्वारा अंग्रेजी का आगमन फीजी द्वीप पर हुआ। बाद में, ईसाई मिशनरियों द्वारा फीजी में अंग्रेजी की साक्षरता पर बल दिया गया ताकि यहाँ के लोग ईसाई ग्रंथ 'बाईबल' पढ़ सके और ईसाई धर्म का पालन कर सकें। सन् 1874 से फीजी ब्रिटिश सरकार के आधीन थी इसलिए सरकारी कार्यालयों की भाषा अंग्रेजी ही बनी रही तथा स्कूलों में शिक्षा का माध्यम अंग्रेजी ही रही। ब्रिटिश सरकार से स्वतंत्रता के पश्चात भी फीजी द्वीप में अंग्रेजी व्यापक रूप से बोली जाने वाली भाषा है। फीजी में रहने वाले लगभग सभी लोग अंग्रेजी समझते हैं और बहुत से लोग इसे पढ़ और लिख भी सकते हैं।

फीजी में अंग्रेजी साहित्य की पहली प्रकाशित रचनाओं में, 1960 के दशक के अंत और 1970 के दशक की शुरुआत में, रेमंड पिल्लई और सुब्रमनी की लघु कथाएँ और पियो मनोआ की कवितओं का उल्लेख मिलता है। सन् 1968 में, दक्षिण प्रशांत विश्वविद्यालय की

स्थापना, फीजी की राजधानी सुवा में हुई। साहित्य सृजन के लिए 'युनिवेर्सिटी ऑफ द साउथ पैसिफिक' ने फीजी में रचनात्मक लेखन पर पाठ्यक्रम और कार्यशालाएँ आयोजित की। फीजी के सुप्रसिद्ध लेखकों में सतेंद्र नंदन भी अग्रिम हैं। उनकी अंग्रेजी में कविताएँ, लघु कथाएँ और अर्ध-आत्मकथात्मक उपन्यास 'दॉ वाउंड सी' उल्लेखनीय हैं। तथा सुदेश मिश्रा अपने अंग्रेजी काव्य में हिंदी शब्दों का समावेश करने के लिए जाने जाते हैं। उनके काव्य संग्रहों में 'तांडव' और 'राहु' प्रमुख हैं। अन्य अंग्रेजी साहित्यकार है, लैरी थॉमस तथा जोसेफ वेरामो, जिनकी रचनाओं में उपन्यास 'मूविंग थ्रू दॉ स्ट्रीट्स' 1994, 'द शार्क' और 'ब्लैक मसीहा' शामिल हैं।

ब्रिटिश शासन के दिनों से फीजी वासियों के लिए अंग्रेजी एक महत्वपूर्ण भाषा रही है। यह विज्ञान, शिक्षा, कूटनीति, पर्यटन, मीडिया उद्योग और बहुभाषियों की संपर्क भाषा है। फीजी के बहुजातिए समाज में लोगों के बीच अंग्रेजी भाषा संपर्क और संवाद के लिए सेतु की भूमिका निभाती है।

फीजी में हिंदी साहित्य परंपरा

फीजी में हिंदी साहित्य की दो धाराएँ मिलती है: पहला, मानक हिंदी का साहित्य तथा दूसरा फीजी हिंदी का साहित्य। मानक हिंदी साहित्य सृजन में जोगिन्द्र सिंह कंवल, विवेकानंद शर्मा, कमला प्रसाद मिश्र, अमरजीत कौर का नाम उल्लेखनीय हैं। वहीं फीजी हिंदी साहित्य में सुब्रमनी की औपन्यासिक कृति डउका पुरान और फीजी माँ प्रमुख हैं। तथा रेमंड पिल्लई, सुब्रमनी और सतेंद्र नंदन को इंडो 'फीजी का सृजनात्मक हिंदी साहित्य' नामक पुस्तक में विमलेश कांति वर्मा फीजी के हिंदी साहित्यिक लेखन को तीन कालखंडों में विभाजित करते हैं। इस पुस्तक में उन्होंने फीजी द्वीप समूह के प्रतिष्ठित हिंदी लेखकों की चुनी हुई रचनाओं का प्रामाणित साहित्यिक संचयन किया है। पहला कालखंड सन् 1879 में भारत के गिरमिटिया मजदूरों के फीजी पहुँचने से सन् 1920 में गिरमिट प्रथा समाप्त होने तक, दूसरा कालखंड सन् 1921 से गिरमिट मजदूरों के फीजी में संघर्ष के सौ साल बाद तक,

तथा तीसरा कालखंड सन् 1980 के बाद का समय है, जब फीजी ने स्वतंत्र राष्ट्र का रूप धारण किया।

पहला काल खंड सन् 1879 से 1920

सन् 1879 से 1920 तक का कालखंड फीजी में रहने वाले भारतवंशियों के लिए अत्यंत चुनौतीपूर्ण रहा जिसे लोक साहित्य में दर्शाया गया है। हिंदी लेखन का प्रथम काल खंड मुख्य रूप से लोकगीतों एवं लोक कंठों में सुरक्षित दोहे-चौपाइयों का काल माना जा सकता है। गिरमिट काल में हिंदी साहित्य सृजन नाममात्र रहा पर इस दौरान अंग्रेजों ने अपने साहित्य में फीजी के बारे में लिखा। अपने साहित्य में उन्होंने यहाँ के आदिवासियों को जंगली और असभ्य कहा है किंतु यहाँ की स्त्री और वातावरण को रमणीय कहा है। वहीं दूसरी ओर जब वे अपने लेखन में गिरमिटिया भारतीय मजदूरों के विषय में लिखते हैं तो उन्हें वे अविश्वासी और जिद्दी बतलाते हैं। उस समय के लेखक और पाठक दोनों ही अंग्रेज थे और उनके दृष्टिकोण से जो उनकी अनुभूति, भावनाएँ और संवेदना थी वहीं इतिहास में रचा गया और विदेशों में इसी को ही सत्य समझा गया।

फीजी में इन विचारों को गलत साबित करने का श्रेय पं. तोताराम सनाढ्य को जाता है। सम्भवतः फीजी में यह सृजनात्मक गद्य की पहली कड़ी रही। फीजी में 21 वर्ष तक रहने के पश्चात 27 मार्च 1914 को तोताराम सनाढ्य फीजी से भारत के लिए रवाना हुए और वहीं आपने फीजीद्वीप में मेरे 21वर्ष नामक पुस्तक लिखी जो एक ऐतिहासिक दस्तावेज बन गई। यह पुस्तक कई भाषाओं में अनुदित भी हुई। तोताराम सनाढ्य द्वारा फीजी में बिताए लम्बे प्रवास को संस्मरण के रूप में पं. बनारसीदास चतुर्वेदी ने 1914 ई. फीजीद्वीप में मेरे 21वर्ष नाम से लिखकर प्रकाशित कराया। इस रचना में फीजी द्वीप के प्रवासी भारतीयों के अनुभव तथा दुख-दर्द को बहुत ही प्रभावशाली शैली में प्रस्तुत किया गया। जिससे यह कृति हिंदी जगत के बहुत से बुद्धिजीवियों, राजनेताओं तथा सामान्य जनता का ध्यान अपनी तरफ खींचने में सफल रहीं।

फीजी में हिंदी भाषा और साहित्य के इतिहास को विवेकानन्द शर्मा

भी तीन भागों में विभाजित करते हैं। उन्होंने प्रथम काल को उद्भव और गिरमिट काल की संज्ञा देते हुए, इसका समय 1879 से 1920 बतलाया है। इस काल में औपचारिक रूप से हिंदी शिक्षा की सुविधा उपलब्ध नहीं थी पर सृजनात्मक अभिव्यक्ति लोक साहित्य (कहानी, सोहर, लोकगीत, पहेलियों) के माध्यम से जीवित रही। इस समय की लोकगीतों का मुख्य विषय गिरमिट जीवन के कष्ट, निराशा, क्षोभ और ग्लानि रहें तथा पूरे गिरमिट काल में तुलसी की रामचरितमानस का पठन-गायन नियमित रूप से चलता रहा।

दूसरा काल खंड सन् 1921 से 1979

सन् 1920 में गिरमिटकाल समाप्त होने पर भारतवंशियों के मन में नवीन आशा और उत्साह का संचार हुआ तथा 1970 में फीजी ब्रिटिश शासन से मुक्त होकर एक स्वतंत्र राष्ट्र बन गया। फीजी में हिंदी शिक्षण के लिए पुस्तकों की आवश्यकता थी और इस समस्या के समाधान हेतु अमीचन्द्र विद्यालंकार (1900–1954) ने प्राथमिक विद्यालयों में हिंदी को पढ़ाने के लिए इस्तेमाल की जाने वाली पुस्तकों की एक श्रृंखला संकलित की। उन्होंने फीजी में हिंदी पाठ्यक्रम के लिए हिंदी की पोथी नामक पुस्तकों को लिखा और प्रकाशित किया जिससे भारतीय छात्रों को हिंदी सीखने में आसानी हो। हिंदी की पोथी को प्राथमिक विद्यालयों के विभिन्न स्तरों के छात्रों के लिए संकलित किया गया और फीजी में कई वर्षों तक इन पोथियों का उपयोग सफलतापूर्वक हुआ। काव्य लेखन में भी अमिचंद्र निपुण थे। उन्होंने बच्चों के लिए कविता संकलित की जो बाल गोविन्द एक और दो के नाम से प्रकाशित हुई। इन पुस्तकों के माध्यम से फीजी में हिन्दी भाषा की साक्षरता को आगे बढ़ी। ऐसा माना जाता है कि फीजी में गद्य सृजन बीसवीं सदी की ज्ञानीदास की तीन लघु पुस्तकों के प्रकाशन से प्रारंभ हुई। ये पुस्तकें भारतीय उपनिवेश फीजी, गुप्त शक्तियां, तथा फीजी गल्पिका थीं (वर्मा, 2016:14)।

पंडित गुरूदयाल शर्मा प्रवासी हिंदी पत्रकारिता में महत्वपूर्ण स्थान रखते हैं। शांति दूत दक्षिण प्रशान्त का एकमात्र साप्ताहिक हिंदी समाचार पत्र है जिसके पहले संपादक और संस्थापक पंडित गुरु दयाल शर्मा थे।

11 मई 1935 में शांति दूत के प्रकाशन का जिम्मा पंडित गुरूदयाल शर्मा ने अपने मजबूत कंधों पर उठाया और संपादक के कार्यभार को लगातर 48 वर्षों की लम्बी अवधि तक पूरी ईमान्दारी के साथ निभाई। वर्ष 2015 में शांति दूत की संपादिका नीलम कुमार को भोपाल में आयोजित दसवें विश्व हिन्दी सम्मेलन में शांति दूत के फीजी में 80 वर्ष के सफल प्रकाशन के लिए 'विश्व हिन्दी सम्मान' से सम्मानित किया गया है। शांति दूत ने दीर्घकाल तक भारतवंशियों को फीजी, भारत तथा विदेश के समाचारों से अवगत कराया है, समय-समय पर उनका मार्गदर्शन किया है, उनका नित-नवीन समाग्री से मनोरंजन किया है और नए कवियों और लेखकों को प्रोत्साहित किया है। वहीं दूसरी ओर फीजी के वासियों को एक मजबूत सेतू की भाँति सदा जोड़े रखा और अपनी भाषा और संस्कृति के प्रति उनके मन में सम्मान जागृत किया। किंतु, खेद की बात है कि अब फीजी में इसका प्रकाशन बंद हो गया है।

पं कमला प्रसाद मिश्र का जन्म 1913 में वाईरुकू रकिराकी में हुआ। सन् 1926 में 13 वर्ष की आयु में मिश्र अध्ययन हेतु वृंदावन, गुरुकुल, भारत आ गए। भारत में अध्ययन पश्चात 'आयुर्वेद शिरोमणी' की उपाधि पाने के बाद आप फीजी लौटे। भारत में शिक्षा प्राप्त करके जब 1937 में पंडितजी स्वदेश लौटे तो फीजी में हिंदी साहित्य का परिदृश्य अत्यंत धुंधला था। आपने फीजी में जागृति' और जय फीजी जैसे साप्ताहिक समाचार पत्रों के प्रकाशन व संपादन का कार्यभार सफलतापूर्वक संभाला। तथा जय फीजी के माध्यम से पंडितजी ने फीजी में हिंदी भाषा और साहित्य की ज्योति को निरंतर प्रज्वलित रखने में महत्त्वपूर्ण भूमिका निभाई है। इनकी काव्य रचनाएँ भारत की तत्कालीन श्रेष्ठ पत्रिकाओं में प्रकाशित हुई जिनमें सरस्वती, माधुरी, विशाल भारत आदि सम्मिलित हैं।

फीजी में व्यवस्थित रूप से उपन्यास लेखन का प्रारंभ जोगिन्द्र सिंह कंवल की औपन्यसिक रचनाओं द्वारा हुआ। उनकी औपन्यसिक कृतियाँ सवेरा (1976), धरती मेरी माता (1977), तथा करवट (1979) फीजी में हिंदी गद्य साहित्य की ऐतिहासिक कृतियाँ हैं जिनमें लेखक ने फीजी के प्रवासी भारतीयों की कठिनाइयों और उनकी महत्वाकांक्षाओं

को विविध अनुभावों के सहारे कथा-सूत्र में पिरोया है।

तीसरा काल खंड सन् 1980 के बाद

सन् 1980 के बाद का कालखंड़ फीजी के भारतवंशियों के लिए मिश्रित मवोभाव का समय रहा है। जहाँ एक ओर आर्थिक प्रगति पर बल दिया गया तो वहीं दूसरी ओर अपनी सांस्कृतिक धरोवर के संरक्षण पर जागृति लाई गई। इस दौरान राष्ट्रीय स्तर पर हिंदी को सरकारी मान्यता मिली, फीजी के सभी स्कूलों में हिंदी पढ़ाई जाने लगी तथा संसद में भी हिंदी को अधिकृत भाषा के रूप में स्वीकृति मिली।

विवेकानंद शर्मा ने हिंदी और हिंदू रीति-रिवाजों और संस्कृति पर बड़ी संख्या में पुस्तकें प्रकाशित कीं। वे फीजी के हिंदी महापरिषद के संस्थापक और अध्यक्ष थे, साथ ही साथ, महर्षि सनातन कॉलेज के संस्थापक और प्रधानाचार्य भी थे उनकी सबसे उल्लेखनीय पुस्तकें 'प्रशांत की लहरें (भाग 1 और 2') , 'हिन्दी व्याकरण' के साथ अभ्यास पुस्तक जिनका अध्ययन फीजी प्राथमिक स्कूलों में किया गया; अंजान क्षितिज की ओर; सनातन विश्व कोष खंड 1, (विश्वकोश: भारतीय संस्कृति); फीजी में सनातन धर्म का सौ साल (शोध); हिंदू संस्कार; पर्व और उत्सव; हमारे त्योहार; जब मनवाता कराह उठी; फीजी के प्रधान मंत्री (रातू मारा) और कई अन्य पुस्तकें सनातन पूजा पर लिखीं।

जोगिन्द्र सिंह कंवल फीजी के सर्वाधिक लब्धप्रतिष्ठ लेखक माने जाते हैं। पंजाबी और उर्दू भाषाओं का पूर्ण अधिकार होते हुए भी उन्होंने हिंदी में तीन काव्य संग्रह; यादों की खुश्बू, कुछ पत्ते कुछ पंखुड़ियाँ, दर्द अपने अपने, चार उपन्यास; सवेरा, धरती मेरी माता, करवट, सात समुद्र पार, एक कहानी संग्रह; हम लोग, आलोचनाएँ आदि विविध विधाओं में लिखकर अपनी बहुमुखी प्रतिभा का परिचय दिया है। उन्होंने हिंदी के साथ-साथ अंग्रेजी भाषा में भी रचनाएँ लिखी हैं। कंवल ने अंग्रेजी में भी साहित्य सृजन किया है जिनमें The Morning, The New Migrant ,A Love Story: 1920, A Hundred Years of Hindi in Fiji, Walking ,AnAnthology of Hindi Short Stories From Fiji सम्मिलित हैं।

21वीं शताब्दी में जैनेन प्रसाद की तीन कविता संग्रह प्रकाशित हुई; गुरुदक्षिणा: 2004, जानम-एक अहसास: 2005 और गुदगुदी: 2015। उन्होंने अपने गुरु विवेकानंद शर्मा से प्रोत्साहन पाकर लिखना शुरू किया। उनकी कविताओं में हास्य-व्यंग्य की धारा है। जैनन प्रसाद हिंदी लेखक संघ फीजी के अध्यक्ष भी हैं। वर्तमान लेखकों में उत्तरा गुरदयाल भी शामिल हैं। उनके दो कहानी संग्रह प्रकाशित हुए हैं, जिनमें महेक लघु उपन्यास गिरमिट काल की कहानियों पर आधारित है तथा फलसफा प्यार का, कहानी संग्रह है।

मानक हिंदी में साहित्य सृजन तो होता रहा किन्तु फीजी हिंदी साहित्य सृजन का सूर्योदय 21वीं शताब्दी के पहले दशक में सुब्रमनी की कृति डउका पुरान के प्रकाशन से आरंभ हुई। डउका पुरान फीजी हिन्दी साहित्य का प्रथम उपन्यास है जिसका प्रकाशन स्टार पब्लिकेशन, नई दिल्ली द्वारा सन् 2001 में हुआ। इसके बाद, सन् 2018 में गिरमिट दिवस समारोह के अवसर पर फीजी हिंदी की प्रथम कहानी संग्रह 'कोई किस्सा बताव' का लोकार्पण लौतोका शहर में हुआ। यह पुस्तक प्रवीण चंद्रा द्वारा संपादित तथा फीजी के वरिष्ठ साहित्यकार सुब्रमनी, सतेन्द्र नंदन, ब्रिज लाल, रामलखन प्रसाद, खेमेंद्रा कुमार, सरिता चंद, नरेश चंद, सुभाषिनी कुमार आदि लेखकों द्वारा फीजी हिंदी भाषा में रचित कहानियों का अनोखा संग्रह है। इन कहानियों में कथाकारों ने अपने पूर्वजों, माता-पिता, भाई बंधुओं के सुख-दुख को देखा और अपनी रचनाओं में उनके जीवन का यथार्थ दर्शाया है। 'कोई किस्सा बताव' कहानी संग्रह एक ऐसी कलाकृति है जिसमें फीजी के प्रवासी भारतीयों की जीवन शैली को कहानी की विधा में बाँधा गया है।

फीजी हिंदी में लिखित साहित्य और साहित्यकार

फीजी हिंदी भारतीयों द्वारा विकसित फीजी में हिंदी की नई भाषिक शैली है जो अवधी, भोजपुरी, फीजियन, अंग्रेजी आदि भाषाओं के मिश्रण से बनी है। विमलेश कांति वर्मा का यह विचार है कि "भाषा सुरक्षित और सबल तब होती है जब वह सृजनात्मक अभिव्यक्ति का माध्यम बनती है। लिखित अभिव्यक्ति के लिए भाषा पर अच्छा

अधिकार होना आवश्यक है। यह अधिकार सीखी हुई भाषा पर उतना कभी नहीं होता जितना अपनी मातृभाषा पर होता है।" फीजी के प्रवासी भारतीय मानक हिंदी की तुलना में, फीजी हिंदी भाषा में अपनी भाव-व्यंजनाओं को अच्छी तरह से अभिव्यक्त कर पाते हैं। इसीलिए भारतवंशी साहित्यकारों ने अंग्रेजी भाषा के मोह को छोड़कर हिंदी में साहित्यिक कृतियाँ लिखनी प्रारंभ कीं। मातृभाषा के इसी प्रेम के फलस्वरूप फीजी हिंदी की साहित्यिक कृतियों का सृजन हुआ है।

फीजी हिंदी में लिखित कुछ महत्वपूर्ण ग्रंथों की चर्चा इस प्रकार है:-

फीजी हिंदी–रॉडनी मोग

फीजी हिंदी पर कई विदेशी विद्वानों ने महत्वपूर्ण ग्रंथ लिखे हैं जिसमें रोडने मोग का 'फीजी हिंदी' एक महत्वपूर्ण परिचयात्मक ग्रंथ है। 'फीजी हिंदी' अमेरिकी भाषावैज्ञानिक रॉडनी मोग द्वारा लिखित पुस्तक है। इन्होंने फीजी में कई वर्ष रहकर, फीजी की भाषा और संस्कृति का अध्ययन कर, भाषावैज्ञानिक दृष्टि से इस ग्रंथ को लिखा है। प्रस्तुत पुस्तक फीजी हिंदी के भाषिक स्वरूप पर आधारित है। फीजी हिंदी भाषा के व्याकरणिक विवेचन के अतिरिक्त इसमें पाठकों के लिए व्याकरणिक अभ्यास भी दिए गए हैं। पुस्तक के आरंभ में लेखक की एक संक्षिप्त भूमिका है जिसमें वे लिखते हैं: "सन् 1879-1920 के मध्य गिरमिटियों के रूप में भारतीय भारत के विभिन्न क्षेत्रों से फीजी आए और अपनी-अपनी भाषाएँ बोलते थे किंतु कलांतर में सबके मिश्रण से बनी फीजी हिंदी जिसका प्रयोग सभी भारतीयों ने किया।" रॉडनी मोग द्वारा लिखी गई यह पुस्तक फीजी हिंदी का भाषा वैज्ञानिक दृष्टि से किया गया महत्वपूर्ण अध्ययन है।

सेय इट इन फीजी हिंदी (Say it in Fiji Hindi)–जेफ्फ सीगल

सन् 1977 में जेफ्फ सीगल ने से इट इन फीजी हिंदी नामक वार्तालाप पर आधारित पुस्तिका लिखी। इस 77 पृष्ठों की लघु वार्तालापी पुस्तिका का प्रकाशन पैसिफिक पब्लिकेशंस, सिडनी से हुआ था।

पुस्तिका के मुख्य पृष्ठ पर लिखा हुआ है कि यह फीजी की आधी से अधिक जनसंख्या की दैनिक व्यवहार के लिए उपयोगी पुस्तक है। भूमिका में लेखक कहते हैं कि फीजी हिंदी को बहुत से लोग मिश्रित भाषा कहते हैं, उसे टूटी-फूटी तथा अपभ्रंश भी कहते हैं किंतु यह अशुद्ध हिंदी न होकर भारत में बोली जाने वाली हिंदी की एक जीवंत बोली है जिसका अपना विशिष्ट व्याकरण है तथा फीजी के परिवेश के अनुकूल शब्द भंडार है।

डउका पुरान–सुब्रमनी

प्रोफेसर सुब्रमनी फीजी के प्रमुख गद्य लेखकों, निबंधकारों और आलोचकों में से एक हैं। डउका पुरान की भाषा ही इसकी सबसे बड़ी विशेषता है। इस उपन्यास के माध्यम से सुब्रमनी ने फीजी के भारतियों की भाषा, रीति-रिवाज, सोच-विचार, आकांशाएँ, उत्थान एवं पतन, मनोविनोद, खेती-बारी, परंपरा गत विश्वास तथा उनके भीतर अंकुर रूप में फूट रहे प्रवृतियों के अध्ययन द्वारा राजनीतिक, पारिवारिक विघटन, अंधविश्वास, जमीन की लीस आदि समस्याओं का बड़ा ही सटीक चित्रण किया है। डउका पुरान हिंदी के विस्तार का अनूठा प्रामाणिक दस्तावेज है। अपने रचना के माध्यम से उन्होंने फीजी हिंदी भाषा को लिपिबद्ध करते हुए, साहित्य जगत में इसे महत्वपूर्ण स्थान प्रदान किया है।

सुब्रमनी फीजी हिंदी को सृजनात्मक अभिव्यक्ति के लिए अधिक समर्थ समझते हैं इसीलिए उन्होंने अपना बृहत उपन्यास डउका पुरान फीजी हिदी में लिखकर विश्वव्यापी ख्याति अर्जित की। उनका दूसरा बृहद फीजी हिंदी उपन्यास फीजी माँ है, जो एक हजार से भी अधिक पृष्ठों का है।

अधूरा सपना-रेमंड पिल्लई

रेमंड पिल्लई फीजी के प्रसिद्ध और प्रमुख लेखकों में से एक हैं। उन्हें न केवल फीजी में ही बल्कि दक्षिण प्रशांत के साहित्यिक क्षेत्र में भी अग्रणी कलाकार माना जाता है। सन् 1980 में उन्होंने अपना पहला

अंग्रेजी लघु कहानी संग्रह द सेलिब्रेशन प्रकाशित की। उनकी कृति अधूरा सपना, फीजी हिंदी में लिखी प्रसिद्ध साहित्यिक कृति है। अधूरा सपना पर 2007 में विमल रेड्डी के निर्देशन में हिंदी फिल्म बनी और रेमंड पिल्लई ने पहली फीजी हिंदी फिल्म अधूरा सपना के लिए पटकथा लिखकर अपना नाम फीजी हिंदी साहित्य के इतिहास में दर्ज करा लिया। अधूरा सपना की कहानी एक मेहनती भारतीय गन्ना किसान के बारे में है, जिसकी पत्नी की इच्छा है कि वे सुखी जीवन के लिए विदेश जाकर बस जाए।

बृज वी. लाल के अनुसार, "रेमंड पिल्लई लघु कथा साहित्य के प्रमुख लेखक हैं, उन्होंने अपनी सहज शैली में भारतीय-फीजियन समुदाय के आंतरिक अनुभव को बड़े हास्यात्मक शैली और संवेदनशीलता के साथ कैप्चर किया है ... ये रेमंड पिल्लई जैसे लोग हैं जिन्होंने इस विचार को हमारे बीच रोप दिया कि हमारी दुनिया लिखने लायक है और अगर हमने ऐसा नहीं किया, तो कोई नहीं करेगा।"

फिल्म अधूरा सपना ने फीजी में बसे भारतीय प्रवासियों के संघर्ष को वैश्विक बनाने में महत्वपूर्ण योगदान दिया है। विस्थापित लोगों की सांस्कृतिक पहचान को नया आयाम देने में डायस्पोरिक सिनेमा महत्त्वपूर्ण भूमिका निभा रही है। आज डायस्पोरिक सिनेमा न केवल मनोरंजन का माध्यम है, बल्कि सामाजिक और सांस्कृतिक उत्पाद भी है।

कोई किस्सा बताव-प्रवीन चंद्रा

सन् 2018 में फीजी हिंदी का प्रथम कहानी संग्रह कोई किस्सा बताव का संपादन प्रवीण चंद्रा द्वारा किया गया। इस कहानी संग्रह में फीजी के वरिष्ठ साहित्यकारों; सुब्रमनी, सतेन्द्र नंदन, ब्रिज लाल, रामलखन प्रसाद, खेमेंद्रा कुमार, सरिता चंद, नरेश चंद, सुभाषिनी कुमार आदि लेखकों ने फीजी हिंदी भाषा में अपनी कृतियों को संकलित किया है। कोई किस्सा बताव कहानी संग्रह एक ऐसी कलाकृति है जिसमें फीजी के प्रवासी भारतीयों की जीवन शैली को कहानी की विधा में बाँधा गया है।

भूतपूर्व फीजी निवासी प्रवीण चंद्रा जो फिलहाल ब्रिसबेन, ओस्ट्रेलिया में निवास कर रहे हैं ने इस संग्रह का संपादन और संकलन किया है।

कोई किस्सा बताव कहानी संग्रह का प्रकाशन ऑस्ट्रेलिया के केरिन्डेल प्रकाशन और युनिवर्सिटी ऑफ द साउथ पैसिफिक द्वारा किया गया है। इस 191 पृष्ठों के संकलन में सोलह कहानियाँ, एक कविता और एक अप्रकाशित उपन्यास का अंश भी शामिल किया गया है। कोई किस्सा बताव कहानी संग्रह की कहानियों का विषय वैविध्यपूर्ण है। फीजी का प्राकृतिक सौदर्य, लोगों का दुख-दर्द, पारिवारिक विघटन, समाज में बिखराव, ठहराव, हताशा, लाचारी, हँसी-मजाक, जीवन के खट्टे-मीठे क्षणों आदि विविध विषयों को कहानी में स्थान दिया है।

फीजी माँ-सुब्रमनी

सुब्रमनी फीजी हिंदी को सृजनात्मक अभिव्यक्ति के लिए अधिक समर्थ समझते हैं इसका प्रमाण उनका बृहत उपन्यास 'फीजी माँः हजारों की माँ' है। सुब्रमनी का फीजी माँ अपनी तरह की एक अलग कृति है। सन् 2019 में इसका लोकार्पण द यूनिवर्सिटी ऑफ फीजी के 'ग्लोबल गिरमिट इंस्टिट्यूट' ने 'अंतरराष्ट्रीय गिरमिट कॉन्फ्रेंस' के दौरान किया। यह पुस्तक फीजी बात अर्थात् फीजी हिंदी में लिखी गई है, जो सुल्तानपुर और फैजाबाद के आसपास की बोले जाने वाली अवधी का ही विस्तारित स्वरूप है। यह बृहद औपन्यासिक कृति 1026 पृष्ठों की है जिसमें प्रोफेसर सुब्रमनी ने ऐसी जानकारियाँ दी हैं, जो पाठक को स्तब्ध करती हैं।

फीजी माँः हजारों की माँ में लेखक ने अपनी निजी यादों और जीवन काल की स्मृतियों को नायिका वेदमती के द्वारा अभिव्यक्त किया है। इस उपन्यास के संबंध में दानेश्वर शर्मा का विचार हैं कि "जैसे फीजी हिंदी को साहित्यिक सृजन की भाषा के रूप में मान्यता मिल रही है, तो वहीं सुब्रमनी द्वारा लिखित दूसरा उपन्यास फीजी माँ फीजी हिंदी की यात्रा में एक और मील का पत्थर साबित होता है।" दानेश्वर शर्मा के अनुसार उपन्यास के मूल तत्व में महिलाओं की मुक्ति, सबाल्टर्न (subaltern) इतिहास, मदर इंडिया का वैश्विक विस्तार, सुदूर द्वीपों का ग्रामीण जीवन, विदेशी भूमि में भारतीय संस्कृति और प्रवास का आघात शामिल हैं। उपन्यास की कथा वेदमती के बचपन से स्कूली शिक्षा, दांपत्य जीवन में ग्रामीण लम्बासा गाँव से शहरी विधवा, और उसकी

वृद्धावस्था का अनुसरण प्रस्तुत करती है। वृद्धावस्था में भिखारी वेदमती, सूवा शहर की व्यस्त सड़कों पर एक बैंक के द्वार पर बैठी अपनी जीवन स्मृतियों को याद करती है।

एक अनोखी कथा-प्रवीन चंद्रा

एक अनोखी कथा फीजी हिंदी उपन्यासिका है जिसका वर्ष 2023 में प्रवीन चंद्रा द्वारा प्रकाशन हुआ है। यह 184 पृष्ठों की संवाद शैली में प्रस्तुत रचना है। लेखक मूलतः लौटोका फीजी के निवासी हैं पर वर्तमान समय में ब्रिसबन आस्ट्रलिया में निवास कर रहे हैं। सुब्रमनी के फीजी हिंदी उपन्यास डउका पुरान से प्रोत्साहन पाकर उन्होंने फीजी हिंदी में लिखना आरंभ किया: "सुब्रमनी के अनुरोध पर मैंने फीजी हिंदी में लघु कथाओं की एक पुस्तक, कोई किस्सा बताव का संपादन और प्रकाशन किया। ..2022 में मैंने सुब्रमनी के बड़े प्रोत्साहन पर फीजी हिंदी में एक उपन्यास लिखने का फैसला किया"।

एक अनोखी कथा के मुख्य पात्र भास्कर प्रसाद और सरोजनी देवी हैं जो सालों बाद एक दिन वृद्ध अवस्था में आस्ट्रलिया में मिलते हैं। दोनों एक बार फिर अपने जीवन के बीतें पलों को जीते हैं और खट्टे-मीठे यादों को एक दूसरे के साथ साझा करते है। ऐसे कई बैठकों के बाद एक दूसरे के प्रति अपने बचपन के आकर्षण को जाहिर करते हैं। भास्कर अपने फीजी में बिताए अपने बचपन, युवा अवस्था, गृहस्थ जीवन और प्रवासी जिन्दगी की कई कथाएँ सरोज के साथ बाटता है और साथ ही जीवन की कसौठी पर खुद को तौलता जाता है कि क्या सही हुआ और कहाँ गलती हुई। "दूसर रोज हम अउर सुरेन जग के सीसा, बरस, टूथपेस्ट, टाउल अउर दाढ़ी बनाए वाला अउजार ले के नद्दी गया। लउट के आया तो फूस वाला घर में पिताजी के साथे नीचे बइठ के खाना खावा गए। हम पहिला दफे देखा कि सबेरे वाला खाना में कल रात वाला दाल भात भी परोसा गए अउर बाप बेटा के साथे हमहउ दाल भात खाया।" भास्कार अपने लम्बासा के मित्र के यहाँ बिताए दिनों का वर्णन करता है।

फीजी का सृजनात्मक हिंदी साहित्य प्रधानतः भारतीयों के फीजी

आगमन, उनके संघर्ष और विकास का दस्तावेज है। प्रवास में एक ओर व्यक्ति के मन में नई जगह जाने का उत्साह, चुनौती, नई आशाएँ और कामनाएँ हैं, तो वहीं दूसरी ओर विछोह की पीड़ा है, विस्थापन का कष्ट और भविष्य की आशंकाएँ हैं। स्वदेश और विदेश की भावनाओं में डूबता-उतरता मानव प्रवास का जीवन जीता है। इन्हीं संवेदनाओं को फीजी के रचनाकारों ने अपनी रचनाओं में दर्शाया हैं।

फीजी हिंदी का वैशिष्ट्य और प्रयोग

फीजी हिंदी फीजी के प्रवासी भारतीय मजदूरों की बोलियों और भाषाओं के मिश्रण से उत्पन्न भाषा है। यह प्रवासी भारतीय मजदूरों का एक दूसरे से संपर्क एवं व्यावहारिक संप्रेषण के रूप में विकसित भाषा है। जिसकी शुरूआत कलकत्ता के डिपो से, श्रमिक जहाजों और फीजी के खेतों में काम-काज के दौरान हुई और फिर देशकाल अनुरूप इसमें अंग्रेजी और फीजियन भाषा से शब्द उधार लिए गए हैं। गिरमिट प्रथा (1879-1920) के दौरान फीजी हिंदी का वास्तविक महत्व अलग-अलग भाषाई पृष्ठभूमि के भारतीयों के बीच संप्रेषण के लिए एक संपर्क भाषा के रूप में बना रहा। प्रवासी श्रमिक फीजी द्वीप समूह के अलग-अलग हिस्सों में रहने लगें। प्रवास के दौरान धीरे-धीरे उन्हें अपनी जाति व्यवस्था सहित रीति-रिवाजों, पदानुक्रम और आदतें जो विस्थापन के दौरान उपयुक्त नहीं थे, को त्यागना पड़ा। नए वातावरण से उभरी नई संस्कृति के अलावा, हिंदी की एक नई भाषिक शैली फीजी हिंदी उभरकर सामने आई। जिसका प्रयोग फीजी का भारतीय समुदाय अपनी मातृभाषा के रूप में करता चला आ रहा है।

'फीजी हिंदी' फीजी में बसे भारतीयों द्वारा विकसित हिंदी की नई भाषिक शैली है जो अवधी, भोजपुरी, फीजियन, अंग्रेजी आदि भाषाओं के मिश्रण से बनी है। फीजी के प्रवासी भारतीय मानक हिंदी की तुलना में, फीजी हिंदी भाषा में अपनी भाव-व्यंजनाओं को अच्छी तरह से अभिव्यक्त कर पाते हैं। फीजी में प्रवासी भारतीयों के लिए फीजी हिंदी रोजमर्रा की वार्तालापीय भाषा है। वस्तुतः फीजी हिंदी भाषा के साथ अक्सर यह संदेह रहा है कि वह एक अपूर्ण टूटी-फूटी, व्याकरण हीन

भाषा है, और इसका प्रयोग सिर्फ बोल-चाल के लिए ही उपयुक्त है। किंतु, मातृभाषा के प्रेम और फीजी हिंदी भाषा संरक्षण हेतु प्रवासी साहित्यकारों ने फीजी हिंदी की साहित्यिक कृतियों का सृजन किया, जिनमें सुब्रमनी का डउका पुराण और फीजा माँ प्रमुख हैं।

सन् 2020 में दैनिक समाचार पत्र फीजी सन द्वारा किए गए सर्वेक्षण से यह स्पष्ट हुआ कि फीजी के प्रवासी भारतीय फीजी हिंदी को अत्याधिक समर्थन देते हैं। भाषा विशेषज्ञ जैसे सुब्रमनी, बृज लाल, मोहित प्रसाद, सलेश कुमार, राजेन्द्र प्रसाद आदि भी फीजी हिंदी को समर्थन देते हैं। हालांकि, फीजी हिंदी और मानक हिंदी में कोई प्रतियोगिता नहीं है फिर भी फीजी में यह एक बहस का मुद्दा है। जहाँ फीजी हिंदी प्रवासी भारतीयों की पसंदीदा वार्तालापी भाषा है वहीं मानक हिंदी शिक्षा एवं धार्मिक प्रचार-प्रसार और संस्कृति की भाषा के रूप में प्रतिष्ठित है। फीजी हिंदी को लेकर वर्तमान बहस यह कि फीजी हिंदी का प्रयोग सार्वजनिक रूप से नहीं किया जाए। कुछ राजनेताओं, धार्मिक नेताओं और सोशल मीडिया टिप्पणीकारों का मत है कि पत्रकारिता के लिए फीजी हिंदी भाषा उपयुक्त नहीं है।

रेडियो पर फीजी हिंदी का उपयोग ऐतिहासिक और समाज शास्त्रीय वास्तविकता को दर्शाता है। इसके साथ ही यह भाषा के दृष्टिकोण से एक बहुत महत्वपूर्ण बदलाव भी दर्शाता है। वस्तुतः फीजी हिंदी को पारंपरिक रूप से निम्न कोटी की भाषा के रूप में दर्शाया गया है। वहीं मानक हिंदी प्रतिष्ठित भाषा के रूप में सभी कार्यों को पूरा करती आ रही है। फीजी में मानक हिंदी अभी भी संदर्भ की भाषा के रूप में कार्य करती है, लेकिन एक बहुसांस्कृतिक संदर्भ में सांस्कृतिक निर्माण और पहचान के रूप में अधिक महत्वपूर्ण है। जबकि फीजी हिंदी एक ऐतिहासिक तथ्य के रूप में स्थापित है और एक बहुभाषी समाज की गतिशीलता और व्यावहारिक भाषा है।

सलेश कुमार, युनिवर्सिटी ऑफ फीजी (सुवा कैंपस) में भाषाविज्ञान के प्राध्यापक तथा भूतपूर्व रेडियो फीजी पत्रकार व फीजी टीवी प्रस्तुतकर्ता रहे हैं, उनके अनुसार फीजी हिंदी की त्रासदी यह है कि इसे अपने ही जीवित माता-पिता द्वारा अनाथ बनाया जा रहा है। उनका मत

है कि फीजी हिंदी एक स्वाभाविक भाषा है लेकिन कुछ लोग मानक हिंदी को प्रतिष्ठित भाषा के रूप में स्थापित करने के लिए फीजी हिंदी का विरोध कर रहे हैं जिसके कारण युवा पीढ़ी हिंदी से दूर जा रही है।

निकहत शमीम भाषाविज्ञान विशेषज्ञ, फीजी हिंदी के उपयोग पर किए गए अपने शोध अध्ययन के खोज के आधार पर भारतीय समुदाय को सावधान करती है कि बच्चों द्वारा शहरी क्षेत्रों में फीजी हिंदी का उपयोग कम हो रहा है। शहरी स्कूलों में फीजी हिंदी की तुलना में बच्चे अंग्रेजी में उच्च दक्षता दिखाते हैं। वहीं ग्रामीण स्कूलों में, बच्चों ने फीजी हिंदी और अंग्रेजी में समान दक्षता दिखाई है। शोध अध्ययन में यह भी पाया गया कि प्राथमिक विद्यालयों में मानक हिंदी और उर्दू के अध्ययन में कमी हो रही है। बच्चे इसे उच्च स्तरों में लेने का विकल्प नहीं चुन रहे हैं क्योंकि यह एक 'कठिन' विषय है। इसलिए साहित्य सृजन और स्कूलों में फीजी हिंदी के उचित शिक्षण और संरक्षण की आवश्यकता है।

फीजी हिंदी भाषा के माध्यम से प्रवासी भारतीय अपनी विशिष्ट पहचान और संस्कृति को कायम रखने में सक्ष्म हैं।

संदर्भ ग्रंथ सूची

1. Worldometers. Fiji. Retrieved from https://www.worldometers.info/world-population/fiji-population/. Accessed 10fnlEcj 2023.
2. कंवल, जोगिंद्र सिंह.फीजी का काव्य साहित्य. भारतीय सांस्कृतिक संबंध परिषद. भूमिका, 2004.
3. कुमार, खमेन्द्र. "पिंजरा". फीजी हिंदी काव्य साहित्य, सुभाषिनीकुमार और मुकेश मिश्र (सं), 2019, पृ.47.
4. चतुर्वेदी, बनारसीदास. गद्य कोश-फीजी द्वीप में मेरे 21 वर्ष/भाग 1/तोताराम सनाढ्य 1972, http;//www.adyakosh.org/gk/ फीजीद्वीप में मेरे 21 वर्ष/भाग 1/ तोताराम, सनाढ्य Accessed 15 सितम्बर 2023.
4. कौर, अमरजीत. फीजी का हिंदी काव्य साहित्य, जोगिन्द्र सिंह कंवल (सं.), भारतीय सांस्कृतिक संबंध परिषद, 2004, पृ.10.
5. चतुर्वेदी, बनारसीदास. गद्य कोश- फीजी द्वीप में मेरे 21 वर्ष/ भाग 1/

तोताराम सनाढ्य 1972, http;//www.adyakosh.org/gk/ फीजीद्वीप में मेरे 21 वर्ष/ भाग 1/ तोताराम सनाढ्य Accessed 15 सितम्बर 2023.

6. लाल, ब्रिज. वी,. चलो जहाजी. ऑस्ट्रलियन नेशनल युनिवर्सिटी ई प्रेस, 2012,पृ. 27.

7. बर्टन, जय.डब्लू. The Fiji of To-Day. J W Burton , 1910, पृ. 75-106.

गिलियन, के. एल. A History of Indian Immigration and Settlement in Fiji. Australian National University ,1958.

8. कुमार, राकेश. "गिरमिट की दास्ताँ". शान्ति दूत. 10 मई, 2019. पृ. 11.

9. बनारसीदास चतुर्वेदी, 1972, गद्य कोश- फीजीद्वीप में मेरे 21 वर्ष / भाग 1 / तोताराम सनाढ्य

10. http;//www.adyakosh.org/gk/फीजीद्वीप में मेरे 21 वर्ष / भाग 1 / तोताराम, सनाढ्य, अहमद अली, vgen.FijiIndians-A Historical Perspective. Girmit- A Centenary Anthology 1879-1979. Ministry of Information ,Fiji ,1979, PP. 11.

11. गिलियन, के. एल. A History of Indian Immigration and Settlement in Fiji. Australian National University ,1958.

12. कंवल, जोगिन्द्र सिंह. फीजी में हिंदी के सौ वर्ष (1879-1979).फीजी टीचस यूनियन, फीजी, 1980, पृ.17.

13. बनारसीदास चतुर्वेदी, 1972, गद्य कोश- फीजीद्वीप में मेरे 21 वर्ष / भाग 1 / तोताराम सनाढ्य

14. ब्रिज. वी. लाल. फीजी यात्रा आधी रात से आगे. प्रवासी संसार. (अनुवादक- सत्य श्रीवास्तव), 2016, वर्ष 11,3. पृ. 84.

15. Fiji Constitution. Government of Republic of Fiji. Chapter 1-The State , Section 4.1- Languages , 1997.

16. फीजी सरकार ऑनलाइन पोर्टल.फीजियन गवर्नमेंट. कंपल्सरी टीचिंग ऑफ वर्नाकुलर इन स्चूल्स बैगिन्स

http:// www.fiji.gov.fj/Media-Center/Press-Releases/ COMPULSORY-TEACHINF-OF-VERNACULARS-IN -SCHOOLS-BEGI.aspñ ,2014.Accessed 1ekpZ 2020. Wikipedia , the free encyclopedia. 2005. National language

17. debate in Fiji. Retrieved from https://en.wikipedia.org/wiki/National_language_debate_in_Fiji
18. कंवल, जोगिन्द्र सिंह. फीजी में हिंदी के सौ वर्ष(1879-1979).फीजी टीचस यूनियन, फीजी, 1980, पृ. 31.
19. शर्मा, विवेकानंद. भाषा, साहित्य एवं संस्कृति उद्भव एवं विकास. अभिव्यक्ति .2006. Retrieved from http://www.abhivyakti-hindi.org/snibandh/2006/fiji-hindi/fiji-hindi1.htm Accessed 22tqykbZ 2018.
20. विजय नाईडू. Fiji Indian Culture in Fiji. Girmit- A Centenary Anthology 1879-1979.Ministry of Information ,Fiji ,1979 ,i`.31.
21. सुब्रमनी. डउका पुरान. स्टार पब्लिकेशन, नई दिल्ली, 2001. "Compulsory Teaching of Vernaculars in Schools. "फीजी सन (Fiji News). 22 जनवरी 2014. Retrieved from ://fijisun.com.fj/2014/01/22/compulsory-teaching-of-vernaculars-in-schools/ पृ.69-70
22. सुब्रमनी. फीजी माँ. युनिवर्सिटी ऑफ द सउथ पेसिफिक, फीजी,2018. पृ. 256.
23. सुब्रमनी. फीजी माँ. युनिवर्सिटी ऑफ द सउथ पेसिफिक, फीजी, 2018. पृ.494.
24. कंवल, जोगिन्द्र सिंह. सवेरा सिंह पब्लिशज, फीजी, 1976, पृ.89.
25. कंवल, जोगिन्द्र सिंह. सवेरा सिंह पब्लिशज, फीजी, 1976, पृ.89.
26. शर्मा, विवेकानंद . भाषा, साहित्य एवं संस्कृति उद्भव एवं विकास. अभिव्यक्ति, 2006. Retrieved from http://www.abhivyakti-hindi.org/snibandh/2006/fiji -hindi/fiji-hindi1.htm
27. कंवल, जोगिन्द्र सिंह. फीजी में हिंदी के सौ वर्ष(1879-1979).फीजी टीचस यूनियन, फीजी, 1980,पृ.100.
28. शिक्षा मंत्रालय, हेरिटेज एंड आर्टस. हिंदी भाषा पाठ्यक्रम. पाठ्यक्रम विकास विभाग.सूवा, फीजी,2015.
29. निशा, फरजाना.फीजी न्यूज फीजी ब्रोडकास्टिंग कमीशन (एफबीसी). 26नवम्बर 2015, Retrieved from http://www.fbc.com.fj/fiji/35082/

no-more-hindi-courses-to-be-offered-at-usp

30. कुमार, नीलम. कुछ करना तो जल्दी करें. शान्ति दूत,9-15फरवरी 2016, पृ. 4.
31. शर्मा, विवेकानंद.फीजी में हिंदी भाषा और उसका सरल इतिहास. हिंदीभाषा का परिचय. साउथ पैसिफिक विश्वविद्यालय, सूवा.1998, पृ. 18.
32. कंवल, जोगिन्द्र सिंह. अ हंड्रेड इयर्स ऑफ हिंदी इन फीजी 1879-1979. फीजी टीचर्स यूनियन, फीजी. 1980. पृ.16.
33. वर्मा,विमलेश कांति (संपादक). फीजी का सृजनात्मक हिंदी साहित्य. साहित्य अकादेमी. नई दिल्ली, 2012. पृ. 30.
34. बनारसीदास चतुर्वेदी, 1972, गद्य कोश- फीजीद्वीप में मेरे 21 वर्ष / भाग 1 / तोताराम सनाढ्य Retrieved From - adyakosh.org/हा/ फीजी द्वीप में मेरे 21 वर्ष/भाग 1/तोतारामसनाढ्य
35. वर्मा, विमलेश कांति, फीजी का सृजनात्मक हिंदी साहित्य.प्रवासी संसार- सं. राकेश पाण्डये. वर्ष11,अंक 3, 2016. पृ.14.
36. जोशी, अनिल. प्रवासी लेखन: नयी जमान, नया आसमान.वाणी प्रकाशन, नई दिल्ली, 2018, पृ.170.
37. कंवल, जोगिन्द्र सिंह.फीजी का हिंदी काव्य साहित्य. भारतीय सांस्कृतिक संबंध परिषद, 2004, पृ.10
38. वर्मा, विमलेश कांति, गिरमिटिया हिदी: संवर्धन और संरक्षण.गगनांचल. भारतीय सांस्कृतिक संबंध परिषद्, नई दिल्ली 2017 (जनवरी-अप्रैल), अंक 1-2, पृ. 8.
39. मोग, रॉडनी. Fiji Hindi: A basic course and reference grammar. Australian National University ,Canberra, 1977.
40. सीगल, जेफ्फ. सए इट इन फीजी हिंदी (Say it in Fiji Hindi). Pacific Publications (Aust) Pty Ltd. Sydney ,1977.
41. सुब्रमनी. डउका पुरान. स्टार पब्लिकेशन, नई दिल्ली, भूमिका, 2001.
42. मिश्रा, विजय. Literature of the Indian Diaspora: Theorizing the Diasporic Imaginary. New York: Routledge ,2007 ,i`.28.
43. चंद्रा, प्रवीण . कोई किस्सा बताव. सम्पादकीय. केरिनडेल प्रकाशन, ऑस्ट्रेलिया और यूनिवर्सिटी ऑफ दा साउथ पैसिफिक, 2018,पृ. 6.

44. शर्मा, दानेश्वर.Subramani's Fiji Maa : A Book of a Thousand Readings. December , 2008. Transnational. http://fhrc.flinders.edu.au/transnational/home.html

45. चंद्रा, प्रवीण. एक अनोखी कथा. केरिनडेल पब्लिशिंग, आस्ट्रलिया 2023. पृ. 57.

46. Delaibatiki ,Nemani. "Overwhelming Support For Fiji Hindi Over Hindi."Fiji Sun ,12 Feb 2020.

47. Delaibatiki ,Nemani. "Overwhelming Support For Fiji Hindi Over Hindi." Fiji Sun ,12 Feb 2020.

48. Delaibatiki ,Nemani. "Overwhelming Support For Fiji Hindi Over Hindi." Fiji Sun, 12 Feb 2020.

भाग दो
सुब्रमनी का व्यक्तित्व एवं कृतित्व

सुब्रमनी का व्यक्तित्व एवं कृतित्व

किसी भी लेखक के कृतित्व को सही ढंग से समझने के लिए उसके व्यक्तित्व की पहचान एक महत्त्वपूर्ण पहलू है जिसमें उसका बचपन, देशकाल, समाज, परिवार, विचार आदि का अध्ययन करना पड़ता है। आलोचकों का भी मत है कि किसी भी साहित्यकार के कृतित्व को जानने से पहले उसके व्यक्तिगत विवरण को जानना भी उतना ही जरूरी होता है जितना की नदी में उतरने से पहले उसकी गहराई को जानना।

साहित्यालोचक श्यामसुंदर दास भी इस विचार का समर्थन करते हुए कहते हैं कि साहित्य पर सबसे महत्वपूर्ण प्रभाव साहित्यकार के व्यक्तित्व का पड़ता है। अपनी पुस्तक 'साहित्यालोचन' में 'यामसुंदर दास लिखते हैं–"साहित्यकार जो कुछ लिखता है उस पर उसके अनुभव, विचारों और मनोभावों की अटल छाप रहती है।" अर्थात् यह कहा जा सकता है कि लेखक की रचनाओं का संबंध लेखक की मनोवृतियों और जीवन यात्रा के अनुभव से होता है। किंतु, फ्रांस के प्रमुख साहित्यालोचक, रौलेंड बार्थस का मत अलग है। उनका यह मानना है कि लेखक और उसकी रचना का अस्तिव अलग होता है। उन्होंने अपने निबंध द डेथ आॅफ द ऑथर (Death of theAuthor), अर्थात् लेखक की मृत्यु में यह सिद्ध किया कि आदर्श रचना वह है जिसके अर्थ की व्याख्या कई अलग-अलग दृष्टि से की जाए और इस व्याख्या का केंद्र लेखक नहीं, पाठक होना चाहिए। बार्थ्स ने इस निबंध में बतलाया है कि वे किसी पाठ की व्याख्या में लेखक के इरादों और जीवनी संबंधी संदर्भ को शामिल करने की पारंपरिक साहित्यिक

आलोचना प्रथा के खिलाफ हैं, और इसके बजाय यह तर्क दिया कि लेखन और निर्माता असंबंधित हैं।

यद्यापि साहित्य सृजन के लिए विषयवस्तु साहित्यकार समाज के ही विभिन्न पक्षों से लेता है और इस प्रकार उसकी रचना करते समय अपने अनुभवों, विचारों, स्मृतियों और कल्पना को भी सम्मिलित करता है। उदाहरणतः उपन्यास सम्राट मुंशी प्रेमचंद ने किसानों के संघर्षों को बहुत करीब से देखा था। भारतीय किसानों के जीवन अनुभव और स्मृतियों को उन्होंने अपने प्रसिद्ध उपन्यासों में यथार्थपूर्वक चित्रित किया है। प्रेमचंद का प्रेमाश्रम, रंगभूमि , कर्मभूमि तथा गोदान किसान आंदोलनों पर आधारित औपन्यासिक कृतियाँ हैं। यह भी सत्य है कि मुंशी प्रेमचंद महात्मा गाँधी के मानवतावादी विचारधारा से अत्याधिक प्रभावित थे तथा समाज सुधार उनका लक्ष्य रहा है। गाँधीवादी विचारधाराओं को भी प्रेमचंद ने प्रेमाश्रम, निर्मला, कर्मभूमि, आदि कृतियों में सफलतापूर्वक प्रतिपादित किया हैं। अतः इन कृतियों द्वारा लेखक ने सांप्रदायिकता, भ्रष्टाचार, जमींदारी, गरीबी, उपनिवेशवाद पर अपने अनुभव एवं विचारों को अभिव्यक्त किया है।

अनेकांत कुमार जैन का यह मत है कि "साहित्यकार अपने जीवन में जो दुख, अवसाद, कटुता, स्नेह, प्रेम, वात्सल्य, दया आदि का अनुभव करता है, उन्हीं अनुभवों को वह साहित्य में उतारता है। इसके अतिरिक्त जो कुछ भी देश में घटित होता है, जिस प्रकार का वातावरण उसे देखने को मिलता है, उस वातावरण का प्रभाव अवश्य ही उसके साहित्य पर पड़ता है।" वास्तव में लेखक के व्यक्तित्व वर्णन से अभिप्राय है कि व्यक्ति के गुणों और विशेषताओं की व्याख्या प्रस्तुत करना। इसके अंतर्गत व्यक्ति के बाह्य एवं आंतरिक तत्वों का विवरण किया जाता है। अतः लेखक के व्यक्तित्व वर्णन के अंतर्गत उसका परिवार, परिवेश, स्वभाव, प्रवृतियाँ, युगीन वातावरण, आदर्श आदि का समावेश हो जाता है।

फीजी द्वीप तथा दक्षिण प्रशान्त महासागर के प्रतिष्ठित साहित्यकारों में सुब्रमनी, विजय मिश्रा, सतेन्द्र नन्दन, सुदेश मिश्रा, रैमंड पिल्लै, कमला प्रसाद मिश्र, विवेकानन्द शर्मा, जोगिन्द्र सिंह कंवल आदि प्रमुख

हैं। फीजी में हिंदी भाषा की दो शाखाएँ विद्यमान हैं: मानक हिंदी और फीजी हिंदी। फीजी के हिंदी साहित्य जगत में जोगिन्द्र सिंह कंवल एक युगांतर उपस्थित कर देने वाले रचनाकार के रूप में अवतरित हुए हैं। फीजी में बीसवीं तथा इक्कीसवीं शताब्दी के दौर में मानक हिंदी साहित्य क्षेत्र में कंवल जैसे उत्कृष्ट तथा प्रतिभा संपन अन्य लेखक नहीं हुए। वहीं फीजी हिंदी साहित्य के अंतर्गत सुब्रमनी का नाम अग्रीम श्रेणी में लिया जाता है। सुब्रमनी ने फीजी हिंदी में साहित्य सृजन कर अंतर्राष्ट्रीय प्रसिद्धि प्राप्त की है। उन्हें फीजी हिंदी साहित्य का अग्रदूत कहा जाता है। इस अध्याय में फीजी महाद्वीप के फीजी हिंदी साहित्यकार सुब्रमनी के व्यक्तित्व और कृतित्व पर गहराई से प्रकाश डाला जाएगा।

सुब्रमनी

सुब्रमनी फीजी में हिंदी और अंग्रेजी साहित्य के एक वरिष्ठ साहित्यकार हैं। कंवल के उपरान्त फीजी में उनका नाम हिंदी साहित्य क्षेत्र में आदर और सम्मान से लिया जाता है। वास्तव में, एक सृजनात्मक लेखक समाज में मूल्यों और बौद्धिकता को स्थापित करता है। जिस प्रकार से तुलसीदास, कबीरदास, रहीम, महावीर प्रसाद द्विवेदी, मुंशी प्रेमचंद, आदि साहित्यकारों ने तटस्थ होकर समाज के सत्य को पाठकों के समक्ष रखा, उसी भांति सुब्रमनी ने अपने साहित्य के माध्यम से फीजी के निम्न वर्गीय समाज की संवेदनाओं और प्रवासी जीवन के संघर्षों को पाठकों के समक्ष प्रस्तुत किया हैं। सुब्रमनी ने कई साहित्यिक और साहित्येतर पुस्तकों का लेखन किया है जो फीजी के पारिवारिक, सांस्कृतिक, आर्थिक, राजनीतिक, ऐतिहासिक, धार्मिक परिवेश, तथा लोगों के चिंतन को दर्शाते हैं।

फीजी तथा दक्षिण प्रशान्त महासागर के प्रतिष्ठित साहित्यकारों में सुब्रमनी का नाम अग्रीम श्रेणी में लिया जाता है। विजय मिश्रा, सतेन्द्र नन्दन, सुदेश मिश्रा, रैमंड पिल्लै, कमला प्रसाद मिश्र, विवेकानन्द शर्मा, जोगिन्द्र सिंह कंवल आदि प्रमुख भारतीय लेखकों के साथ सुब्रमनी ने फीजी में साहित्य सृजन में अहम भूमिका निभाई है। साहित्यिक विश्वकोश के अनुसार, सुब्रमनी फीजी के साहित्यकारों में अद्वितिय

स्थान रखते हैं क्योंकि उनकी साहित्यिक कृतियाँ हिंदी और अंग्रेजी दोनों भाषाओं में उपलब्ध हैं। उनकी रचना-दृष्टि विभिन्न साहित्यिक रूपों में प्रवृत्त हुई है। आपने अंग्रेजी में कहानियाँ, नाटक, समीक्षा, संपादकीय आदि विधाओं में लेखनी चलाई है। तथा फीजी हिंदी में दो बृहत औपन्यासिक कृतियाँ डउका पुरान और 'फीजी माँ' लिखी हैं। वे एक सृजनशील लेखक ही नहीं, बल्कि फीजी के एक जिम्मेदार नागरिक होने के नाते अपने लेखन द्वारा समाज में मानवीय संवेदनाओं के प्रति जागरूकता लाने का प्रयास करते हैं।

सुब्रमनी का व्यक्तित्व

व्यक्तित्व के निर्माण में सहायक घटनाएँ जैसे पूर्व संस्कार, बचपन के संस्कार, पारिवारिक जीवन, सांस्कृतिक, आर्थिक, राजनीतिक, धार्मिक परिवेश इत्यादि का रचनाकार के व्यक्तित्व तथा कृतियों पर प्रभाव पड़ता है। व्यक्ति अगर साहित्यकार हो तो उसकी रचनाओं में उसके व्यक्तित्व की झलक दिखाई देती है। मानव को जन्म से लेकर मृत्यु तक जीवन के हर क्षेत्र में समाज की आवश्यकता पड़ती है। वह समाज का एक अभिन्न अंग है। जीवन में उसके साथ या उसके आस-पास क्या घटित होता है, उसे साहित्यकार शब्दों में रचकर साहित्य के माध्यम से अभिव्यक्त करता है, अर्थात् साहित्यकार जो देखता है, अनुभव करता है, चिंतन करता है, विश्लेषण करता है, उसे लिख देता है।

सुब्रमनी एक प्रसिद्ध लेखक और बुद्धिजीवी होने के बावजूद भी अत्यंत साधारण व सरल स्वभाव के व्यक्ति है। संस्कृत के महाकवि कालीदास ने कहा है कि ज्ञान से भरा व्यक्ति विनम्र हो जाता है, इसी प्रकार का व्यक्तित्व सुब्रमनी का है। वे हर वर्ग और जाति के लोगों के विचारों का आदर-सम्मान करते हैं। एक प्रतिष्ठित साहित्यकार होते हुए भी घमंड तो उन्हें रत्ती भर छू नहीं पाया है। फीजी में सन् 1987 के राजनैतिक तख्तापलट और समाज में जातिय तनाव के कारण कई प्रवासी भारतीय फीजी छोड़ अन्य देश जैसे ऑस्ट्रलिया, न्यूजीलेंड, कैनेडा, अमेरिका आदि देशों में बसने चले गए। इस देशान्तरण स्थिति का उल्लेख सुब्रमनी अपनी रचना 'सौतू' व डउका पुरान में करते हैं।

किंतु, वे स्वयं देश के एक सच्चे सपूत की तरह अपना अधिकांश समय जन्मभूमि फीजी का हर कदम पर साथ देते रहे। उनका कहना है: "फीजी वह देश है जहाँ मेरा जन्म हुआ है और अगर वह मुसीबत में है तो मैं आखरी व्यक्ति रहूँगा उसे छोड़ने के लिए।" उपन्यास डउका पुरान के मुख्य पात्र फीजीलाल भी देश प्रेम की भावनाओं से भरा व्यक्ति है जो देश की समस्या का हल ढूंढने निकलता है। साहित्यिक योगदान के अलावा, सुब्रमनी सामाजिक चिंतक भी हैं, उन्होंने बहुसंस्कृतिवाद, शिक्षा और भाषा शिक्षण पर महत्वपूर्ण भाषण और निबंध भी लिखे हैं।

जन्म

सुब्रमनी का जन्म सन् 1943 में फीजी के एक दक्षिण भारतीय परिवार में हुआ। यह वह दौर था जब फीजी में गिरमिट काल का अंत हो चुका था लेकिन अब भी वह ब्रिटिश शासन के अधीनस्थ था। सुब्रमनी मूल्तः लम्बासा शहर के बत्नीकामा गाँव से हैं। वे अपनी जन्म भूमि को रामचरितमानस का देश पुकारते हैं। सन् 1912 में सुब्रमनी के पिता, रामा केरेला, दक्षिण भारत से गेंजस नामक जहाज में गिरमिट प्रथा के अंतर्गत फीजी आए थे। वे मलयाल्म लिख-पढ़ सकते थे। उनके पिता, रामा एक गिरमिटिया मजदूर थे जो ब्रिटिश सरकारी अफसर के बंगले पर रसोइया और माली का काम करते थे। यहीं से वे बेटे सुब्रमनी के लिए अपने मालिक की पुरानी अंग्रेजी पुस्तकें उठा लाते थे।

परिवार

सुब्रमनी के पिता गिरमिट प्रथा के अंतर्गत केरल के मालाबार जिले से सन् 1912 में गंगा जहाज से फीजी आए थे। उनके पिता का नाम रामा और माँ का नाम लक्ष्मी था। गिरमिट दस्तावेजों के अनुसार रमन एक कृषक के रूप में पंजीकृत हुए थे, लेकिन वे शारीरिक रूप से सुदृढ़ नहीं थे और खेतों में काम करने के लिए सक्षम नहीं थे। इसीलिए उन्हें एक ओवरसियर के बंगले में काम करने के लिए लगा दिया गया। जहाँ वे ओवरसियर के परिवार के लिए भोजन बनाते, घर का काम करते और बगीचे की देखभाल करते। वे मलयालम पढ़-लिख सकते थे

और ब्राह्मण कुल में जन्मे थे। फीजी में रचने-बसने के बाद, उन्होंने एक स्थानिय फीजी भारतीय महिला लक्ष्मी से शादी की। यहाँ आने के बाद वे कभी भारत नहीं गए और इस तरह समय के साथ भारत के परिवार के साथ उनका संबंध छूट गया।

इकलौते पुत्र और पाँच बहनों में एक भाई होने के कारण पुत्र सुब्रमनी को अपने माता-पिता व बहनों का अधिक प्यार मिला। अपने एकलौते भाई को बहने मिलकर दौपदी की तरह सजाती, बाल बनाती और संवारती रहती थी। सुब्रमनी के माता-पिता मलयालम थे और धार्मिक अनुष्ठानों में कठोर विश्वास रखते थे। सुब्रमनी का नामकरण आध्यात्मिक आधार पर रखा गया है। 'सुब्रमण्यम' शिव और पार्वती के दूसरे पुत्र, देवता के पुण्य नाम को धारण करता है। शिव के दूसरे पुत्र कार्तिकेय को सुब्रमण्यम, मुरुगन और स्कंद भी कहा जाता है। "स्वामी हर्षानंद के अनुसार सुब्रहमण्य की व्युत्पति अनुसार अर्थ है कि वह व्यक्ति जो मोक्षार्थियों के आध्यात्मिक विकास की देखभाल करता है।" शिव की कठिन तपस्या के बाद जन्म होने के कारण सुब्रमनी की माँ उन्हें भगवान शिव का वरदान समझती थी।

किशोरावस्था में जब सुब्रमनी केवल तेरह वर्ष के थे तब उनके पिता का निधन हो गया। पिता की असामयिक मृत्यु के बाद, इन्हें माता के साथ मिलकर पारिवारिक जिम्मेदारियों का निर्वहन करना पड़ा। वह समय उनके लिए बहुत ही कठिन था क्योंकि माँ और बहनों की जिम्मेदारी उनके कंधों पर थी। पढ़ाई के अलावा, अपने परिवार को आर्थिक सहयोग प्रदान करने के लिए वे स्कूली छुट्टियों में धान के खेतों में काम करते थे। अपने इस अनुभव के विषय में उन्होंने अपनी आत्मकथा 'From the Web of Memory into Forgetting' नामक एक खंड में अपने इस अनुभव के बारे में लिखा है, जिसे Altering Imagination (1995) नामक पुस्तक में प्रकाशित किया गया है। इस प्रकार सुब्रमनी घर के पुरूष होने की भूमिका निभाते और वेतन से बचत कर अपनी किताबों का शौक भी पूरा कर लिया करते थे। यद्यपि संघर्षपूर्ण जीवन होने के बावजूद उन्होंने अपनी जिम्मेदारियों का निर्वाह किया और अपने परिवार का सहयोग दिया। हालांकि लेखक अपने गृहस्थ जीवन पर बहुत

कम चर्चा करते हैं। आप विवाहित हैं। उनकी पत्नी का नाम अंशु और बेटे का नाम अनुराग है।

बचपन

सुब्रमनी का बचपन लम्बासा के छोटे से गाँव बत्नीकामा की पहाड़ियों, बैरक लाइन्स, धान व गन्ने के खेतों, नदी, गोल्फ कोस, उपनिवेशकों के रहस्मय बंगलों तथा न्यू लाइन्स के घरों के बीच गुजरा। उनके पिता, रामा गिरमिट प्रथा के अंतर्गत फीजी आए थे और सन् 1916 में गिरमिट प्रथा की समाप्ति के पश्चात, उन्होंने फीजी में ही रहने का विचार किया। शुरुआती दौर में उनका परिवार पुराने बैरकों में रहता था। फिर उनका परिवार ओल्ड बैरक से न्यू लाइन्स में आकर बस गया। न्यू लाइन्स के लोगों के जीवन का केंद्र चीनी कारखाना था।

न्यू लाइन्स एक नया गाँव था और धीरे-धारे यहाँ के लोगों ने आपसी समुदायिक मेल-मिलाप व संस्थाओं की स्थापना की। एक समुदाय ने रामायण प्रचार का आयोजन कर न्यू लाइन्स के लोगों के जीवन में उत्साह और आध्यात्मिकता लाने का सुखद प्रयास किया। सिर्फ ग्यारह वर्ष की छोटी-सी आयु में सुब्रमनी अपने गाँव के रामायण मण्डली के लोकप्रिय तथा होनहार प्रचारक सिद्ध हुए। इतनी कम उम्र में ही सुब्रमनी तुलसीदास कृत रामचरितमानस जो फीजी में रामायण का पर्याय बन चुका है के पदों को पढ़कर लय में गाते, जिसे सुन श्रोतागण मदमस्त हो उठते थे। सुब्रमनी की इस प्रतिभा पर उनके परिवार तथा गाँववालों को हर्ष तथा गर्व था। इस प्रोत्साहन के फलस्वरूप वह नियमित रूप से तुलसीदास कृत रामचरितमानस का कथावाचक और तुलसीदास के पदों का भाष्यकार बन गए। रामचरितमानस की धार्मिकता और नैतिक शिक्षा का पूरा प्रभाव बालक सुब्रमनी के मन पर पड़ा।

बचपन में तुलसीदास कृत रामचरितमानस ने सुब्रमनी को इतना प्रभावित किया कि इसके वाचन के लिए वे शाकाहरी भी बन गए थे। जीवन के रहस्यों को जानने के लिए वे नित दिन रामायण का अध्ययन-मनन करते और कथा छेपक को समझने का प्रयास करते। दो साल शाकाहरी होने के कारण जब वे कमजोर पड़ने लगे तब माँ ने उन्हें

कॉडलीवर ओइल पिलाना शुरू किया। तुलसीदास कृत रामचरितमानस के अतिरिक्त उनका परिचय अन्य हिंदी पुस्तकों जैसे 'सुखसागर', 'गुल सनोहर', 'तोता-मैना', कुशवाहा कांत की किशोर रोमानी कहानियाँ, प्रेमचंद की 'गोदान' आदि से हुआ। इन किताबों के माध्यम में से उनके अनुभव और कल्पना का विस्तार हुआ।

उन दिनों उनके घर पर न बिजली, टी.वी व रेडियो था और रात को समय कॉंटने के लिए पूरा परिवार लालटेन जला कर साथ बैठते और कथा वाचन की परंपरा रहती थी। घर का कोई न कोई सदस्य या उनके पिता के दोस्त जिन्हें वे जहाजी भाई कहकर संबोधित करते थे, कहानी सुनाते और सभी कल्पना की दुनिया में खो जाते। यहाँ तक कि कुछ कहानियाँ मलयालम मिश्रित हिंदी में कही जाती थी। जब कक्षा तीन में सुब्रमनी को पुरस्कार में एक अंग्रेजी किताब 'दॉ गैल्डन बुक' मिली तो वे बेहद खुश हुए और अंग्रेजी कहानियों को पढ़कर हिंदी में अनूदित कर सबको सुनाते थे। उनके पढ़ने की महत्वाकांशा से प्रभावित होकर उनके पिता किताबों के संग्राहक बन गए। इस संदर्भ में सुब्रमनी कला की तलाश में लिखते हैं: "वे रद्दी के ढेर से फफूंद लगी किताबें उठा लेते हैं, फेंक दी गई पत्र-पत्रिकाएँ माँग कर ले आते हैं, मिल के मैदान में लगते बजार से किताबें और पत्रिकाएँ खरीद लाते हैं।" इस तरह सुब्रमनी को बचपन से ही कहानियाँ पढ़ने और किताबें संग्रहित करने का शौक था।

सुब्रमनी ने अपने बचपन की मधुर स्मृतियों में फिल्मों का भी जिक्र किया है। उनके जीवन में फिल्मों ने महत्वपूर्ण भूमिका निभाई है। फिल्मों के नकारात्मक प्रभाव भी थे जैसे कुछ युवक रामायण मंडली में जाने की बजाय फिल्म देखकर सेक्स और रोमांस की कामनाओं में समय व्यतीत किया करते थे। सामुदायिक जीवन पर इसके प्रभावों के बावजूद, सिनेमा ने उनके कल्पना का विस्तार किया। लम्बासा शहर के मेजेस्टिक थियेटर में उन्होंने कई फिल्में देखी हैं। फिल्मों के साथ ही उनकों गीत-संगीत का भी शौक रहा है। सहगल और कानन देवी के गीतों को सुनना उनको बेहद पसन्द था। कुन्दन लाल सहगल हिन्दी फिल्मों के एक प्रसिद्ध गायक-अभिनेता थे और कानन देवी हिंदी

सिनेमा की विख्यात अभिनेत्री एवं गायिका थीं।

अतः यह कहना उचित होगा कि सुब्रमनी के बचपन की गतिविधियों और क्रियाकलापों ने उनकी सृजन शक्ति और चरित्र को सबल बनाया है।

शिक्षा

सुब्रमनी ने अपनी प्रायमरी और सेकेंड्री स्कूल की पढ़ाई लम्बासा में ही हासिल की। बचपन से ही उन्हें पढ़ने-लिखने में रुचि रही और वे एक मेधावी छात्र रहें। सन् 1961 में लम्बासा सेकेंड्री स्कूल के उत्कृष्ट तथा समर्पित छात्र होने के कारण सुब्रमनी को 'डक्स' पुरस्कार से सम्मानित किया गया। तथा आगे पढ़ाई करने के लिए छात्रवृत्ति भी प्राप्त हुई। जब आगे की पढ़ाई के लिए सुब्रमनी को लम्बसा से सूवा आना पड़ा तो गाँववालों के लिए यह बहुत ही गौरवमय विषय रहा। इस अवसर पर गाँववाले तीन बसों में यात्रा कर उन्हें एयरपोर्ट पर विदाई देने आए थे।

फीजी के भूतपूर्व राजनेता आदरणीय कृष्ण दत्त उनके स्कूली मित्र थे। जहाँ कृष्ण दत्त के पिता एक दुकान्दार थे वहीं सुब्रमनी के पिता एक गिरमिटिया मजदूर थे। लेकिन सामाजिक भिन्नता के बावजूद शिक्षा के माध्यम से दोनों एक दूसरे के करीब थे। नूतन पाण्डय के साथ अपने साक्षात्कार में सुब्रमनी बतलाते हैं कि "उसकी दोस्ती ने मुझे जीवन में आगे बढ़ने के लिए बहुत प्रेरित किया। उन्होंने मुझे पढ़ने के लिए किताबें दीं...। जब हम विश्वविद्यालय के प्रवेश के लिए राजधानी सूवा में अध्ययन कर रहे थे तब हम एक ही कमरे में रहते थे, बाद में अपनी डिग्री करते हुए हमने न्यूजीलैंड में एक अपार्टमेंट भी साझा किया।" दोनों एक साथ लम्बासा में पले बड़े और अपनी मेहनत के बल पर आगे बढ़ते गए।

लम्बासा में माध्यामिक स्तर की पढ़ाई करने के बाद वे फीजी की राजधानी सूवा आ गए। उस समय के प्रमुख 'सूवा ग्रेमर' स्कूल में उनको पढ़ने का सुअवसर प्राप्त हुआ। फिर उच्च शिक्षा हासिल करने वे विदेश न्यूजीलैंड चले गए। न्यूजीलैंड के कैंटाबरी विश्वविद्यालय से

उन्होंने अंग्रेजी में बी.ए किया। इसके बाद, उन्होंने दो साल तक हाई स्कूल में पढ़ाया और एक बार फिर, उनकी प्रतिभा के कारण उन्हें कैनेडियन सरकार द्वारा छात्रवृत्ति प्राप्त हुई। केनेडा में उन्होंने यूनिवर्सिटी ऑफ न्यू ब्रंसविक से एम.ए की पढ़ाई की। फीजी वापस आकर, सुब्रमनी ने उस समय के फीजी के एक-मात्र विश्वविद्यालय यूनिवर्सिटी ऑफ द साउथ पैसिफिक से अंग्रेजी में पीएच. डी किया और अंग्रेजी के प्रोफेसर की उपाधि प्राप्त की। अपने परिश्रम के बल पर उन्होंने फीजी और विदेशों में अध्ययन के लिए छात्रवृत्ति हासिल की। शिक्षा के क्षेत्र में वे प्रगति करते हुए जापान, यूनाइटेड किंगडम, हवाई, भारत आदि देशों में कार्यरत रहे हैं। इस तरह अपने परिश्रम और शैक्षिक योग्यता के बल पर एक अप्रवासी मजदूर के बेटे अंग्रेजी के प्रोफेस और प्रमुख लेखक बन गए।

कार्यक्षेत्र

सुब्रमनी ने अपने कार्यक्षेत्र की शुरुआत सन् 1968 में मारिस्ट ब्रादस हाई स्कूल में अध्यापक के रूप में की। यहाँ से पाँच साल का अनुभव प्राप्त कर, आप शिक्षा मंत्रालय में अंग्रेजी भाषा के शिक्षा अधिकारी पद पर नियुक्त हुए। सन् 1974 में वे यूनिवर्सिटी ऑफ दा साउथ पैसिफिक में अंग्रेजी के लेक्चरर के पद पर नियुक्त हुए। सुब्रमनी ने अपने कार्यकाल में यूनिवर्सिटी ऑफ द साउथ पेसिफिक में अनेक सम्मानित पदों को संभाला है जैसे; विश्वविद्यालय के संचालक, विभागाध्यक्ष, उप-कुलपति एवं पेसिफिक राइटिंग फोरम के डाईरेक्टर के पद पर भी कार्यरत रहे हैं। सन् 2003 से सुब्रमनी फीजी नेशनल युनिवर्सिटी के साथ जुड़े जहाँ वे अंग्रेजी के प्रोफेसर व विभागाध्यक्ष रहें। वर्तमान में सुब्रमनी यूनिवर्सिटी ऑफ फीजी में अंग्रेजी के प्रोफेसर हैं।

अंग्रेजी के प्रोफेसर होते हुए भी सुब्रमनी ने हमेशा मातृभाषा के महत्व, शिक्षा और शिक्षण पर अधिक बल दिया है। उन्होंने अपने भाषणों, आलेखों, साहित्य के माध्यम से भारतीय तथा फीजियन समुदाय को मातृभाषा की भूमिका तथा शिक्षा में इसकी अनिवार्यता पर कई प्रस्ताव रखें हैं। उनका सहयोग फीजी की कई सरकारी तथा गैर-सरकारी

सस्थाओं में रहा है। उन्होंने फीजी शिक्षा आयोग, संवैधानिक आयोग, राइटस फॉरम, श्री सत्य साई संस्था आदि में सक्रिय भूमिका निभाई है। सन् 2000 में, 'पीपुल्स कोएलिशन गवर्नमेंट' ने एक शिक्षा आयोग की स्थापना की थीं। वास्तव में, यह 1969 के शिक्षा आयोग तथा स्वतंत्रता प्राप्ति के बाद का पहला शिक्षा आयोग था जो, सरकार द्वारा आधुनिक फीजी के शिक्षा दिशा निर्देश के लिए कार्यरत था। इस शिक्षा आयोग में प्रोफेसर काजिम बाचस (अध्यक्ष), एवलिन कॉक्सन, डी सदलर, सुलियाना सिवातिबाऊ, सुब्रमनी, एस्थर विलियम्स, इओसो नैनीमा, अखिला नंद शर्मा, हेलेन तवोला और फिलिप टेलर शामिल थे। आयोग के सदस्यों ने मिलकर 515 पृष्ठों का एक ऐतिहासिक दस्तावेज तैयार किया, जिसका शीर्षक था,'Learning Together: Directions for Education in the Fiji Islands'। सुब्रमनी का इस आयोग के गतिविधियों और कार्यशाला आयोजन में बहुमूल्य योगदान रहा है।

फीजी शिक्षा आयोग के सदस्य के रूप में उन्होंने मातृभाषा संरक्षण पर बल दिया। उन्होंने हिंदी और भारतीय संस्कृति को पाठ्यक्रम का हिस्सा बनाने का आग्रह किया। जिस प्रकार वर्षों पहले भारतेंदु हरिश्चंद्र ने अपनी भाषा और संस्कृति के विषय में कहा था, जो आज भी सच है कि 'निज भाषा उन्नति अहै, सब उन्नति को मूल। बिन निज भाषा ज्ञान के, मिटत न हिय को सूल।।' इन्हीं विचारों को सुब्रमनी भी रेंखांकित करते हैं। उनका कहना है कि अंग्रेजी पढ़िए जरूर, लेकिन अपनी मातृभाषा को अनदेखा मत करिए। उनकी हिंदी साहित्यिक कृतियाँ डउका पुरान, कला की तलाश और फीजी माँ उनके मातृभाषा प्रेम का प्रमाण हैं। सुब्रमनी ईतउकइ छात्रों को पढ़ाते समय, उन्हें ई-तउकइ भाषा में लेखने के लिए प्रोत्साहित करते हैं, और हिंदी छात्रों को अपनी मातृभाषा में लिखने के लिए भी प्रेरित करते हैं।

अपने अनुभव, ज्ञान और हुनर को आपने फीजी की जनता के साथ बाँटा और सृजनात्मक लेखन की ओर प्रेरित किया है। नवोदित लेखकों को आप साहित्य सृजन की ओर प्रेरित करते हैं। हिंदी लेखक संघ द्वारा महत्वाकांक्षी हिंदी लेखकों, विद्वानों और हिंदी के प्रति उत्साही नवोदित लोगों के लिए एक हिंदी रचनात्मक लेखन कार्यशाला में सुब्रमनी ने

प्रतिभागियों को प्रोत्साहित करते हुए कहा कि सभी के अन्दर एक कहानी है जिसे लिखकर फीजी के साहित्य को समृद्ध किया जा सकता है। सुब्रमनी का विश्वास है कि "सृजन हर संस्कृति का एक मजबूत आधार है। किंतु, रचनात्मकता के क्षमता का एहसास व्यक्तिगत प्रतिभा, इतिहास और पर्यावरण के सहयोग पर निर्भर करता है।" इस प्रकार सुब्रमनी प्रतिभाओं और युवा फीजियन लेखकों का पोषण करते आ रहे हैं। वर्तमान में, वे लगभग आधा दर्जन लेखकों के काम का संपादन कर रहे हैं।

सम्मान

साहित्य और भाषा में उल्लेखनीय योगदान के लिए सुबमनी को अनेक राष्ट्रीय एवं अंतर्राष्ट्रीय सम्मान और पुरस्कार प्राप्त हुए हैं। उनकी प्रवीणता और कौशल इस तथ्य में निहित है कि उनके पास लिखित कार्य अंग्रेजी और फीजी हिंदी भाषाओं में है। सर्वप्रथम, सन् 1978 में उनका लघु कहानी संग्रह, मैरीगोल्ड्स के लिए उन्हें अंतर्राष्ट्रीय पुरस्कार प्राप्त हुआ। इस पुरस्कार ने उन्हें एक प्रमुख और प्रशंसित लेखक के रूप में स्थापित किया है।

फीजी हिंदी के ऐतिहासिक उपन्यास डउका पुरान के सृजन के लिए सुबमनी को सन् 2003 में सुरीनाम में हुए सातवें विश्व हिन्दी सम्मलेन में सम्मान एवं पुरस्कार भी प्राप्त हुए हैं। यह सम्मान लेखक के लिए अत्यन्त गरिमामय रहा। तथा सन् 2016 में गिरमिट प्रथा के 100वीं वर्षगांठ के अवसर पर, सुब्रमनी को फीजी में साहित्य सजृन के लिए सम्मानित किया गया। उनके निरंतर हिंदी प्रेम और सेवा के लिए 13 सितम्बर 2017 को उन्हें फीजी नेशनल युनिवर्सिटी पर हिंदी दिवस कार्यक्रम के अंतर्गत साहित्य सम्मान प्राप्त हुआ। इस अवसर पर उन्होंने कहा, "फीजी के लोग अगर रामायण व गीता जैसे ग्रंथों के जरिए अपने जीवन को सार्थक बनाना चाहते हैं तो उन्हें हिंदी को अपने जीवन से जोड़ने की आवश्यकता है।" अंग्रेजी के प्रोफेसर होते हुए भी सुब्रमनी मातृभाषा हिंदी की शिक्षा तथा साहित्य सृजन की ओर लोगों का प्रोत्साहन तथा मार्गदर्शन कर रहे हैं। वे एक प्रतिष्ठित लेखक, कलाकार

और सामुदायिक नेता हैं, जिन्हें समाज में उनके योगदान के लिए कई सभाओं में मुख्य अतिथि और विशेष वक्ता के रूप में भी सम्मानित किया गया है।

साहित्य के प्रति रुचि

सुब्रमनी को बचपन से ही पुस्तकों में दिलचस्पी रही है। उन्होंने गोस्वामी तुलसीदास, रवींद्रनाथ टैगोर, विलियम शेक्सपियर, मुंशी प्रेमचंद, जर्मन लेखक फ्रैंज काफ्का तथा कुशवाह कांत जैसे प्रमुख रचनाकारों की कृतियाँ पढ़ीं और उनसे अधिक प्रभावित भी हुए। सुब्रमनी का विचार है कि पढ़ना जीवन के लिए महत्वपूर्ण है। पढ़ने से जीवन में ज्ञान की प्राप्ति होती है और दुनिया को देखने और समझने का अवसर मिलता है। इसलिए वे कहते हैं कि अगर किसी को उपहार देना है तो पुस्तक से बढ़कर कोई उपहार नहीं है।

हालांकि भक्तिकालीन प्रसिद्ध महाकवि गोस्वामी तुलसीदास के रामचरितमानस ने सुब्रमनी को सबसे अधिक प्रभावित किया है। उनका कहना है कि रामायण ने जैसे उनके लिए किताबों की दुनिया ही खोल दी। सुब्रमनी रामचरितमानस को साहित्यिक सृजन स्त्रोत और श्री राम जी को अपने प्रथम नायक मानते हैं। तुलसी के रामचरितमानस के पठन और प्रचार द्वारा उनकी रुचि हिंदी भाषा और साहित्य की ओर बढ़ती चली गई जिसका साक्षात प्रमाण उनके द्वारा रचित फीजी हिंदी साहित्य है।

सुब्रमनी एक गरीब गिरमिटिया परिवार से हैं और उनके बचपन के दौर में सहजता से पुस्तकें नहीं मिलती थी। उन्हें पढ़ने की बेहद रुचि थी इसलिए वे अपने स्कूली दोस्तों और गाँववालों के पास जो कुछ पुस्तकें मिलती उसे बड़े चाव से पढ़ डालते थे। उन दिनों कुशवाहा कांत एक विलक्षण प्रतिभा के धनी उपन्यासकार थे जिन्होंने कम समय में ही उपन्यास जगत में अपनी लेखनी का प्रभाव स्थापित कर दिया था। जहाँ उन्होंने एक तरफ सामाजिक, शृंगार रस से परिपूर्ण उपन्यास लिखे तो वहीं जासूसी और क्रांतिकारी उपन्यासों का सृजन किया। युवा काल में सुब्रमनी का परिचय कुशवाह कांत के इन्हीं उपन्यासों से हुआ जैसे

निर्मोही, बसेरा, अकेला, कुंकुम, जलन आदि जिनसे साहित्य के प्रति उनकी रुचि विकसित हुई। इन उपन्यासों ने सुब्रमनी के सृजन और कल्पना शक्ति को और भी प्रबल बनाया।

लेखन के प्रति रुचि

सुब्रमनी ने अपने लेख रामचरितमानस का देश में अपने लेखन प्रेरणा के बारे में लिखा है। तुलसी के रामचरितमानस, कुशवाहा कांत के उपन्यास तथा सिनेमा उनके लेखन के प्रेरणा स्त्रोत रहे हैं। उपन्यास साहित्य तथा तुलसी का रामचरितमानस के अतिरिक्त सुब्रमनी की कल्पनाओं को फिल्मी जगत ने विकसित किया। सिनेमा ने मनोरंजन के साथ ही उनके कला पक्ष को प्रबल बनाया है। फिल्में देखने के लिए सुब्रमनी हमेशा उत्सुक रहते थे। उन्होंने अपने उपन्यास डउका पुरान तथा 'चलो सिनेमा' कहानी में भी प्रवासी भारतीयों के जीवन में फिल्मों के प्रभाव और महत्व पर प्रकाश डाला है।

उनका कहना हैं कि "मेरी पीढ़ी के अनेक लोगों की तरह मैं एक ऐसे समाज में पला-बढ़ा जहाँ लोग मन बहलाव के लिए पुस्तके नहीं पढ़ा करते थे। सौभाग्य से बहुत शुरुआती दौर में ही किताबों से रूबरू होने की वजह से लेखन में मेरी रुचि पैदा हुई।" सुब्रमनी ने अपने पिता के प्रोत्साहन से अंग्रेजी में किताबें पढ़ने की कोशिश की। हालांकि उनके पिता स्वयं अंग्रेजी नहीं पढ़ सकते थे लेकिन उन्हें अपनी मातृभाषा मलयालम का ज्ञान था। बचपन में उन्होंने जो किताबें पढ़ी वे यूरोपियन बंगलों से रद्दी मानकर फेंकें गई थीं, जो उनके पिता सुब्रमनी के लिए उठा लाते थे।

पिता की स्मृतियों को याद करते हुए सुब्रमनी कहते हैं कि मरते वक्त उनके पिता ने कहा था, 'यह सब लिख डालो' याने फीजी के भारतवंशियों के दुख-सुख को लिपिबद्ध करने की आवश्यकता है। सुब्रमनी ने हाई स्कूल के दिनों से ही एक लेखक बनने का सपना देखा था और एक उपन्यासिका भी रच डाली थी। अपनी प्रथम रचना के विषय में सुब्रमनी लिखते हैं: "हालांकि उसकी परिकल्पना ढीली-ढाली, अटपटी है, उसमें हिंदी रूमानी कथाओं से बटोरे हुए, सजावटी उर्दू

शब्दावली थीं और वह प्रेमचन्द की ग्रामीण जीवन की पृष्ठभूमि में रचा हुआ था।" मगर किसी ने उस समय उसके लेखन को गम्भीरता से नहीं लिया। यह औपनिवेशिक दौर था और यह किसी की कलपना से बाहर था कि एक साधारण गिरमिटिया का बेटा लेखक बनना चाहता है।

यूनिवर्सिटी ऑफ दा साउथ पेसिफिक में अध्यापन के दौरान सुब्रमनी पेसिफिक लेखकों के एक समूह के साथ सक्रिय रूप से जुड़ गए। इस समूह के सदस्यों द्वारा उनके रचनात्मक साहित्य को प्रोत्साहन मिला और संस्था के सदस्यों ने मिलकर सुब्रमनी के संपादन तले 'माना' नामक पत्रिका प्रकाशित की जो उन दिनों इस क्षेत्र की पहली साहित्यिक पत्रिका थी। फिर सन् 1979 में सुब्रमनी ने अंग्रेजी में अपनी प्रथम पुस्तक 'दॉ इडो-फीजियन एक्सपीरिएंस' फीजी के भारतवंशियों के अनुभवों पर आधारित शताब्दी अंक का संपादन किया।

फीजी हिंदी में लेखने के संबंध में सुब्रमनी कहते हैं:

"भारतवंशियों के इतिहास को अगर ईमानदारी के साथ लिपिबद्ध करना हो तो उसे किसी अन्य भाषा में करना असंभव होगा। अगर इस उपन्यास (डउका पुरान) को अंग्रेजी में लिखा गया होता तो कहानियों व पंक्तियों के भावार्थ में बदलाव आ जाता। जैसे मैंने फीजी हिंदी में लिखना शुरू किया तो इसकी भाषा शैली ने मुझे अकस्मात अपनी ओर प्रभावित कर दिया" (हिंदी समाचार पत्रिका प.20)।

उनका यह विचार है कि फीजी के भारतीय मूल के लोगों को अपनी मातृभाषा और सभ्यता पर गर्व करना चाहिए। तथा सभी के अन्दर एक कहानी छुपी हुई है जिसे लिपिबद्ध करना जरूरी है ताकि फीजी की भाषाओं और साहित्य का विकास होता रहें।

वैचारिक प्रभाव

साहित्यकार का कृतित्व उसकी प्रेरणा भूमि, अनुभव और चिंतन प्रणाली को संप्रोषित करता है। सुब्रमनी के जीवन में सबसे अधिक वैचारिक प्रभाव भक्तिकालीन कवि गोस्वामी तुलसीदास का रहा है। गोस्वामी तुलसीदास ने संस्कृत का मोह त्यागकर जनभाषा में रामचरितमानस

महाकाव्य की रचना की क्योंकि उनका प्रयोजन जनहित था। उन्होंने ऐसे काव्य का संकल्प लिया जिसमें 'सुरसरि सम सब कहँ हित होई' जैसी लोकमंगल की भावना निहित है। उन्होंने अपनी रचनाओं में भाषा के संबंध में बहुत ही व्यापक और उदार दृष्टिकोण अपनाया है। ब्रज, अवधी आदि प्रमुख बोलियों में काव्य रचना उनकी लोकहितैषणा का प्रमाण है और विभिन्न बोलियों के अतिरिक्त अरबी, फारसी आदि विदेशी शब्दों का ग्रहण उनकी प्रगतिशीलता का परिचायक है। गोस्वामी तुलसीदास के भाषा संबंधी विचारों का प्रभाव सुब्रमनी के उपन्यास डउका पुरान में परिलक्षित हुए हैं।

डउका पुरान में सुब्रमनी ने फीजी के भारतवंशियों की जनभाषा 'फीजी हिंदी' को अपनी अभिव्यक्ति का माध्यम बनाया है। भाषा के साथ ही सुब्रमनी ने उपन्यास के शिल्पविधान में भी गोस्वामी तुलसीदास की रामचरितमानस का समन्वय किया है। जिस प्रकार रामचरितमानस की कथा सात कांडों में विभाजित है, उसी प्रकार डउका पुरान की कथावस्तु को सुब्रमनी ने सात अध्यायों में विभक्त किया है।

सुब्रमनी का जीवन उपनिवेशक और उत्तर-औपनिवेशिक सामाजिक एवं राजनीतिक दौर से गुजरा हैं। उन पर उत्तर-उपनिवेशवादी सिद्धान्तों का प्रभाव रहा हैं। "उत्तर उपनिवेशवाद (Post-colonialism) अध्ययन की वह शाखा है जिसमें उपनिवेशवाद और साम्राज्यवाद से उत्पन्न होने वाले सांस्कृतिक और सामाजिक प्रभावों को समझा जाता है।" इसमें किसी विदेशी शक्ति द्वारा किसी क्षेत्र पर कब्जा होने से स्थानीय लोगों के जीवन पर होने वाले प्रभावों का अध्ययन किया जाता है। गायत्री चक्रवर्ती स्पीवाक का निबंध Can the Subaltern Speak? उत्तर-उपनिवेशवादी सिद्धांत के उत्कृष्ट पाठ के तौर पर प्रतिष्ठित हैं। गायत्री चक्रवर्ती स्पीवाक एक भारतीय साहित्य आलोचक हैं। आपके विश्व चर्चित ऐतिहासिक निबंध कैन द सबाल्टर्न स्पीक? में 'सबाल्टर्न' अर्थात् वह व्यक्ति जो हाशिए पर है और उसके बोल पाने की क्षमता पर चिंतन-मनन है। इस निबंध में स्पीवाक ने दर्शाया है कि सत्ताधारी पूँजीवादी व्यवस्था के दौर में निम्नवर्गीय लोगों की आवाज को बाधित या दबा दिया जाता है। स्पीवाक के प्रश्न कैन द सबाल्टर्न स्पीक? का

जवाब सुब्रमनी अपने उपन्यास डउका पुरान के माध्यम से देते हैं। जब साक्षात्कार के दौरान सुब्रमनी से फीजी हिंदी में लेखन के संबंध में पूछा गया तब उन्होंने कहा कि:

"फीजी हिंदी मेरी मातृभाषा है और यह मेरे बचपन की भाषा है। मैं अपने बचपन की यादों से मिल रहा हूँ, जो मेरे रचनात्मक लेखन को पोषित कर रही है...। मैं सबाल्टर्न विषय पर बहस को लेकर भी जागरूक हूँ, जो बोल तो नहीं पाता, लेकिन साहित्य में प्रतिनिधित्व करता है। (वर्मा 149)"

उनका विचार है कि सबाल्टर्न अपने-आप को अभिव्यक्त कर सकते हैं, अगर उन्हें उनकी भाषा में बोलने की अनुमती दी जाए जिसका स्पष्ट उदाहरण डउका पुरान का नायक फीजीलाल है। इसका समर्थन हरीश त्रिवेदी डउका पुरान की भूमिका में इन शब्दों में देते हैं कि "सबाल्टर्न का अपना सच्चा स्वर तो डउका पुरान की फीजी हिंदी जैसी भाषा में ही मुखरित हो सकता था।" सुब्रमनी ने डउका पुरान में न केवल एक सबाल्टर्न, निम्नवर्गीय व्यक्ति को नायक के रूप में चित्रित किया है बल्कि उसकी निम्नवर्गीय भाषा 'फीजी हिंदी' को भी केंद्र में रखा है।

इसके अतिरिक्त सुब्रमनी पर साहित्य शास्त्री, होमी भाभा का वैचारिक प्रभाव पड़ा है, जो उनकी तरह एडवर्ड सईद के प्राच्यवाद सिद्धांत को अपने लेखन में स्थान देते हैं। प्राच्यवाद उत्तर-औपनिवेशिक सिद्धांत के आधारभूत प्रतिपादनों में से एक है। इन विद्वानों के वैचारिक प्रभाव सुब्रमनी के जीवन दर्शन, साहित्य व चिंतन में निरूपित हैं।

सुब्रगनी का कृतित्व

अपने समय और समाज से साहित्यकार का गहरा नाता होता है। एक संवेदनशील प्राणी होने के नाते यह संभव नहीं है कि वह अपने देश और विश्व में होने वाली घटनाओं से निरपेक्ष और निर्द्वंद्व होकर रहे। वह अपने लेखन के द्वारा उन चुनौतियों और समस्याओं को जरूर अभिव्यक्ति देता है जो उसे विचलित करते हैं। वह न केवल अभिव्यक्ति देता है, बल्कि वह अपेक्षा भी करता है कि उसका साहित्य पाठकों में

नई चेतना पैदा करे। सुब्रमनी की विभिन्न साहित्यिक कृतियाँ इन्हीं मूल्यों को संप्रेषित करती हैं।

सुब्रमनी की रचना-दृष्टि विभिन्न साहित्यिक रूपों में प्रवृत्त हुई है। प्रतिभा संपन सुब्रमनी ने कहानी, उपन्यास, नाटक, समीक्षा, निबंध, संपादकीय आदि विधाओं में रचनाओं की सृष्टि की है। वे एक बहुआयामी साहित्यकार हैं जिनकी कृतियाँ दक्षिण प्रशान्त के अंग्रेजी व हिंदी साहित्य में महत्वपूर्ण स्थान रखती हैं। उनकी प्रवीणता और कौशल इस तथ्य में निहित है कि उनके पास अंग्रेजी और फीजी हिंदी दोनों भाषाओं में लिखित रचनाएँ हैं। उनकी अंग्रेजी रचनाएँ इस प्रकार हैं:

मूवबल मेशर्क, Moveable Magic_ Remaking the World (forthcoming 2024)

with Shaista Shameem

दि स्ट्रेंज ट्रांसफॉरमइशन ऑफ गौतम गोसाई, *The Strange Transformation of Gautam Gosai and other plays, (2024)*

वेन साई केम टु फीजी, *When Sai Came to Fiji_ Conversations with Fijian Pilgrims, (2022)*

पेंड़ेमिक.., Pandemic , the Wheel of Suffering , Higher Learning and its Discontents.

A manifesto for Reform ,(2021)

रीजन टु इमेजिन.., Reason to Imagine_ Pacific Epistemologies and other
Essays (2020)

वाइल्ड फ्लावर्स, Wild Flowers ,(2017)

न्यू फीजीअन राइटिंग, New Fijian Writing , ed. (2016)

रिक्लेमिंग द नेशन, Reclaiming the Nation (2016)

ह्यूमन वैल्यूज एजुकेशन, Human Values Education , ed. (2012)

वन इन मेनी, A Play of Many Parts , (2011)

शिफटिंग लॉकेशन, Shifting Location , ed. (2009)

अलटिंग इमेजिनेशन, Altering Imagination ,(1985)

अफ्टा नेरेटिव, After Narrative : The Pursuit of Reality and Fiction , (1990)

द फैंटेसी ईटर्स, The Fantasy Eaters ,(1988)

साउथ पेसिफिक लिटरेचर फ्रोम मिथ टु फेब्युलेशन, South Pacific Literature: From

Myth to Fabulation ,(1975)

दि इंडो-फीजियन एक्सपीरियंस (The Indo-Fijian Eñperience) ,ed. (1979)

उनकी हिंदी रचनाएँ निम्नलिखित हैं:

फीजी माँ: हजारों की माँ, Fiji Maa: Mother of a Thousand, (2018, 2023) फीजी हिंदी में 600 पन्नों से ज्यादा का उपन्यास है।

द फैंटेसी ईटर्स 2007 में कला की तलाश नाम से प्रकाशित हुआ।

Dauka Puraan, डउका पुरान, (2001)

सुब्रमनी का समग्र हिंदी साहित्य इस प्रकार हैं:

उपन्यास

फीजी हिंदी भाषा ने मौखिक संचार का एक आवश्यक माध्यम बनने से लेकर साहित्य सृजन का सफर तय किया है। सुब्रमनी ने फीजी हिंदी में दो उपन्यास रचे हैं। उनका पहला उपन्यास डउका पुरान जिसका प्रकाशन सन् 2001 में स्टार पब्लिकेशंस, नई दिल्ली द्वारा हुआ। तथा उनका दूसरा उपन्यास फीजी माँ: हजारों की माँ है। इन दोनों उपन्यासों में लेखक ने गिरमिटियों और उनके वंशज की दुनिया को अपनी शब्द शक्ति से पुनः जीवित कर पाठकों के समक्ष कलात्मक रूप से रखा हैं। उपन्यास लेखन के संबंध में सुब्रमनी कहते हैं कि "उपन्यासों में एकाग्रता के लंबे अंतराल की आवश्यकता होती है, आपको पात्रों के साथ रहना होता है, कथा और अंतर्निहित विचारों के साथ जीना होता है।" इसलिए जब सुब्रमनी के दोनों उपन्यासों को पढ़ते हैं तो इनके पात्रों और घटनाओं के माध्यम से फीजी देश के विविध परिदृश्यों का यथार्थ विश्लेषण मिलता है।

डउका पुरान

डउका पुरान 521 पृष्ठों का बृहद फीजी हिंदी उपन्यास है जिसका

प्रकाशन सन् 2001 में स्टार पब्लिकेशंस, नई दिल्ली द्वारा हुआ। लेखक ने इस उपन्यास को अपने बचपन की भाषा 'फीजी हिंदी' में लिखा है जिसे उसने अपने घर, परिवार, गाँव में बोलते हुए सुना था। सुब्रमनी का यह अनूठा उपन्यास फीजी के विकास, परिवर्तन तथा पतन की गाथा है।

हिंदी समाचार पत्रिका, ऑस्ट्रेलिया, डउका पुरान का महत्व इन शब्दों में देते हैं: "डउका पुरान एक ऐतिहासिक और मनोरंजक पुराण है जो विशेषकर फीजी के भारतीय मूल वासियों के लिए एक अमूल्य पुस्तक है, जो अतीत को जागृत करता है। यह उपन्यास फीजी निवासियों का जीवन, मण्डलियों की स्थापना, त्योहार, गाँव से शहर का निर्माण, ग्रमाफोन, रेडियो, सिनमा आदि कैसे उनके जीवन में आए की विस्तृत कथा है।" लेखक ने डउका पुरान की कथा को सात अध्यायों में विभक्त किया है जहाँ उपन्यास का नायक फीजीलाल, सच्चे प्यार तथा एक महान नेता की खोज में फीजी के गाँवों तथा शहरों की यात्रा पर निकलता है।

डउका पुरान की भाषा शैली ही इसका सबसे महत्वपूर्ण पक्ष है। लेखक ने नायक फीजीलाल के माध्यम से उपन्यास की भाषा पर टिपण्णी की है: "आखिर ई डउका पुरान का है-भाखा तो है जड़ एकर।" लेखक ने अपने पूर्वजों की भाषा, जो उनकी भी मातृभाषा है, उसे ही अपनी अभिव्यक्ति का माध्यम चुना है क्योंकि इसी भाषा में वे अपने पर्वजों की संवेदनाओं के साथ न्याय कर सकते थे। एक ओर बुद्धिजीवी जैसे ब्रिजलाल, सुदेश मिश्रा, सतेन्द्र नंदन आदि ने उपन्यास की भाषा की प्रशंसा की है तो वहीं उसकी भाषा को लेकर कइयों ने इसकी निंदा भी की गई। दि फीजी टाइम्स समाचार पत्र में संपादक को पत्र नामक भाग में कलयान चंद्रा ने फीजी हिंदी को एक सीमित भाषा कहा है तथा डउका पुरान को एक उपन्यास के रूप में अस्वीकारते हैं। इस प्रकार फीजी में भाषा द्वैत की स्थिति स्पष्ट है। किंतु, सुब्रमनी की इस बृहत औपन्यासिक कृतियों ने इस रूढ़ि-बद्ध धारणा को निरार्थक साबित कर दिया है।

फीजी माँ: हजारों की माँ

सुब्रमनी का नवीनतम उपन्यास फीजी माँ: हजारों की माँ है। डउका पुरान के बाद, यह फीजी हिंदी में उनका दूसरा उपन्यास है। फीजी माँ: हजारों की माँ में लेखक ने अपनी निजी यादों और जीवन काल की स्मृतियों को नायिका बेद मती के द्वारा अभिव्यक्त किया है। इस उपन्यास के संबंध में दानेश्वर शर्मा का विचार है कि, "जैसे फीजी हिंदी को साहित्यिक सृजन की भाषा के रूप में मान्यता मिल रही है, तो वहीं सुब्रमनी द्वारा लिखित उनका दूसरा उपन्यास फीजी माँ फीजी हिंदी की यात्रा में एक और मील का पत्थर होगा।" दानेश्वर शर्मा के अनुसार उपन्यास के मूल तत्व में महिलाओं की मुक्ति, सबाल्टर्न इतिहास, स्त्रियों का वैश्विक विस्तार, सुदूर द्वीपों का ग्रामीण जीवन, विदेशी भूमि में भारतीय संस्कृति और प्रवास का आघात शामिल हैं।

डउका पुरान और फीजी माँ: हजारों की माँ, दोनों उपन्यास गिरमिट काल से चले आ रहे भारतवंशियों की जीवन यात्रा का एक अनमोल संग्रह है। इन उपन्यासों में उनके अनुष्ठानों, प्रथाओं और रीति-रिवाजों को दर्ज किया गया है ताकि भावी पीढ़ी साहित्यिक मनोरंजन के अलावा, इसके महत्व को एक ऐतिहासिक और समाजशास्त्रीय दस्तावेज के रूप में भी ले सकें।

कहानी संग्रह-कला की तलाश

सुब्रमनी की कहानियाँ अनेक पत्रिकाओं और कहानी संकलन में प्रकाशित हुई हैं। सन् 1978 में उनकी अंग्रेजी कथा मारीगोल्ड (गेंदे) को साउथ पेसिफिक ऐसोसिएशन ऑफ कॉमनवेल्थ लिटरेचर एण्ड लैंग्वेज स्टडीज की लघु प्रतियोगिता में सर्वश्रेष्ठ कहानी का पुरस्कार प्राप्त हुआ। तथा उनकी कहानी 'गमालियन की औरत' और 'प्रिय आदिवासी' को भी को भी यूरोपीयन कहानी प्रतियोगिता में बहुत प्रशंसा मिली। आपकी अंग्रेजी में दो कहानी संग्रह प्रकाशित हैं: द फैंटेसी ईटर्स और वाइल्ड फलावस।

आपका अंग्रेजी कहानी संग्रह द फैंटेसी ईटर्स का अनुवाद सन् 2006 में कला की तलाश नाम से प्रकाशित हुआ। मुम्बई के एस.आई.

ई.एस कॉलेज की हिंदी व्याख्याता एवं विभागाध्यक्ष, राजम नटराजन पिल्लै ने सुब्रमनी की अंग्रेजी लघु कथाओं का हिंदी में अनुवाद किया है। इस संग्रह में से कुछ कहानियाँ यथार्थवादी हैं; कुछ उत्तर-उपनिवेशवादी तथा आधुनिक तकनीक को दर्शाते हैं। कला की तलाश की खास बात यह है कि इसमें लेखक ने फीजी के बहु-सांस्कृतिक समाज को चित्रित करने की कोशिश की है। फीजी एक बहुजातिय और बहुसांस्कृतिक देश है जहाँ पर फीजियन, हिन्दुस्तानी, चीनी, यूरोपीयन, रोतूमन आदि जातियाँ रहती हैं। इस सांस्कृतिक विविधता को सुब्रमनी ने अपनी कहानियों के माध्यम से दर्शाया है।

भाषा प्राध्यापिका, रेजिना नाइडू कला की तलाश के संबंध में कहती है: "इन कहानियों में फीजी के लोगों द्वारा महसूस किए गए उपनिवेशवाद के प्रभावों जैसे विस्थापन, जड़ता और अलगाव की संवेदनाओं को लेखक ने सजीव पात्रों द्वारा चित्रित किया है। किंतु, इन कहानियों में प्रयुक्त मानक हिंदी शब्दावली स्थानीय पाठकों के लिए अवरोध हो सकता है क्योंकि फीजी की युवा पीढ़ी अधिकतम फीजी-हिंदी और अंग्रेजी का उपयोग करती हैं।" शायद अनुवाद की वजह से कहानी में प्रयुक्त मानक हिंदी भाषा शैली पात्रानुकूल नहीं लगती। वहीं पात्रों के संवाद में फीजी हिंदी के आँचलिक शब्दों का प्रयोग देश, काल और परिस्थितियों के लिए ज्यादा स्वाभाविक और सटीक साबित हो सकता था।

कला की तलाश में नौ कहानियाँ, एक उपन्यासिका का अंश तथा लेखक की जीवन स्मृतियाँ अंकित हैं। इन कहानियों का सार-संग्रह इस प्रकार है:-

सौतु

सौतु ई-तउकइ भाषा का शब्द है जिसका शाब्दिक अर्थ स्वर्ग, समृद्धि और शांति है। कहानी में यह एक गिरमिटिया गाँव का नाम है। कहानी का नायक एक वृद्ध गिरमिटिया विधुर, धनपत है जिसका जीवन तनावों के बीच घूमता रहता है, जो विडंबनात्मक है। लेखक ने मनोवैज्ञानिक विश्लेषण द्वारा धनपत के अस्तित्व संबंधी द्वंद्व को चित्रित

किया है। गाँव का नाम और स्थल अपने नाम के विपरीत, तुच्छता का संकेत देता है। धनपत का जीवन वृद्धावस्था के अकेलेपन और तनावों से घिरा है। धनपत की सड़ती पुरानी झोपड़ी, गरीबी और शून्यता का प्रतीक है। कहानी के अन्य पात्रों की भी स्थिति तनावग्रस्त है: मंगल का बड़ा बेटा आत्महत्या कर लेता है; भैरो की दुनिया को वैदिक शास्त्रों द्वारा परिभाषित किया गया है; रामबरन के बेटे शराब के आदी हैं; जबकि धनपत का बेटा, सोमू सौतु से छुटकारा पाना चाहता है। वह अपनी अंग्रेजी शिक्षा के बल पर एक बेहतरीन जीवन की तलाश में सौतू से पलायन करता है और न्यूजीलैंड, फिर कैनेडा में प्रवास करने चला जाता है। जहाँ सोमू की भांति गिरमिटियों के वंशज अपने गांवों से बाहर, प्रवास के माध्यम से बेहतर भविष्य की खोज में निकलते हैं वहीं वृद्ध माता-पिता अपने बच्चों या फिर मृत्यु की प्रतीक्षा में जिंदगी गुजार देते हैं।

बताओ, ट्रेन कहाँ जाती है?

बताओ, ट्रेन कहाँ जाती है? एक बालक मनु की चिंताओं पर केंद्रित कहानी है, जिसके पिता की क्रूरता से हत्या कर दी गई है और माँ, कुंति हालातों से लड़ते हुए एक वेश्या तक बन जाती है। इस कहानी में गिरमिटियों का बैरक (कोठरी) एक ऐसी जगह है जहाँ मनु शोषण, अलगाव, हिंसा और घुटन में साँस ले रहा है। मनु को बैरक में मिट्टी के तेल और बासी भोजन की मिश्रित गंध से घुटन महसूस होती है। इस घुटन से बचने के लिए वह दीवार में छोटे छेद करता है किंतु वहाँ से कुत्ते की गंदगी और मूत्र की गंध आती है, तथा रात को मच्छरों का नीरस शोर रात की शांति को भंग करता है।

दोनों माँ-बेटे गिरमिटियों के बैरक (कोठरी) में जिल्लत भरी जिंदगी जीते हैं। एक रात, मनु अपनी माँ को मिस्टर पेपर के बंगले में जाते देख लेता है। उसी रात गिरमिटिया पुरुषों और महिलाओं का एक समूह मिस्टर पेप्पर से उन पर किए गए शोषण का बदला लेने की योजना बनाते हैं जहाँ "पुरुषों ने उसकी पिटाई की ... महिलाओं ने उस पर पेशाब किया।" इस जिल्लत की जिंदगी से मनु भागने का फैसला करता है। लेकिन एक मासूम लड़के को यह भी जानने की जरूरत है

कि उसे कहाँ जाना है। इस घुटन से बचने के लिए मनु, कुंति से यह सवाल करता है बताओ, ट्रेन कहाँ जाती है?। यह सवाल एक संकेत है कि बैरक की इस अमानवीय दुनिया से कैसे बचा जाए। बालक मनु को लगता है कि यह ट्रेन इस नरक की जिंदगी से उन्हें छुटकारा दिला सकती है। मगर कहानी में लेखक ने इसका उत्तर भी दिया है: "वह जानता था, वह झूठ बोल रही है। जाने के लिए कोई जगह नहीं थी।" अर्थात् गिरमिटिया श्रमिकों को गिरमिट अनुबंध को पूरा करने के अलावा कोई विकल्प नहीं था। इस कहानी में लेखक ने शोषितों की करुण पुकार को वाणी दी है।

चलो सिनेमा

यह सुब्रमनी की आधुनिक काल की मनोवैज्ञानिक कहानी है। प्रवासी भारतीयों पर फिल्मों का गहरा प्रभाव रहा है। एक तरफ फिल्मों ने उन्हें भारत से जोड़े रखा, तो वहीं दूसरी ओर उनके जीवन की त्रासदी से कुछ पल के लिए छुटकारा प्रदान किया है। मिसेज गुप्ता भी बस्ती की अन्य औरतों के साथ असली दुनिया की परेशानियों को छोड़ तीन घंटों के लिए कल्पना की दुनिया में खो जाती है। "जल्द ही झुग्गी-झोपड़ियाँ और बच्चा सब कुछ भुला दिए गए। हम तो सितारों की महफिल में थे। अंधेरे में लिपटे हम मैजिक लैंटन से प्रकाशित परदे को देखते रहे।" फिल्मों के नायक-नायिका उनके वास्तविक जीवन की कड़वाहट से उन्हें दूर ले जाते और उनकी ग्लैमर की इच्छा को पूर्ण करते हुए रोमांस का आनंद देते हैं।

मृग मारिचिका

फीजी द्वीप को प्रशान्त का स्वर्ग कहा जाता है और इस कारण कई पर्यटक यहाँ घूमने आते हैं। यह कहानी फीजी की यात्रा पर आए एक पर्याटक समूह जिसमें मिस बैनेस, मिसेज सीब्रुक, फेलिसिटी, पियरे शामिल हैं। लेखक इनके विचारों और आप-बीती को व्यक्त करता है। यात्री जिस फीजी का सपना लेकर यहाँ आए थे, वह यथार्थ में कुछ और ही है। यात्रियों को चोरी, गंदगी, खराब रास्तों और तूफानी मौसम

का सामना करना पड़ा। पियरे, एक फ्रेंच-केनेडियन बस यात्रा के संबंध में कहता है: "मेरी जिंदगी की सबसे लम्बी वाहियात बस यात्रा। वह लगातार उन भदेस गावों में रूकती रही और गांड़ी के अंदर सब चपड़-चपड़ करते रहे...।" पर्यटकों के लिए यहाँ के लोग तथा उनकी संस्कृति निम्न कोटी की है।

किसका देश

'किसका देश' एक चरित्रप्रधान कहानी है जो एक फीजियन पात्र, मोसेसे के दृष्टिकोण से लिखी गई है। मोसेसे अपने अस्तित्व की खोज में निकलता है पर खुद को दिशाहीन पाता है। इस दिशा हीनता के कारण वह असुरक्षित महसूस करता है। आधुनिकीकरण के प्रभाव के कारण कई युवा गाँव छोड़ शहर आते हैं, किंतु यहाँ के परिवेश से आत्मीयता स्थापित करना उनके लिए कठिन और तनावपूर्ण साबित होता है। मोसेसे के लिए सब कुछ भद्दा, असुरक्षित व बदसूरत जान पड़ता है: चाची का घर, सड़कों से उड़ती धूल, चिल्लाते बच्चें, शहर और बसों की भीड़, आर्थिक समानता और जातिय इर्ष्या। वह अपने चारों ओर एक घुटन और क्रोध महसूस करता है। 'किसका देश' मुख्य रूप से इंडो-फिजियन रिश्ते की मुखर अभिव्यक्ति है। यह कहानी आधुनिक समाज के व्यग्र अलगाव को चित्रित करती हैं।

गेंदे

प्रथम पुरुष शैली में लिखी यह कहानी मध्य वर्गीय शिक्षक चेतराम की मानसिक अवसाद और विकार की कथा है। कथावाचक का उसकी पत्नी धर्मा, माँ और सहयोगियों के बीच मत-भेद है। पारिवारिक विघटन के साथ ही समाज में भी उसे अलगाव का एहसास होता है। वह सरकारी नौकरी करता है और उसकी आमदनी भी अच्छी है, लेकिन उसको दोहेम दर्जा का नागरिक समझा जाता है। चेतराम स्व-निर्मित जेल से भागने के लिए उत्सुक है क्योंकि हर ओर से उसे निराशा, बेबसी, एकाकीपन का आभास होता है। मगर उसके कंधे पर कई जिम्मेदारियाँ हैं जिस कारण वह पलायन का बोझ नहीं उठा सकता। चेतराम कहता

है: "कोई वैकल्पिक जिन्दगी नहीं है; इन द्वीपों के एक सौ साल के इतिहास की परिणति बंजरपन और अवसाद में हुई है।" 'गेंदे' कहानी में लेखक ने मनोवैज्ञानिक दृष्टि से पात्रों के चरित्र को गढ़ा है और कुशलतापूर्वक प्रवासी जीवन की समस्याएँ जैसे संस्कृतियों में टकराहट, परायापन, अकेलापन को चित्रित किया है।

प्रिय आदिवासी

सन् 1874 में ब्रिटेन ने फीजी द्वीप को अपने नियंत्रण में लेकर इसे अपना एक उपनिवेश बना लिया। ब्रिटिश लोग भारतीय मजदूरों को यहाँ ठेके पर गन्ने के खेतों में काम करने के लिये ले आये। सन 1970 में इस देश को ब्रिटेन ने स्वतंत्रता दी। लगभग 100 वर्षों तक फीजी ब्रिटिश सरकार के अधीन रहा। यहाँ के नागरिको में ई-तउकइ और हिंदुस्तानी के अलावा प्रचुर मात्रा में यूरोपियन लोग भी शामिल हैं। 'प्रिय आदिवासी' कहानी लेखक ने यूरोपियन नागरिकों के परिप्रेक्ष्य से लिखी है। कहानी की मुख्य पात्र, एलैन फीजी के द्वीपों और वहाँ के आदिवासी लोगों के साथ पली बढ़ी है, और खुद को एक फीजीवासी मानती है। लेकिन बार-बार उसे यह एहसास दिलाया जाता है कि यह उसका देश नहीं है। दुकानदार उससे अकसर पूछता, 'तो मिस आप कब जा रही है' तथा उसका पिता भी यह मानता था कि 'द्वीपों के बारे में कुछ ऐसी बाते हैं जिन्हें कोई भी बाहर वाला कभी समझ नहीं सकता'। लेखक ने इस कहानी में एलैन की एकाकीपन और देश के साथ उसके रिश्ते को दर्शाया है।

गमालियन की औरत

गमालियन की औरत रचनात्मक शक्तियों और महिलाओं की स्वतंत्रता पर आधारित कहानी है। कहानी की शुरुआत ही रोचक ढंग से की गई है: "गमालियन एक अच्छे-खासे शनिवार को सबेरे अपने सपने में मर गई।" मर कर फिर जी उठने वाली, बूढ़ी गमालियन की कहानी वनुआ लेवू के चारों कोने तक पहुँच जाती है। गेमिलियन ने इस अवसर का फायदा उठाकर अपनी रचनात्मक शक्तियों द्वारा वृद्धा अवस्था के

आंतरिक तनाव और आर्थिक कमियों को पूरा करने का जरिया बनाया। यद्यपि गेमिलियन कई बार शादी करती हैं, पर वह कभी किसी पुरुष पर निर्भर नहीं रहना चाहती है। यह कहानी नारी संवेदना और उनके जीवन के आंतरिक तनाव को दर्शाती हैं।

कला

कहानी की नायिका कला मानती है कि प्रेम एक पवित्र बंधन है इसलिए वह सुखेन से विवाह कर भारत से फीजी आ जाती है। वह अपने पति सुखेन में श्री कृष्ण को देखती है। वह जानती है कि सुखेन के लिए उसका प्यार वर्तमान और भविष्य के बीच एकमात्र पुल है। लेकिन भ्रम कभी सत्य नहीं हो सकता। "उसने स्वेच्छा से अपने को उसकी इच्छाओं के लिए अर्पित कर दिया था। उससे कहा गया था कि उसे दूसरों के लिए जीना है।" मगर शादी के कुछ सालों बाद, यही गृहस्थ जीवन कला के लिए एक फंदा बन जाता है, जिसमें उसका दम घुटता है। हालांकि शुरू में उसने सुखेन के साथ अपने जीवन में बहुत संतुष्टि पाई, पर अब वह स्वतंत्रता और नौकरी के बारे में सोच रही है। कहानी में आधुनिक नारी की मानसिकता तथा वैयक्तिक आध्यात्मिकता के सूक्ष्म भावनाओं को चित्रित किया गया है।

झाड़ीगत

इस संग्रह में संकलित 'झाड़ीगत' एक लम्बी कहानी है। यह कथा नायिक आनंदी के भौतिक व मनोवैज्ञानिक जीवन यात्रा को प्रस्तुत करती है। लेखक ने आनंदी के जीवन यात्रा के उतार-चढ़ाव को तीन भागों में विभाजित किया है: सागर के कलाकार, मेरा मानस और कर्मबंधन और अंत की आरम्भ। आनंदी अपने चिकित्सक मित्र, मिश्रा के साथ जीवन स्मृतियों को पुन: जीता है। आनंदी की असली चिकित्सा उसके यात्रा के साथ शुरू होती है, जिसमें दोनों मित्र विस्थापन के दर्द को बाँटते हैं। इस दौरान आनंदी के गाँव, बरबरी बन से जुड़ी कई संवेदनाएँ जागृत हो उठती हैं। आनंदी के मानसिक विघटन का कारण विस्थापन, संस्कृतियों की टकराहट और समाजिक रूढ़ियाँ हैं।

स्मृतियों से विस्मृति की ओर

'स्मृतियों से विस्मृति की ओर' प्रस्तुत कहानी संग्रह का उपयुक्त उपसंहार माना जा सकता है जहाँ लेखक अपने जीवन की स्मृतियों को कथा में निष्पक्ष होकर लिखते हैं। वर्षों बाद सुब्रमनी अपनी माँ की अंत्येष्ठी संस्कार करने गाँव आते हैं और जीवन के इस भावुक मोड़ पर उसे अपने परिवार व दोस्तों के साथ बिताए क्षण तजा हो उठती है। इस कहानी के माध्यम से पाठक सुब्रमनी के बचपन की गतिविधियों, कला, विश्वास, मान्यताएँ, आकांक्षाओं, लेखन प्रेरणा एवं फीजी गिरमिटियों के जीवन सफर को करीब से देख सकते हैं।

कला की तलाश शीर्षक जीवन की खोज, कला की खोज के अलावा व्यक्ति की पहचान की ओर संकेत करती है। लेखक ने कहानियों में विभिन्न जातिय समूह, युवा, नारी और वृद्ध दृष्टिकोण व अनुभवों को अभिव्यक्ति प्रदान की है। सुब्रमनी की कहानियों के पात्र एक चिंताग्रस्त और तनावपूर्ण दुनिया में खुद को जीवित या मुक्त करने की इच्छा से जी रहे हैं। इन कहानियों में आधुनिक बुद्धिवादी युग की द्वंद्वग्रस्त चेतना का स्पष्ट एवं प्रभावी चित्रण हुआ है।

केंद्रिय समस्या

सुब्रमनी की कहानियाँ फीजी के प्रवासी भारतीयों की परंपराएँ, परिवेशगत समस्याएँ, संस्कृतियों की टकराहट व बहुजातीय समाज में अपने अस्तित्व के द्वंद्व को प्रस्तुत करती है। कला की तलाश कहानी संग्रह के पात्र विविधता लिए हुए हैं जिसमें वृद्ध धनपत, बालक मनु, गिरमिटिया नारी कुंती, पत्नी कला, आदिवासी युवा मोसेसे, शिक्षक चेतराम, अल्पसंख्याक यूरोपीयन महिला ऐलैन आदि हैं। ये सभी पात्र फीजी के बहुसांस्कृतिक समाज का प्रतिनिधित्व करते हैं।

स्त्री शोषण

गिरमिट प्रथा पर आधारित कहानियाँ बताओं, ट्रेन कहा जाती है? और सौतू गिरमिट जीवन के संघर्षों को अभिव्यक्त करते हैं। बागवानों, विदेशी अफसर, सरदारों, और गिरमिटिया पुरुषों द्वारा महिलाओं के

खिलाफ दुर्व्यवहार और हिंसा गिरमिट के दौरान एक जटिल समस्या रही है। बताओं, ट्रेन कहा जाती है? में कुंती और उसका बेटा मनु कुली लॉइन में रहते हैं। मनु के पिता की हत्या कर दी जाती है। कुंती, एक युवा विधवा होने के कारण बैरक में घरेलू हिंसा की वजह है। बालक मनु, अन्य पुरुषों को अपनी माँ पर बुरी नजर रखते देखता है। कुंती भी एक सुरक्षित इज्जतदार जीवन बिताना चाहती है, किंतु आर्थिक आभाव, गरीबी, भुखमरी और विपत्तियों से आन्दोलित होकर शरीर विक्रय की ओर उन्मुख होती है। जिसकी वजह से कुली लॉइन की महिलाएँ व पुरुष कुंती को गाली देते हैं। कुंती और मनु दोनों इस जिल्लत भरी जिंदगी से बाहर निकलना चाहते हैं मगर उनके पास इस जिंदगी से भागने का कोई विकलप नहीं है। यह कहानी औपनिवेशिक शोषण और गिरमिटिया पुरुषों एवं महिलाओं की बेबसी की छवि है।

अकेलापन

अकेलापन महामारी की तरह हमारे समाज को अपनी गिरफ्त में लेता जा रहा है जहाँ धन, यश व भीड़भाड़ के बावजूद वृद्ध एकाकी होकर अपनों के इंतजार में दम तोड़ रहे हैं। 'सौतू' कहानी का वृद्ध विधुर, धनपत अपनी पत्नी रतनी के मृत्यु और बच्चों की शादी के बाद, वृद्धावस्ता के अकेलेपन और तनावों से घिरा है। धनपत की सड़ती पुरानी झोपड़ी, गरीबी और शून्यता का प्रतीक है। लेखक धनपत के अकेलेपन को इन शब्दों में वर्णित करते हैं: "लेकिन अब एक ऐसा अकेलापन था जो तीव्र था और समूचा था, क्या वह उसके अकेले पड़ जाने से डर रहा था इसलिए सोमू (बेटे) की वापसी चाह रहा था?" उसका बेटा विदेश में बस जाता है और धनपत अपना गाँव छोड़कर विदेश जाने को तैयार नहीं है। इस अकेलेपन ने धनपत को निराशा से भर दिया है। वह अजीब तरीके से पराजित और अपमानित महसूस करता है जिसका विवरण कहानी में इस प्रकार दिया गया है: " ...उसने चिड़चिड़े तरीके से दरवाजे और खिड़कियाँ बंद की और लगभग रेंगता-सा चारपाई पर गया और वहीं सन्निपात में पड़ा रहा, उसकी ताकत पूरी तरह से निचुड़ चुकी थी।" तथा गमालियन की औरत एक

वृद्ध स्त्री की कहानी है जो जिंदगी की कड़वाहट से बचने के लिए स्वानिर्मित कल्पनिक जीवन जीती है। वह अपने अकेलेपन को दूर करने के लिए कहानियाँ गढ़ती है।

'गेंदे' कहानी का मध्यवर्गीय शिक्षक, चेतराम भी अच्छी नौकरी, पत्नी, माँ, घर-बार होने के वावजूद तनावग्रस्त और अकेला महसूस करता है। चेतराम गिरमिटियों का वंशज है। वह एक शिक्षक है फिर भी उसे लगता है कि उसके अतीत के कारण अन्य शिक्षक उसका सम्मान नहीं करते हैं। उसको दोय्यम दर्जा का नागरिक समझा जाता है। 'गेंदे' कहानी में लेखक ने मनोवैज्ञानिक दृष्टि से पात्रों के चरित्र को गढ़ा है और कुशलतापूर्वक प्रवासी जीवन की समस्याएँ जैसे संस्कृतियों में टकराहट, परायापन, अकेलापन को चित्रित किया है। लेखक चेतराम के माध्यम से आधुनिक सामाजिक जीवन की जटिलता को दर्शाया है। इसके अतिरिक्त 'प्रिय आदिवासी' कहानी अल्पसंख्यक यूरोपियन नागरिकों के अलगाव को प्रस्तुत करता है। लेखक ने इस कहानी में नायिका एलैन के एकाकीपन और देश की नागरिकता पर प्रश्न उठाया है।

सुब्रमनी की कहानियाँ 'गमालियन की औरत', 'प्रिय आदिवासी', 'गेंदे', 'सौतू' सामाजिक परिवेश से उत्पन्न अकेलेपन को दर्शाते हैं।

तनावग्रस्त जीवन

आधुनिक बहुजातीय एवं बहुसांस्कृतिक समाज में मनुष्य के कार्य करने और चिंतन का तरीका अलग होता जा रहा है। मनुष्य की विविध अभिव्यक्तियाँ ही अलग-अलग संस्कृतियों का निर्माण करती हैं और इन्हीं से किसी समाज की पहचान कायम होती है। फीजी एक बहुजातिय और बहुसांस्कृतिक देश है जहाँ पर प्रमुख जातियाँ फीजियन और हिन्दुस्तानी हैं। इन प्रमुख जातियों के अलावा यहाँ चीनी, यूरोपीयन, कोरीयन, रोतूमन आदि जातियाँ भी हैं जो एक दूसरे के साथ घुल-मिल कर रहते हैं। 'किस का देश' कहानी का मोसेसे फीजी के मूल निवासियों का प्रतिनिधित्व करता हैं। वह वह अपने देश के बदलते पूँजीवादिता और आधुनिकीकरण के प्रभाव से तनावग्रस्त है। वह गाँव छोड़ अपने अस्तित्व की खोज में सूवा शहर आता है, मगर यहाँ

संस्कृतियों के टकराहट के कारण वह खुद को दिशाहीन पाता है। इस दिशा हीनता के कारण वह असुरक्षित महसूस करता है। इस तरह आधुनिकीकरण के प्रभाव के कारण कई युवा गाँव छोड़ शहर आते हैं, किंतु महानगरीय परिवेश में आत्मीयता स्थापित करना उनके लिए कठिन और तनावपूर्ण साबित होता है। नायक मोसेसे को चाची का घर, सड़कों से उड़ती धूल, चिल्लाते बच्चें, शहर और बसों की भीड़, आर्थिक समानता और जातिय इर्ष्या असुरक्षित व बदसूरत जान पड़ता है। वह अपने चारों ओर एक घुटन और क्रोध महसूस करता है। 'किस का देश' में जिंदगी की भाग–दौड़ में शामिल मोसेसे जैसे युवा शोरगुल भरे भीड़ में तनावपूर्ण स्थितियों से गुजरते हैं।

गेंदे' कहानी का मध्यवर्गीय शिक्षक, चेतराम भी परम्परा और आधुनिकता के बीच चुनाव के द्वंद्व से गुजरता है। हमारा समाज संक्रमण के जिस दौर से गुजर रहा है, उसमें हम परम्परा और आधुनिकता के बीच चुनाव के द्वंद्व में फंसे हैं। एक ओर पश्चिमी जीवनशैली का सम्मोहन है तो दूसरी ओर सांस्कृतिक अस्मिता का आग्रह है। 'कला' कहानी की नायिका कला भी सांस्कृतिक परंपरा और 'कला' कहानी की नायिका कला भी सांस्कृतिक परंपरा और आधुनिकता के द्वंद्व में फसी है। वह सुखेन से अपनी मर्जी से शादी करती है पर अब उसे यह शादी एक फंदा लगता है जिसने उसके असली व्यक्तित्व पर पर्दा डाल दिया है। वह एक अच्छी परंपरावादी भारतीय स्त्री, बेटी, पत्नी और माँ की भूमिका निभाती है लेकिन गुप्त रूप से वह अपनी स्वतंत्रता के लिए तरसती है। एक ओर कला इन सांस्कृतिक बंधनों से आजादी चाहती है तो वही दूसरी ओर उसका संघर्ष उसकी अस्तित्वगत पहचान और फीजी में इंडो–फिजियन समाज के पितृसत्तात्मक मानदंडों पर सवाल उठाता है। यहाँ स्त्री को स्त्रीत्व से मुक्ति नहीं अपितु उन रूढ़ियों से मुक्ति दिलाने की जरूरत है जो उन्हें बाँधती है।

कला की तलाश कहानी संग्रह में अभिव्यक्त कहानियाँ फीजी के बहुजातीय समाज में प्रवासी भारतीयों के जीवन, गिरमिटिया जीवन की त्रासदी, सांस्कृतिक मूल्य, एवं सामाजिक संघर्षों को चित्रित करती हैं। इन कहानियों में आधुनिक बुद्धिवादी युग की द्वंद्वग्रस्त चेतना का स्पष्ट

एवं प्रभावी चित्रण हुआ है।

उद्देश्य

प्रवासी लेखन में अतीत के प्रति मोह, घर, इतिहास और सांस्कृतिक द्वंद्व महत्वपूर्ण स्त्रोत और अंश हैं। कला की तलाश में संकलित कहानियाँ फीजी के बहुजातीय समाज से परिचय कराती है। फीजी की संस्कृति एक सामासिक संस्कृति है, जिसमें आदिवासी फीजियन, भारतीय, ब्रिटन, ऑस्ट्रेलिया तथा न्यूजीलैंड के निवासी निवास करते हैं। इसी सामाजिक विविधता को सुब्रमनी अपनी कहानियों में दर्शाते हैं तथा फीजी के बहुसांस्कृतिक समाज में व्यक्ति की पहचान का द्वंद्व प्रस्तुत है।

कला की तलाश के पात्र एक चिंताग्रस्त और तनावपूर्ण दुनिया में खुद को जीवित या मुक्त करने की इच्छा से जी रहे हैं। 'गेंदे' का चेतराम, सौतु का धनपत, गामीलियन, बताओ, ट्रेन कहाँ जाती है? की कुंती तथा बालक मनु गिरमिट प्रथा के कष्टों से गुजरे हैं और उन्होंने अपने पूर्वजों की त्रासदी को सुना तथा अनुभव किया हैं, जिसका प्रभाव उनके वर्तमान जीवन पर दिखाई पड़ता है। व्यक्ति के जीवन पर इतिहास का क्या प्रभाव पड़ता है, यह भी इन कहानियों में चित्रित हुआ है। लेखक ने कहानियों में विभिन्न जातीय समूह, युवा, नारी और वृद्ध दृष्टिकोण व अनुभवों को अभिव्यक्ति प्रदान की है ताकि फीजीवासी एक दूसरे की विविधता को समझते हुए उन्हें स्वीकारने का प्रयास करें।

सुब्रमनीः राइटर एट वर्क इन फीजी

हेतल पटेल द्वारा रचित सुब्रमनीः राइटर एट वर्क इन फीजी में फीजी के लेखकों, फीजी की पृष्ठभूमि, लेखक सुब्रमनी के व्यक्तित्व और कृतित्व के साथ उनकी नवीनतम रचनात्मक कार्यों का ज्ञानवर्धक और शोधपरक अध्ययन प्रस्तुत है। यह देखा गया है कि सुब्रमनी के सृजनात्मक लेखन में उनके और गिरमिटिया समाज के अनुभव शामिल हैं। पोस्टमेमोरी का उपयोग करते हुए, वे अपनी कहानियों और उपन्यासों को बुनने के लिए अतीत, वर्तमान, दबी हुई यादें और खंडित कहानियों को जोड़ते हैं। हेतल पटेल ने अपनी पुस्तक सुब्रमनीः राइटर एट वर्क

इन फीजी में लेखक सुब्रमनी को फीजी के एक बुद्धिजीवी के रूप में चित्रित किया हैं जो शक्तिहीन और हाशिये पर पड़े लोगों, वंचितों और अशक्त लोगों की समस्याओं को स्पष्ट करते हैं (पृष्ठ, 46)। सुब्रमनी: राइटर एट वर्क इन फीजी यह सिद्ध करती है कि सुब्रमनी का लेखन अन्य बुद्धिजीवियों और लेखकों के लिए एक आदर्श हैं जो अपने समाज के विकास के लिए कुछ करना चाहते हैं।

इस पुस्तक में सुब्रमनी के लेखन पर हेतल पटेल ने गहन अध्ययन विश्लेषण किया है। हेतल पटेल इस बात पर बल देती है कि सुब्रमनी एक जिम्मेदार लेखक के साथ-साथ एक आलोचक की भी भूमिका निभाते हैं। जहाँ सुब्रमनी ने डउका पुरान में फीजीलाल के माध्यम से फीजी के पुरुष दृष्टिकोण को उजागर किया है वहीं फीजी माँ में नारी दृष्टि को स्थान दिया है। फीजी माँ की वेद एक भिखारिन है, वह समाज के सबसे सीमांत स्थान पर है। यहाँ यह बात ध्यान में देने वाली है कि वह न केवल एक इंडो-फिजियन महिला है, बल्कि वह एक भिखारी भी है, जो आर्थिक रूप से सबसे वंचित वर्ग से है। वह समाज के सबसे निचले स्थान पर है और उसका अस्तित्व मुख्यधारा समाज की दया पर निर्भर है। हालांकि उसकी सामाजिक-आर्थिक और राजनीतिक स्थिति सबसे निचली है, फिर भी वह उन लोगों की चुनौतियों को सुनती है जो अक्सर उसके साथ बातचीत करते हैं।

हेतल पटेल के पुस्तक का एक पूरा भाग फीजी माँ के अनुशीलन पर कैंद्रित है। वह लिखती है: "फीजी माँ पर अध्याय दो दृष्टिकोणों को ध्यान में रखकर लिखा गया है: फीजी भारतीय महिला मानस के विकास की फिर से कल्पना करना, और महिला मुक्ति के सही अर्थ को समझना"(पृष्ठ 199)। लेखिका फीजी माँ उपन्यास गें चित्रित संवेदनाओं की तुलना मादर इंडिया फिल्म से करती हैं। कई भारतीय प्रवासी लेखकों के समान, इंडो-फिजियन लेखकों ने अपने लेखन के माध्यम से खुद को खोई हुई मातृभूमि से फिर से जोड़ा है। उन्होंने अपनी खोई हुई मातृभूमि की छवियाँ फिर से बनाई हैं। इंडो-फिजियन साहित्य की एक महत्वपूर्ण विशेषता उनकी भारतीयता का निर्माण और उत्पादन है। यद्यपि हेतल पटेल इस बात को स्वीकारती है कि सुब्रमनी के फीजी

हिंदी कथा साहित्य का मूल संवेदन फीजियन समाज और फीजी की स्थानीय फीजी हिंदी भाषा में संनिहित है। वह फीजी माँ उपन्यास के संबंध में कहती है: "सुब्रमनी के उपन्यास में फीजी की महिलाओं के विभिन्न वर्ग हैं, ग्रामीण महिलाओं से लेकर शहर में रहने वाली, समृद्ध उपनगरों के साथ-साथ अवैध बस्तियों में रहने वाली महिलाओं तक"। (सुब्रमनी: राइटर एट वर्क इन फीजी, पृ.202).

इन तथ्यों के आधार पर यह कहना उचित होगा कि एक ओर जहाँ फीजी के मानक हिंदी बुद्धिजीवियों ने फीजी हिंदी उपन्यास की भाषा को निम्न करार दिया वहीं भारत की भाषा विद्वान हेतल पटेल सुब्रमनी के फीजी हिंदी साहित्य को हास्य व्यंग्य और काव्यमयी भाषा से परिपूर्ण साहित्य समझती हैं।

सबाल्टर्न नैरेटिव्स इन फीजी हिंदी लिटरिचर

निम्नवर्गीय आख्यान के रूप में विजय मिश्रा की नवीनतम पुस्तक सबाल्टर्न नैरेटिव्स इन फीजी हिंदी लिटरिचर के लिए एक विशेष मान्यता रखता है। सबाल्टर्न नैरेटिव्स इन फीजी हिंदी लिटरिचर अंग्रेजी भाषा में रचित 324 पृष्ठों की एनथेम प्रेस द्वारा फरवरी 2024 में प्रकाशित साहित्यिक आलोचनात्मक पुस्तक है। यह पुस्तक फीजी हिंदी साहित्य में लिखे गए कथा साहित्य का पहला व्यापक अध्ययन प्रस्तुत करती है। लेखक विजय मिश्रा ऑस्ट्रेलिया के मर्डोच विश्वविद्यालय में अंग्रेजी और तुलनात्मक साहित्य के एमेरिटस प्रोफेसर हैं। प्रस्तुत पुस्तक में मिश्रा ने फीजी के प्रमुख लेखक सुब्रमनी के दो असाधारण फीजी हिंदी उपन्यासों डउका पुरान (2001) और फीजी माँ: मदर ऑफ ए थाउजेंड (2018) का अनुशीलन किया है। यह अध्ययन औपनिवेशिक दृष्टिकोणों से आगे बढ़कर निम्नवर्गीय दृष्टिकोण को प्रकाश डालता है।

लेखक सुब्रमनी एक बुद्धिजीवी व्यक्ति हैं जो फीजी के रचनात्मक गद्य के प्रख्यात लेखक ही नहीं, उन्होंने न केवल अंग्रेजी में बल्कि अपनी मातृभाषा फीजी हिंदी को साहित्यिक मंच प्रदान करने के लिए उसे लिपिबद्ध किया है। फीजी हिंदी विशेष रूप से इंडो-फीजियन द्वारा उनकी मातृभाषा के रूप में बोली जाती है। यह उनकी सांस्कृतिक

पहचान भी है। मिश्रा का भी मानना है कि डउका पुरान और फीजी माँ की कथावस्तु ऐसे सांस्कृतिक सूत्रों से भरे पड़ी हैं। इसलिए वे सुब्रमनी के दोनों फीजी हिंदी उपन्यासों को एक असाधारण उपलब्धि मानते हैं और सुब्रमनी को भारतीय गिरमिटियों की सबाल्टर्न आवाज। फीजी हिंदी भाषा समाज में ऊँच-नीच के फासले को मिटाकर वक्ताओं को भाषाई क्षमता के समान स्तर पर ला देती है क्योंकि ऐसा कोई भी इंडो-फिजियन नहीं है जो इसे दूसरे से बेहतर बोलता है। तभी तो फीजीलाल जैसा निम्न वर्गीय अशिक्षित व्यक्ति भी आत्मविश्वास के साथ अपनी बात कह पाता है।

सुब्रमनी के दोनों औपन्यासिक कृतियाँ सबाल्टर्न लेखन के उदाहरण हैं। उत्तर-औपनिवेशिक, प्रवासी और निम्नवर्गीय विद्वानों के लिए, वे आधार ग्रंथ हैं जिनके बिना उनके सिद्धांत अधूरे माने जाते हैं। सिद्धांतों के लिए प्राथमिक पाठों की महारत की आवश्यकता होती है और ये सबाल्टर्न रचनाएँ जो स्थानीय भाषा में हैं, सिद्धांतकार को चुनौती पेश करते हैं। इस समस्या के समाधान हेतु और अध्ययन की सुविधा के लिए मिश्रा फीजी हिंदी उपन्यासों का अंग्रेजी भाषा में सबाल्टर्न दृष्टिकोण से अध्ययन कर, फीजी हिंदी कृतियों को विश्व साहित्य जगत में व्यापकता प्रदान करते हैं।

उक्त पुस्तक की महत्ता को रेखांकित करते हुए प्रो. जॉन ओश्कैरोल (चार्ल्स स्टर्ट यूनिवर्सिटी, ऑस्ट्रेलिया) लिखते हैं कि: "सबाल्टर्न नैरेटिव्स अंग्रेजी बोलने वाले पाठकों को सुब्रमनी की दो स्थानीय हिंदी उत्कृष्ट कृतियों के विस्तारित अनुवादात्मक विश्लेषण के माध्यम से एक साहित्यिक भाषा के रूप में फिजी-हिंदी की गहन समझ प्रदान करता है।" इस पुस्तक मे, मिश्रा फीजी हिंदी भाषा और फीजी हिंदी के जुड़ें अपने अनुभवों का सम्मान करते हैं तथा इसके माध्यम से दुनिया के अन्य निम्नवर्गीय भाषा समुदायों का अनुभव सामने रखते हैं।

विजय मिश्र के पुस्तक सबाल्टर्न नैरेटिव्स इन फीजी हिंदी लिटरिचर की एक कड़ी के रूप में मेरा यह अध्ययन हिंदी में प्रस्तुत है।

निष्कर्ष

फीजी के प्रमुख हिंदी साहित्यकारों में कमला प्रसाद मिश्र, तोताराम सन्नाढय, विवेकानन्द शर्मा, जोगिन्द्र सिंह कंवल, अमरजीत कौर, सुब्रमनी आदि नाम उल्लेखनीय हैं। फीजी का सृजनात्मक हिंदी साहित्य दो धाराओं में है–फीजी हिंदी और मानक हिंदी। फीजी हिंदी साहित्य में सुब्रमनी का नाम प्रमुख है। वे प्रवासी भारतीयों की उस श्रेणी से है, जिनके माता–पिता गिरमिटिया मजदूरों के रूप में फीजी आए थे। सुब्रमनी ने फीजी में हिंदी की स्थानीय शैली फीजी हिंदी में उत्कृष्ट साहित्य सृजन किया हैं। डउका पुरान उनकी पुरस्कृत रचना है जिसकी गुणवत्ता उसकी विषय–वस्तु, स्थानीयता, भाषा शैली, प्रौढ़ता और संवेदना में निहित है। डउका पुरान और फीजी माँ दोनों उपन्यास मील के पत्थर हैं और शास्त्रीयता के मानदंड पर खरे उतरते हैं। सुब्रमनी के दोनों उपन्यास देश की सीमाओं को पारकर सार्वभौमिक बन गए हैं।

कथा सम्राट मुंशी प्रेमचंद की भांति सुब्रमनी की दृष्टि भी समाज के उपेक्षित वर्ग की ओर अधिक रही है। इतिहासकार ज्यादातर महान पुरुषों और महिलाओं के बारे में लिखते हैं, जबकि कथाकार उन छोटी–छोटी घटनाओं और लोगों के बारे में लिखते हैं जो इतिहास की किताबों से बाहर कर दिए गए हैं और उन्हें अनदेखा कर दिया जाता है। सिद्धान्तवादी ऐसे निम्नवर्गीय लोगों को सबाल्टन कहते है, जिनकी उपस्थिति समाज में नगण्य होती है। इन्हीं सबाल्टन को सुब्रमनी वाणी देते हैं। डउका पुरान और फीजी माँ उपन्यास के प्रमुख पात्र सबाल्टन हैं जो अपनी निज भाषा में अपनी संवादनाएँ पाठकों के समक्ष रखते हैं। उनकी कृतियाँ फीजी के साहित्यिक इतिहास में एक असाधारण घटना है, जो भावी लेखकों के लिए प्रेरणा स्त्रोत हैं। वे ऐसे प्रवासी सृजनकार हैं जिन्होंने हिंदी की एक नई स्थानीय भाषा शैली को साहित्यिक रूप प्रदान किया है। किंतु, यह दुर्भाग्य है कि ऐसे महान साहित्यकार की रचनाओं को निम्न कोटी का समझ कर अस्वीकारा भी गया है। यह सराहनीय है कि सुब्रमनी के सृजनात्मक कृतियों ने फीजी हिंदी भाषा को एक सृजनात्मक भाषा के रूप में प्रतिष्ठा दिलाई है।

संदर्भ ग्रंथ सूची

1. दास, श्यामसुंदर. साहित्यालोचन. हरीश विश्वविद्यालय प्रकाशन, आगरा. 2011, पृ. 44.
2. *Barthes, Roland. 'The Death of the Author.' Image-Music-Text. 1967.pp.142-148.* ***http://artsites.ucsc.edu/faculty/*** *Gustafson /FILM»20162.W10/readings/barthes.death.pdf, accessed 07 July 2022.*
3. वहीं. pp-142-148.
4. जैन, अनेकांत कुमार. "प्राकृत साहित्य में जीवन". http://anekantkumarjain.blogspot.com/2017/07
5. *O'Carroll, John. 'Subramani'. The Literary Encyclopedia. First published 15 September 2014* ***http://*** *www.litencyc.com/php/speople.php\rec(true-UID)4277, accessed 07 May 2019.*
6. *Hereniko, Vilsoni. 'An Interview with Subramani.'The Contemporary Pacific 13 (1),2001, pp. 184-98.*
7. सुब्रमनी. 'Children of Ramacharitramanas Country.' Fijian Studies, vol. 12, nos. 1-2, 2014, pp. 25-34. fijianstudies.net. Accessed 16 Nov. 2019.
8. पाण्डय, नूतन. 'फीजी हिंदी उपन्यासकार सुब्रमनी से संवाद.' फीजी में हिंदी: विविध प्रसंग. राजेश कुमार माँझी (सं), सर्व भाषा ट्रस्ट, नई दिल्ली, 2022, पृ. 163.
9. सुब्रमनी. 'स्मृतियों से विस्मृति की ओर.' कला की तलाश. स्टार पब्लिकेशंस, नई दिल्ली.2006, पृ. 219.
10. वहीं, पृष्ठ 196
11. पाण्डय, नूतन. 'फीजी हिंदी उपन्यासकार सुब्रमनी से संवाद.'फीजी में हिंदी: विविध प्रसंग. राजेश कुमार माँझी (सं), सर्व भाषा ट्रस्ट, नई दिल्ली, 2022, पृ.167.
12. सुब्रमनी. 'The Beginning of a Literature (Chapter 1)'. 'South Pacific literature: From Myth to Fabulation'. University of the

South Pacific. Suva. 1985 ,P.2.

13. कुमार, नीलम. शांति दूत. सितम्बर, 2017 , पृ. 8.

14. सुब्रमनी. 'Children of Ramacharitramanas Country.' Fijian Studies, vol. 12 , nos. 1&2 , 2014 , pp. 25&34. fijianstudies.net. Accessed 16 Nov. 2019.

15. सुब्रमनी, 'स्मृतियों से विस्मृति की ओर', कला की तलाश, स्टार पब्लिकेशंस, नई दिल्ली,2006 , पृ. 210.

16. हिंदी समाचार पत्रिका, ऑस्ट्रलिया, Vol-4, No- 6 , जून, 2001.पृ.20.

17. मुक्त ज्ञानकोश विकिपीडिया, उत्तर उपनिवेशवादी http://hi-wikipedia-org@wiki, 2016- Accessed 16 Nov- 2019-

18. वर्मा, विमलेश कांति, 'साक्षात्कार–सुब्रमनी से विमलेश कांति वर्मा की वर्ता' समकालीन भारतीय साहित्य, साहित्य अकादमी, भारत सरकार, अंक41. सितंबर–अक्टूबर. 2020 , पृ.149.

19. त्रिवेदी, हरिश, डउका पुरान, स्टार पब्लिकेशंस, नई दिल्ली, भूमिका, 2001 ,

20. Fiji Plus. Fiji's awakening by a reclusive , literary gaint : Professor Subramani http://fijiplus.com.fj/fijis–awakening.by.a.reclusive. literary.giant.professor–subramani/31 July ,2019. Accessed 10Nov. 2023.

21. हिंदी समाचार पत्रिका. ऑस्ट्रलिया. Vol-4, No6 , जून,2001.पृ.1.

22. सुब्रमनी. डउका पुरान. स्टार पब्लिकेशंस, नई दिल्ली.2001. पृ. 137.

23. Fiji Times. Letters to the Editor. Suva Fiji , 12 August 2001.

24. Sharma , Dhaneshwar. \Subramani's Fiji Maa : A Book of a Thousand Readings.'Transnational Literature , vol. 11 , Issue. 1 , 2018.

25. नाइडू, रेजिना. 'कला की तलाश; सुब्रमनी की फीजी से आई कहानियाँ. 'Fijian Studies Vol. 12 Nos. 1–2. Fiji Institute of Applied Studies. 2007. P.263.

26. सुब्रमनी? कला की तलाश.स्टार पब्लिकेशंस, नई दिल्ली, 2006 , पृ.23.

27. वहीं, पृ. 26.

28. *वहीं, पृ.30.*

29. *वहीं, पृ.58.*

30. वहीं, पृ.70.

31. वहीं, पृ.82.

32. वहीं, पृ.9.

33. Patel, Hetal. Subramani :A Writer at Work in Fiji. Creative Books, 2021.

34. Mishra, Vijay. The Literature of the Indian Diaspora. Routledge, 2007, pp. 185-188.

35. मिश्रा, विजय. सबाल्टर्न नैरेटिव्स इन फीजी हिंदी लिटरिचर 'एनथेम प्रेस,2024.

भाग तीन

सुब्रमनी के उपन्यास साहित्य का अनुशीलन

डउका पुरान

फीजी माँः मदर ऑफ ए थाउजेंड

सुब्रमनी के उपन्यास साहित्य का अनुशीलन

साहित्य क्षेत्र में, ग्रंथ पढ़कर उसका गहराई से सतत अध्ययन, विवेचन, विश्लेषण एवं उसके संबंध में अपना मत प्रकट करना साहित्य का अनुशीलन कहलाता है। आदर्श हिंदी शब्दकोश के अनुसार अनुशीलन का अर्थ है: "सतत अभ्यास या अध्ययन, मनन, विचार, चिंतन, सेवा जो बराबर की जाए।" साहित्य के अनुशीलन द्वारा कृति को समझते हुए उसकी उपयोगिता पर भी दृष्टि डाली जाती है। इसके अंतर्गत साहित्य का अध्ययन एक अन्वेषण के रूप में किया जाता है जिसके लिए प्रस्तुत रचना का स्वरूप ज्ञान वांछनीय है जो व्याख्या से हासिल किया जा सकता है। इसके साथ-साथ साहित्य के स्वरूप का विश्लेषण भी विषय के लक्ष्य तक पहुँचने के लिए महत्वपूर्ण होता है। अतः साहित्य अनुशीलन के अंतर्गत किसी कवि व लेखक की कृति की विस्तृत व्याख्या एवं विश्लेषण की जाती है।

भारतेतर देशों में बसे भारतवंशियों के हिन्दी साहित्य ने अपना एक भरा-पूरा संसार निर्मित किया है और उसके आकार में निरन्तर वृद्धि हो रही है। लेखक स्वदेश से दूर रहते हुए स्वदेश को देखने का दृष्टिकोण, जीवन संघर्ष, जीवन परिवर्तन, परिस्थितियों आदि का चित्रण कविताओं, कहानियों, उपन्यास, नाटक, एकांकी, महाकाव्य, खण्डकाव्य, अनूदित साहित्य, यात्रा वर्णन, आत्मकथा आदि कई साहित्यिक विधाओं द्वारा अभिव्यक्त करते हैं। प्रवासी साहित्य: एक सर्वेक्षण के संपादकीय में कमल किशोर गोयनका लिखते हैं कि भारत में रचे जाने वाले हिंदी साहित्य से प्रवासी हिंदी साहित्य, संवेदना, परिवेश, और सरोकार में

एकदम भिन्न हैं। इस भिन्नता का एक मूल कारण प्रवासी लेखकों का परिवेश है। वह अपने जन्म-स्थान, देश और मिट्टी से अलग होकर एक अलग देशकाल तथा परिवेश में चला जाता है जिस कारण उसके नये संस्कार, नया दृष्टिकोण, नये विचार, नई सोच और नई मान्यताएँ बनने लगती है। यह विचारणीय और प्रसन्नता का विषय भी है कि प्रवासी हिंदी लेखक विपरीत परिस्थितियों में रहकर भी अपने हिंदी प्रेम के कारण हिंदी में लिख रहे हैं। अतः उपर्युक्त परिप्रेक्ष्य में यह कहा जा सकता है कि एक ओर जहाँ साहित्यकार प्रवासी हिन्दी साहित्य में कुछ नया जोड़ते हुए अपनी मौलिकता और विशिष्टता बनाए रखते हैं तो वहीं दूसरी ओर हिन्दी भाषा और साहित्य को वैश्विकता प्रदान करने में महत्वपूर्ण भूमिका निभाते हैं। कमल किशोर गोयनका प्रवासी हिंदी साहित्य के महत्व को स्वीकारते हुए लिखते हैं कि:

"आधुनिक हिंदी साहित्य के इतिहास में हिंदी प्रवासी साहित्य की उपस्थिति, उसका सर्वेक्षण और विवेचन उसके स्वतन्त्र अस्तित्व के साथ उसकी प्रतिस्ठा एवं महत्व का प्रमाण है। वास्तव में हिंदी प्रवासी साहित्य तो हिंदी साहित्य की एक शाखा है और यदि हम इस शाखा को काट देंगे तो हिंदी की जड़ें कैसे मजबूत हो सकेंगी द्य हिंदी भाषा और साहित्य की जड़ें चाहे स्वदेश में हो या परदेश में, वह मजबूत तभी होंगी जब उसकी शाखाएँ फूलवती और फलवती होंगी। हिंदी प्रवासी साहित्य हिंदी के विराट संसार का अंग है" (गोयनका, पृ. 11)।

भारतेतर देशों के हिंदी साहित्य की पहचान कमल किशोर गोयनका दो वर्गों में करते हैं: (1) भारतवंशियों का साहित्य और (2) प्रवासी भारतीयों का साहित्य। जिनकी व्याख्या वे इन शब्दों में देते हैं: "भारतवंशियों के साहित्य में मॉरिशस, फीजी, सूरीनाम, त्रिनिडाड आदि देशों का साहित्य आता है, जिनका जन्म इन देशों में हुआ और ये लेखक भारत भूमि और उसकी संस्कृति, धर्म, परंपराओं आदि से स्वंय को जोड़े हुए हैं और प्रवासी साहित्य में अमेरीका, इंग्लैंड, नीदरलैंड, ऑस्ट्रेलिया, डेनमार्क आदि देशों का साहित्य आता है, जो बेहतर जीवन एवं शिक्षा के लिए इन देशों में गए और अपने हिन्दी प्रेम के कारण उसे अपनी अभिव्यक्ति की भाषा बनाई।" 'इन्डियन इंडेचर लेबर सिस्टम'

यानि शर्तबंधी प्रथा के आधार पर ले जाए गए इन भारतीयों में अधिकांश लोग पूर्वी उत्तर प्रदेश और बिहार के सकर मातृभूमि को छोड़ प्रवासी जीवन के सुन्दर सपनों को अपना लिए। भारत से हजारों मील दूर से आए इन मजदूरों में अधिकांश लोग अशिक्षित एवं देहाती थे। शर्तबंधी प्रथा के नाम पर इन निर्धन श्रमिकों को अंग्रेजों ने कई सालों तक अपना गुलाम बनाकर रखा था। इन श्रमिकों ने गन्ने के खेत में सोना उगाने के लिए खून पसीना एक कर दिया। अब मॉरिशस, फीजी, सूरीनाम आदि देशों के मूल भारतीय लोग 'पीपुल ऑफ इन्डियन ओरिजिन' नाम से जाने जाते हैं।

फीजी के सुप्रसिद्ध साहित्यकार सुब्रमनी गिरमिटियों के वंशज हैं। सन् 1912 में सुब्रमनी के पिता, रामा, केरेला, दक्षिण भारत से गेंजस नामक जहाज में गिरमिट प्रथा के अंतर्गत फीजी आए थे। वे मलयाल्म लिख-पढ़ सकते थे। उनके पिता, रामा एक गिरमिटिया मजदूर थे जो ब्रिटिश सरकारी अफसर के बंगले पर रसोइया और माली का काम करते थे। यहीं से वे बेटे सुब्रमनी के लिए अपने मालिक की पुरानी अंग्रेजी पुस्तकें उठा लाते थे। सिर्फ ग्यारह की वर्ष की छोटी-सी आयु में सुब्रमनी रामायण मण्डली के लोकप्रिय तथा होनहार प्रचारक सिद्ध हुए। इतनी कम उम्र में ही सुब्रमनी तुलसीदास कृत रामचरितमानस जो फीजी में रामायण का पर्याय बन चुका है के पदों को पढ़कर लय में गाते, जिसे सुन श्रोतागण मदमस्त हो जाते थे। रामचरितमानस की धार्मिकता और नैतिक शिक्षा का पूरा प्रभाव बालक सुब्रमनी के मन पर पड़ा।

सुब्रमनी ने कई साहित्यिक और साहित्येतर पुस्तकों का लेखन किया है जो फीजी के पारिवारिक जीवन, सांस्कृतिक, आर्थिक, राजनीतिक, धार्मिक परिवेश, इतिहास तथा लोगों के चिंतन को दर्शाता हैं। वे एक सृजनशील लेखक ही नहीं बल्कि फीजी के एक जिम्मेदार नागरिक होने के नाते फीजी के जन समुदाय को जागृत करने का प्रयास करते हैं। फीजी का अंग्रेजी और फीजी हिंदी साहित्य सुब्रमनी के लेखन से अत्यंत समृद्ध हुआ है। लेकिन सुब्रमनी के फीजी हिंदी उपन्यास डउका पुरान और फीजी माँ : एक हजार की माँ' ने फीजी के साहित्यिक खेमे

में नया इतिहास रच दिया।

फीजी हिंदी कथा साहित्य

फीजी के हिंदी कथा साहित्य के अंतर्गत कहानी और उपन्यास आते हैं। कहानी और उपन्यास दोनों कथा साहित्य के भिन्न-भिन्न अंग होते हुए भी अपने आप में वैविध्य रखते हैं। जहाँ उपन्यास का वर्ण्य क्षेत्र विस्तृत होता है वहीं कहानी का संकुचित होता है। उपन्यास में समग्र जीवन का व्यापक और विस्तृत चित्र उपस्थित रहता है, और कहानी में जीवन की एक झलक मात्र। कहानी में आधिकारिक कथा का वर्णन ही केंद्रिय होता है किंतु, उपन्यास में आधिकारिक कथा के साथ अनेक प्रासंगिक, गौण घटनाएँ और प्रसंग जुड़ते रहते हैं।

उपन्यास 'उप' और 'न्यास' के संयोग से बना शब्द है। 'उप' का अर्थ समीप और 'न्यास' का अर्थ है रचना, अर्थात्‌ उपन्यास में उपन्यासकार मानव जीवन से संबंधित सुखद एवं दुखद किन्तु मर्मस्पर्शी घटनाओं को निश्चित तारतम्यता के साथ चित्रित करता है। वस्तुत: उपन्यास में एक ऐसी विस्तृत कथा होती है जो अपने भीतर अन्य गौण कथाएँ समेटे रहती हैं। इस कथा के भीतर समाज और व्यक्ति की विविध अनुभूतियाँ और संवेदनाएँ, अनेक प्रकार के दृश्य और घटनाएँ एवं अनेक प्रकार के चरित्र होते हैं, और यह कथा विभिन्न शैलियों में कही जा सकती है। 'यामसुंदर दास उपन्यास को मानव के वास्तविक जीवन की काल्पनिक कथा मानते हैं, किन्तु मुंशी प्रेमचंद कहते हैं, "मैं उपन्यास को मानव-जीवन का चित्र समझता हूँ। मानव-चरित्र पर प्रकाश डालना और उसके रहस्यों को खोलना ही उपन्यास का मुख्य स्वर है।" अत: संक्षेप में यह कहा जा सकता है कि उपन्यास मानव जीवन की विस्तृत कथा है।

विमलेश कांति वर्मा ने अपनी पुस्तक फीजी का सृजनात्मक हिंदी साहित्य में फीजी के हिंदी कथा साहित्य की शुरुआत बीसवीं शती के चौथे दशक में ज्ञानीदास की तीन लघु पुस्तिकाओं के प्रकाशन से मानते हैं। उनकी तीन प्रकाशित पुस्तकें भारतीय उपनिवेश फीजी, गुप्त शक्तियाँ और फीजी गल्पिका हैं। इनमें फीजी गल्पिका 63 पृष्ठों की कहानी

संग्रह है। बाद में, जोगिन्द्र सिंह कंवल ने सुव्यवस्थित रूप से फीजी में हिंदी साहित्य के गद्य एवं पद्य विधाओं में लिखकर फीजी के हिंदी साहित्य को विश्व मंच पर समृद्धि प्रदान की है। इन्हें फीजी के हिंदी साहित्य का प्रेमचंद कहा जाता है। सन् 1976 में कंवल का प्रथम उपन्यास सवेरा प्रकाशित हुआ। उसके बाद धरती मेरी माता, करवट, सात समुद्र पार, हम लोग प्रकाशित हुए। फीजी के इन प्रवासी रचनाकारों ने अपने कथा साहित्य के माध्यम से फीजी के जन-जीवन का सुन्दर चित्र प्रस्तुत किया हैं।

फीजी हिंदी साहित्य की एक नई लहर उठी जहाँ अंग्रेजी के प्रोफेसर तथा प्रतिष्ठित साहित्यकारों ने अंग्रेजी भाषा के मोह को छोड़कर हिंदी में साहित्यिक कृतियाँ लिखनी प्रारंभ कीं। चूँकि यह हिंदी उनकी अपनी थी, सहज थी सारा देश उसे समझता था, उस हिंदी पर उनका अच्छा अधिकार था इसलिए फीजी हिंदी में साहित्य सृजन कर उन्होंने विश्वव्यापी ख्याति अर्जित की और भारत ने भी औपचारिक रूप से उनकी हिंदी में लिखित कृति को पुरस्कृत कर इस नई शैली की हिंदी को मान्यता प्रदान की है। आज फीजी हिंदी में साहित्यिक रचनाएँ लिखे जा रहे हैं जिनमें सुब्रमनी, स्वर्गीय लाल, प्रवीण चंद्रा, खेमेंद्र कुमार आदि प्रमुख हैं। सुब्रमनी ने फीजी की प्रचलित बोलचाल की हिंदी, 'फीजी हिंदी' को साहित्यिक रूप प्रदान किया जो भाषा के उत्थान की दृष्टि से महत्वपूर्ण हैं। उनकी कृतियाँ डउका पुरान और फीजी माँ : एक हजार की माँ ने फीजी हिंदी का मजबूत भवन खड़ा कर दिया।

फीजी हिन्दी भाषा का विकास गिरमिट काल के दौरान हुआ। चूँकि भारतीय अलग-अलग राज्यों और सांस्कृतिक पृष्ठभूमि से आए थे, फीजी हिंदी उनके लिए एक सामान्य बोल-चाल की भाषा बन गई। गिरमिटिया मजदूर अवधी, बृज, भोजपुरी, तमिल, तेलुगू आदि क्षेत्रिय भाषाएँ अपने साथ लाए थे। इन भाषाओं के साथ फीजियन और अंग्रेजी भाषा के शब्दों का मिश्रण हुआ। जिसके फलस्वरूप आज फीजी हिंदी विशेष रूप से इंडो-फीजियन लोगों द्वारा उनकी मातृभाषा के रूप में बोली जाती है। यह फीजी के प्रवासी भारतीयों की एक सांस्कृतिक पहचान भी है।

सूर्यप्रसाद दीक्षित के शब्दों में 'फिजियन हिन्दी का शब्द भंडार हिन्दी, भोजपुरी, अवधी, अंग्रेजी और फिजियन शब्दों के मेल से बना है जैसे–कौनची (कौन चीज), वास्तीन (वास्ते), संधे (संगे), पतरा (पतला), मनहाई (लोग) आदि। इसमें कुछ क्रियाएँ भी अलग दिखाई देती है जैसे –जाए सकेगा (जा सकेगा), उ खरीदिस (उसने खरीदा) आदि'। फीजी हिंदी भाषा न तो पूर्णतः अवधी है और न ही भोजपुरी। यह हिंदी फीजी में विकसित एक नई भाषिक शैली है जिसकी संरचना तो सामान्यतः अवधी की है, भोजपुरी का उस पर प्रभाव है तथा अंग्रेजी और काईबीती के तत्सम और तद्भव दोनों के शब्दों का सहज समावेश है। 'फीजी हिंदी' पर कई विदेशी विद्वानों ने महत्वपूर्ण ग्रंथ लिखे हैं जिसमें रोडने मोग का ग्रंथ 'फीजी हिंदी' एक महत्वपूर्ण परिचयात्मक ग्रंथ है।

फीजी के क्षेत्रों में भाषा का भिन्न-भिन्न प्रयोग देखने को मिलता है। फीजी के लम्बसा जिले की अपनी शब्दावली है और सूवा शहर की अपनी और इस कारण शब्दों के उच्चारण और वाक्य रचना में जटिलता उत्पन्न होती है। किन्तु, यह भाषा प्रेमियों के लिए चिंता का विषय नहीं है क्योंकि भाषा तो बहता नीर है, उसे बहने के लिए छूट देनी चाहिए, ताकि वह बहती रहे और विकसित होती रहे। शुद्ध हिंदी की तुलना में फीजी के प्रवासी भारतीय फीजी हिंदी भाषा में अपनी भाव-व्यंजनाओं को अच्छी तरह से अभिव्यक्त कर पाते हैं। यह देखा गया है कि फीजी हिंदी बोलने वाला आसानी से मानक हिंदी भी ग्रहण कर लेता है इसलिए फीजी हिंदी साहित्य को भी प्रोत्साहन मिलना चाहिए।

डउका पुरान

मानक हिंदी में साहित्य सृजन तो होता रहा किन्तु व्यवस्थित रूप से फीजी हिंदी में साहित्य सृजन का सूर्योदय 21वीं शताब्दी के पहले दशक में सुब्रमनी की कृति डउका पुरान के प्रकाशन से आरंभ हुआ। यह फीजी हिंदी का पहला उपन्यास है। डउका पुरान का सृजन फीजी हिंदी भाषा एवं साहित्य की एक महत्वपूर्ण ऐतिहासिक उपलब्धि सिद्ध हुई। सन् 2001 में स्टर पब्लिकेशंस, नई दिल्ली द्वारा 521 पृष्ठों का यह पहला फीजी हिंदी उपन्यास प्रकाशित हुआ। इस उपन्यास की खासियत यह है कि सुब्रमनी ने इस रचना के माध्यम से निम्नवर्गीय व्यक्तियों को वाणी प्रदान की है तथा फीजी में निम्न समझे जाने वाली 'फीजी हिंदी' भाषा को साहित्यिक विधा में लिपिबद्ध कर इसे साहित्य विश्व में स्थापित करने का प्रयास किया है। इसलिए उन्हें फीजी हिंदी का उन्नायक कहा गया (पाण्डय, पृ. 167)।

प्रस्तुत उपन्यास का शीर्षक डउका पुरान है। यह डउका जाति का ऐतिहासिक उपन्यास है जो पुरानों पर लेखक का व्यंग्य कहा जा सकता है। 'पुराण' का शाब्दिक अर्थ है–'प्राचीन आख्यान' या 'पुरानी कथा'। 'पुरा' शब्द का अर्थ है-अनागत एवं अतीत। 'अण' शब्द का अर्थ होता है-कहना या बतलाना। इस ग्रंथ में सृष्टि की उत्पत्ति, लय, प्राचीन ऋषि-मुनियों तथा राजाओं के वंश में उत्पन्न लोगों के चरित्रों के वर्णन से युक्त शास्त्र, जिनकी संख्या अठारह है। हिंदुओं के अठारह पवित्र महान ग्रंथ यानि पुराण हैं जिनमें अलग-अलग देवी-देवताओं को केन्द्र मानकर पाप और पुण्य, धर्म और अधर्म, कर्म और अकर्म की गाथाएँ

कही गई हैं। सांस्कृतिक अर्थ से हिन्दू संस्कृति के वे विशिष्ट धर्मग्रन्थ जिनमें सृष्टि से लेकर प्रलय तक का इतिहास-वर्णन शब्दों से किया गया हो, पुराण कहे जाते हैं। हिन्दू धर्म में कुल 18 पुराण है जिनके नाम हैं: ब्रह्म पुराण, पद्म पुराण, विष्णु पुराण, वायु पुराण, भागवत पुराण, नारद पुराण, मार्कण्डेय पुराण, अग्नि पुराण, भविष्य पुराण, ब्रह्म वैवर्त पुराण, लिङ्ग पुराण, वाराह पुराण, स्कन्द पुराण, वामन पुराण, कूर्म पुराण, मत्स्य पुराण, गरुड़ पुराण, ब्रह्माण्ड पुराण। लेकिन सुब्रमनी का डउका पुरान कोई राजा या महान व्यक्ति का जीवन कथा न होकर फीजी के गिरमिटियों के वंशज और निम्न वर्गीय पात्र फीजीलाल की कथा है जिसे लेखक एक तरह का पुरान मानते हैं। हालांकि फीजीलाल समाज में कोई महान और सम्मानित पद पर स्थापित नहीं है। वह एक साधारण गाँव के सबसे निम्न वर्ग डउका से है जो आम बोल-चाल की भाषा बोलता है। मगर इतिहास पुरुषों की तरह उसकी जाति की भी अपनी सोच, भाषा, संघर्ष, कहानी, इतिहास है। समाज के कुछ रूढ़िवादी लोग पुराण को केवल एक पौराणिक पवित्र ग्रंथ के रूप में देखते हैं, उनके लिए यह शीर्षक आपत्तिजनक रहा है। लौटोका टीचस कॉलेज के भूतपूर्व उप-प्रिंसिपल राजेशवर प्रसाद डउका पुरान के शीर्षक का खंडण करते हुए लिखते हैं: "The title shows that the tongue embodies the ethos of Fiji's downtrodden masses of the ethnic Indians, who Subramani calls Dauka, meaning the untouchables. One may be forgiven for thinking that the Dauka Puraan is a very subtle attack on not only Hindi as a language, but on Sanatan Dharmis as well (प्रसाद, 2001)." अर्थात् डउका पुरान ने न केवल एक भाषा के रूप में हिंदी का मजाक बनाया है, बल्कि सनातन धर्मियों पर भी एक सूक्ष्म हमला किया है। इसलिए वे इस उपन्यास पर प्रतिबंध लगाने की राय देते हैं।

उपन्यास गद्यात्मक महाकाव्य होता है, जिसमें युग जीवन की अभिव्यक्ति के साथ समाज के विभिन्न सामाजिक, आर्थिक, राजनीतिक, धार्मिक, सांस्कृतिक समस्याओं और परिस्थितियों का व्यापक चित्रण मिलता है। साहित्यकार ने डउका पुरान में अपने पूर्वजों की संवेदनाओं, भावनाओं तथा विचारों को अपने निजी अनुभवों के साथ अपनी बचपन

की भाषा में अभिव्यक्त किया है। फीजी हिंदी में लिखने के संबंध में सुब्रमनी कहते हैं कि:

"भारतवंशियों के इतिहास को अगर ईमानदारी के साथ लिपिबद्ध करना हो तो उसे किसी अन्य भाषा में करना असम्भव होगा। अगर इस उपन्यास (डउका पुरान) को अंग्रेजी में लिखा गया होता तो कहानियों व पंक्तियों के भावार्थ में बदलाव आ जाता। जब मैंने फीजी हिंदी में लिखना शुरु किया तो इसकी भाषा शैली ने मुझे अकस्मात अपनी ओर प्रभावित कर लिया।"

इसलिए डउका पुरान की भाषा शैली एकदम चुस्त और बोधगम्य है।

अक्सर सत्ताधारी पूँजीवादी व्यवस्था के दौर में निम्नवर्गीय लोगों की आवाज को दबा दिया जाता है। उन्हें इतिहास, राजनीति और साहित्य में हाशिये पर ढकेल दिया जाता है। लेकिन सुब्रमनी के उपन्यासों में अधिकांश पात्र निम्नवर्गीय श्रेणी के हैं। प्रस्तुत उपन्यास का नायक फीजीलाल एक निम्नवर्गीय (subaltern) व्यक्ति है। उत्तर-औपनिवेशिक सिद्धांत में, सबाल्टर्न शब्द का उपयोग एक ऐसे समूह को वर्णित करने के लिए किया जाता है जो निम्न सामाजिक वर्गों से होते हैं। गायत्री चक्रवर्ती स्पिवाक का निबंध "कैन द सबाल्टर्न स्पीक? (क्या निम्नवर्ग भी बोल सकता है)" सबाल्टर्न की अवधारणा पर प्रकाश डालता है (स्पिवाक, 1988)। स्पिवाक के अनुसार, "सबाल्टर्न" वे लोग हैं जो अपनी आवाज उठाने में असमर्थ होते हैं क्योंकि वे लिंग, वर्ग, जाति, क्षेत्र, धर्म, अर्थ और अन्य आख्यानों से विभाजित हैं जो उन्हें एकता के साथ खड़ा होने पर बाधित करता है। ऐसे लोगों को अक्सर कई प्रकार के नुकसान का सामना करना पड़ता है, इन्हें उन प्रक्रियाओं तक पहुँचने से वंचित कर दिया जाता है जो उनके उत्पीड़न का कारण बनते हैं। उनकी कोई आवाज नहीं होती है। इस धारणा के प्रतिक्रिया स्वरूप सुब्रमनी ने अपने फीजी-हिंदी उपन्यासों में, इंडो-फिजियन सबाल्टर्न को आवाज दी और उन्हें हाशिये से हटाकर केंद्र में रखा है।

डउका पुरान की भूमिका में हरीश त्रिवेदी लिखते हैं कि "सबाल्टर्न का अपना सच्चा स्वर तो डउका पुरान की फीजी हिंदी जैसी भाषा में

ही मुखरित हो सकता था।" अतः वे कथा शैली के लिए उपन्यास की भाषा को उपयुक्त मानते हैं। इसके अतिरिक्त ऑस्ट्रलिया का हिंदी समाचार पत्रिका डउका पुरान का महत्व इन शब्दों में प्रतिपादित करता है:

"डउका पुरान एक ऐतिहासिक और मनोरंजक पुराण है जो विशेषकर फीजी के भारतीय मूल वासियों के लिए एक अमूल्य पुस्तक है, जो अतीत को जागृत करता है। यह उपन्यास फीजी के गाँव वासियों का जीवन, परिवार, मण्डलियों की स्थापना, त्योहार, गाँव से शहर का निर्माण, ग्रमाफोन, रेडियो, सिनमा, धर्म, राजनीति कैसे उनके जीवन में आए की विस्तृत कथा है।"

वस्तुतः डउका पुरान फीजी के प्रवासी भारतीयों का ऐतिहासिक दस्तावेज है जहाँ फीजी के हिन्दुस्तानी समाज का व्यापक फलक अभिव्यंजित है। उपन्यासकार डउका पुरान की कथावस्तु की विविधता के संबंध में लिखते हैं कि "डउका पुरान में खाली गोबरे थोरे है। तो का है? नदी, परबत, चांदनी रात, सादी, बिआह, मही तीरथ और एक अउरत जेकर नाम है पिंगला।" वहीं उपन्यास की भाषा के संबंध में लेखक का विचार है कि "मेरे हिंदी उपन्यासों को फीजी हिंदी के शब्दकोशों के रूप में भी ग्रहण किया जा सकता है। उपन्यास में ऐसे पात्रों की भीड़ है जो भाषा का उपयोग अपने ही विशिष्ट अंदाज में करते हैं।" प्रस्तुत उपन्यास में एक ओर सुब्रमनी ने निम्नवर्गीय फीजीलाल को उपन्यास के नायक के रूप में चित्रित किया तो वहीं दूसरी ओर फीजी में विलुप्त हो रही फीजी हिंदी भाषा के सुरक्षंण हेतु साहित्यिक भाषा के रूप में प्रस्तुत किया है। सुब्रमनी इस उपन्यास को फीजी हिंदी भाषा का पुरालेख मानते हैं क्योंकि उपन्यास में उन्होंने फीजी हिंदी के ऐसे अनूठे शब्दों को लिपिबद्ध किया है जो लुप्त होने की कगार में हैं।

आस्ट्रेलिया के सुविख्यात भारतीय इतिहासकार ब्रिज विलास लाल ने फीजी के दैनिक समाचार पत्र दि फीजी टाइम्स के संपादक को पत्र में डउका पुरान की प्रशंसा की और कहा कि डउका पुरान का प्रकाशन फीजी के साहित्य जगत की एक महत्वपूर्ण उपलब्धी है:

The publication of the novel is a major event in the literary and cultural history of the Indo-Fijian Community in Fiji. Far from being a 'flop', the novel is a powerful chronicling transition. Dauka Puraan reveals to us better than anything and know the inner world of the Indo-Fijian community that has almost vanished beyond recalls its rituals, ceremonies, superstitious, little goings on in the privacy of individual homes, that gave its coherence and character and nurtured its soul in often circumferences (The Fiji Times, 13thAugust 2002).

उनका मानना है कि डउका पुरान में फीजी के भारतीय समाज के रीति-रिवाजों, समारोहों, अंधविश्वासों, घर-परिवारों में होने वाली छोटी-मोटी गतिविधियों का चित्रण देखने को मिलता है।

यहाँ तक की सूरीनाम में विश्व हिंदी परिवार द्वारा सुब्रमनी को पुरस्कारित व सम्मानित किया गया। जहाँ एक ओर विश्व साहित्य मंच पर उपन्यास को सहराया गया तो वहीं फीजी में मानक हिंदी के समर्थकों ने उपन्यास में टूटी-फूटी हिंदी के प्रयोग का घोर विरोध किया है। फीजी में उपन्यास को उसकी भाषा के आधार पर नकारात्मक प्रचार मिला। कल्यान चंद्रा ने फीजी टायम्स में संपादक को पत्र में डउका पुरान की भाषा की निंदा करते हुए इसे निम्न कोटी का उपन्यास कहा है (दा फीजी टायम्स, 2002)। वे आगे लिखते हैं: "Fiji Hindi is a loose, local, uncoordinated and undisciplined spoken Hindi dialect that has no written form."

तथा उन दिनों 'युनिवर्सिटी ऑफ द सॉउथ पैसिफिक' के हिंदी प्राध्यापक, विवेकानन्द शर्मा दैनिक समाचार पत्र दा फीजी टायम्स में डउका पुरान के प्रति अपनी प्रतिक्रिया लिखते हैं कि "फीजी हिंदी क्या है? इसको हम कोई भी मान्यता नहीं प्रदान करते हैं और न ही डउका पुरान नामक किसी पुस्तक को पाठ्य पुस्तक के रूप में स्वीकार करते हैं (शर्मा, 2002)।" इन विरोधों के बावजूद सन् 2003 में विदेश मंत्रालय, भारत सरकार द्वारा सूरीनाम में आयोजित सातवें विश्व हिंदी सम्मेलन में डउका पुरान को सम्मानित किया गया।

उपर्युक्त विचार दर्शाते हैं कि फीजी के लोग यह नहीं समझते कि फीजी हिंदी की अहमियत क्या है। डउका पुरान के लेखक को हिंदी

भाषा के विद्वानों और अपनी भाषा के प्रति उत्साही जनता के सदस्यों से सराहना और आलोचना दोनों प्राप्त हुए।

कथानक

डउका पुरान में फीजी के हिन्दुस्तानी समाज का व्यापक फलक चित्रित हुआ है। उपन्यासकार डउका पुरान की कथावस्तु की विविधता और महत्व के संबंध में लिखते हैं कि "डउका पुरान में खाली गोबरे थोरे है।... तो का है? नदी, परबत, चांदनी रात, सादी, बिआह, महा तीरथ और एक अउरत जेकर नाम है पिंगला (डउका पुरान, पृ.12)।" लेखक ने इसकी कथा को 521 पृष्ठों और सात अध्यायों में विभक्त किया है। पठन की दृष्टि से यह एक बड़ा लम्बा उपन्यास है। जहाँ उपन्यास का नायक, फीजीलाल अपने अनुभव के विस्तार के लिए फीजी के विभिन्न गाँवों तथा शहरों की यात्रा करता है। इस यात्रा के दौरान फीजीलाल की मुलाकात जगन्नाथ, नान्हू, घुरउ, सूरज, कौसल, मूलचंद, मीरासामी, अलिपाते, तुकूनी बाबा, सुखलाल, हरुन, आदि पात्रों से होती है और इन्हीं पात्रों की प्रासंगिक कथाओं के जरिये से कथानक का विकास होता है। इसकी कथा में फीजीलाल और उनके लोगों की व्यक्तिगत त्रासदी, तख्तापलट और किसानों को उनकी पट्टे की भूमि से विस्थापित होने के प्रसंग शामिल हैं।

अरुण मिश्र का मत है कि वर्णनों के सूक्ष्म ब्योरे इन कथाओं को जीवंत और विश्वसनीय बनाते हैं जिनमें फीजी गए भारतवंशियों का जीवन, उनकी संस्कृति तथा बदलता समय अपनी समग्रता के साथ बड़ी ही कुशलता से पिरोया गया है ऐसे कि हम एक दूसरे से अलग नहीं कर सकते।

प्रस्तुत उपन्यास का नायक फीजीलाल एक निम्न वर्गीय डउका जाति का विकलांत, अनपढ़ व्यक्ति है। एक शोधकर्ता विद्याधर श्रीवास्तव डउका जाति का इतिहास जानने फीजीलाल के गाँव आता है। फीजीलाल तीन दिन की बैठक के अंतर्गत डउका जाति यानि अपनी कथा सुनाता है। वह कहता है: "तो हम सुरु करा आपन डउका पुरान। समझावा एमा कोई गुनी मुनी ना है, ना है कोई नेता वोता। पुछियो तो का है: गोबर?

लेकिन गोबरोक कीमत है, ना भूलियो (पृष्ठ 12)।"

वह अंग्रेजी की बजाय अपनी मातृभाषा फीजी हिंदी में अपने गत जीवन का प्रत्यावलोकन करते हुए कथा सुनाता है। उसकी स्मृति में अनेक घटनाएँ उदित और अस्त होती हैं। वह धीरे-धीरे अतीत में बिखरे मोतियों को जोड़ते हुए बचपन से युवाकाल की घटनाओं को नाटकीय शैली में प्रस्तुत करता है। बिना झिझक के फीजीलाल अपनी बदसूरती का वर्णन इस प्रकार करता हैं: "हम तो चिरईक रूप में पैदा हुआ। हाथ पंगुल...मुँह चोक चोंच जेइसे, ओठ एकदम लाल। अउर मुँहवा से लार चुवे।" इस कुरुपता के कारण फीजीलाल को स्कूल में दाखिला नहीं मिलता है। इसके बावजूद फीजीलाल अपने अनुभव और जिंदगी की पाठशाला से आचार-विचार, संस्कार, धर्म, मानवता आदि की शिक्षा पाता है।

युवा अवस्था में फीजीलाल का एक तरफा प्यार गाँव की सुकुमारी कामिनी के लिए उभरता है मगर वह कभी खुलकर इस प्यार का इजहार नहीं कर पाता है। कामिनी के करीब रहने और उसे रिझाने के लिए वह उसके घर पर मजदूरी करता है। दोनों साथ झूला झूलते हैं, रेडियो सुनते हैं। मगर एक दिन फीजीलाल के सपने टूटकर बिखर जाते हैं जब कामिनी की शादी सूरज के साथ तय हो जाती है। कामिनी की शादी से फीजीलाल निराश हो जाता है और जीवन के उद्देश्य को समझने के लिए गाँव से शहर की ओर नौकरी की तलाश में निकलता है। कुछ समय तक वह लम्बासा मिल के शौचालय में काम करता है। फिर कुछ दिन वह बंगले पर माली की नौकरी करता है। इस दौरान वह गिरमिट लाइन के दुकानदार नान्हू के साथ रहता है। यहाँ उसे गिरमिट लाइन के जीवन का अनुभव होता है। नान्हू की मृत्यु के बाद, फीजीलाल उसकी दुकान संभालता है। अनपढ़ होते हुए भी वह लेन-देन और खरीदारी में चतुर था। जीवन के अनुभव ने उसे विवेक बना दिया था। उपन्यास में चरित्र या घटनाएँ महत्वपूर्ण न होकर वर्णन महत्वपूर्ण हैं।

किंतु, कुछ समय पश्चात वह इस कार्य से ऊबकर तीर्थ करने का विचार करता है। फीजीलाल अपने तीर्थ यात्रा की शुरूआत कामिनी के

ससुराल बिरिज गाँव से करता है। यहाँ वह कामिनी के ससुर घुरउ, कौसल, कामिनी, सूरज, पवन के साथ वक्त बिताता है। इस बीच फीजीलाल को घुरउ अपने परिवार और गाँव की कथा सुनाता है। यहाँ दो सप्ताह बिताने के बाद फीजीलाल अन्य गाँवों की ओर निकलता है। तवयूनी, ऊँदू पोइंट, रांबी आदि स्थानों की यात्रा से फीजीलाल के अनुभव का विस्तार होता जाता है और अपने आस-पास के लोगों की भावनाओं को महसूस करता है।

इस बीच फीजी देश की लोकतांत्रिक सरकार का तख्तापलट हो जाता है। इस राजनैतिक विद्रोह के कारण फीजी की जनता तनावग्रस्त, असुरक्षित और भयभीत हो जाती है। फीजीलाल अपने माँ-बाप से मिलने गाँव लौटता है। समाचार पत्रों और रेडियो में राजधानी सूवा तथा अन्य शहरों में दंगे-फसदों की खबरे आती हैं। इस मुसीबत से देश को बचाने के लिए फीजीलाल, उनके पिता, पइना और गाँववाले मिलकर एक अखंड ओझा सम्मेलन का आयोजन करते हैं। तंत्र-मंत्र और महा यज्ञ के बाद ओझाओं ने बतलाया कि देश में अगले दस साल बड़ी मुसीबत रहेगी। फीजीलाल देश की राजनीतिक समस्या का समाधान ढूंढने निकलता है।

वह गर्वनर से मिलने फीजी की राजधानी सूवा पहुँचता है लेकिन, उसका यह प्रयास असफल हो जाता है। धीरे-धीरे वह सूवा जैसे बड़े शहर के रहन-सहन व परिस्थितियों से परिचित होता है। कुछ समय तक सूवा में सुखलाल और बाकर अली के साथ रहने के बाद, वह रामपुर पहुँचता है। रामपुर मंदिर के पं.छबिराम उसे आश्रय देते हैं। छबिराम उसे वहाँ की जमीन लीस की समस्या से अवगत कराता है। रामपुर के निरुपा और हरुन की भूत-प्रेत की कथा भी डउका पुरान में शामिल हो जाती है। कुछ समय रामपुर में बिताने के बाद, फीजीलाल सिंगाटोका शहर पहुँचता है। वह इंजिन गाड़ी ड्रायवर सुमेरु की मदद से लोतोका शहर पहुँचता है। मनुष्य चाहे जितनी प्रगति कर ले, सभ्यता का दंभ भरे, पर जब तक वह भीतर से सभ्य नहीं होता, तब तक मनुष्य की सही मायने में प्रगति नहीं हो सकती। बाहरी सभ्यता भौतिक प्रगति को दर्शाती है, तो भीतरी सभ्यता मानवता को, मानवीय मूल्यों के

आदर्शों को परिलक्षित करती है। इन्हीं मानवीय मूल्यों से भरपूर फीजीलाल का व्यक्तित्व है। वह सुमेरु के बेटे संजे का आर्थिक संकट दूर करने के लिए उसे अपने सारे पैसे उसे दे देता है।

हालांकि जिस कार्य के लिए फीजीलाल लौटोका शहर आया था वह पूरा नहीं हो सका क्योंकि वहाँ पहुँचकर उसे पता चलता है कि राजा विदेश इलाज के लिए गए हुए हैं। कुछ समय सुमेरु के परिवार के साथ ठहरने के बाद, वह राजा से मिलने नांदी की ओर निकलता है। किंतु, बीमारी के कारण राजा की मृत्यु हो जाती है और उसकी अंत्येष्ठी की तैयारी चल रही होती है। निराश होकर फीजीलाल समुद्री तट पर कामिनी की यादों में खोए खुद को समझाता है: "हम भटका नहीं कामिनी। खाली हमार चाल धीमा पड़ गय।" अपनी यात्रा के अंतर्गत फीजीलाल कई प्रकार के ज्ञान को अर्जित करता है। डउका पुरान की अंतिम पंक्तियों में वह अपनी यात्रा का उद्देश्य इन शब्दों में व्यक्त करता है: 'वही जउन तू माँगत रहेव–हलुकापन। जानो अब जनम सफल होय गय।'

उपन्यास की कथा के संबंध में विवेकानंद शर्मा लिखते हैं: "फीजी के ग्राम्य जीवन का इतना जोरदार चित्रण पहले कभी नहीं हुआ। ...हाल ही में किसानों के विस्थापित किए जाने से उनका जीवन शैली ही बिखर जाने को है। इस उपन्यास में उसी जीवन शैली का प्रभावी, करूण व विडम्बनात्मक चित्रण हुआ है।" नायक फीजीलाल की यात्रा के दौरान कहानियों और उप-कहानियों के गठन से कथा में व्यापकता और रोचकता आती है। पात्रों के आपसी संवादों के माध्यम से कथावस्तु का विकास होता है।

डउका पुरान का केंद्रीय पात्र फीजीलाल

इतिहासकार ज्यादातर महान पुरुषों और महिलाओं के बारे में लिखते हैं, जबकि कथा लेखक उन छोटे-छोटे लोगों के बारे में लिखना पसन्द करते हैं जो इतिहास की किताबों से बाहर कर दिए गए हैं और हशिये पर ढकेल दिए जाते हैं। सिद्धान्तवादी ऐसे लोगों को सबाल्टर्न मानते हैं, जिनकी उपस्थिति समाज में नगण्य होती है, जो बोल नहीं पाते और

उनमें विरोध करने का साहस नहीं होता। चूँकि इस वर्ग के लोग अपनी आवाज नहीं उठा सकते इसलिए समाज के बुद्धिजीवी इनका नेतृत्व करते हैं।

डउका पुरान का केंद्रीय पात्र फीजीलाल एक सबाल्टर्न है जिसके पास अपनी निज भाषा फीजी हिंदी का अच्छा अधिकार है। इसके अलवा वह एक लाजवाब कहानीकार भी है। नायक फीजीलाल के द्वारा रचनाकार ने डउका जाति का इतिहास और उनके पूर्वजों की जीवन कथा चित्रित की है। नायक अपने जन्म के बारे में कहता है: "अब हमार पइदाइस कै बात सुनो। जमुना दाई अच्छास जानत हिअय हम कैसे पैदा भवा। ...जमुना दाई बोले पैदा होत देर न हम फुर्र से बड़ेड़िप बैठ गवा (डउका पुरान, पृ.14)।" जन्म के साथ-साथ वह अपने माँ-बाप, बचपन, जवानी, प्रेम, दोस्त, गाँव, यात्रा, राजनीति आदि की कथा सुनाता है। डउका पुरान में फीजीलाल के बाह्य स्वरूप वर्णन को पढ़ते समय पाठक के सामने उसका चित्र उभरकर सामने आ जाता है। फीजीलाल का वर्णन सुब्रमनी इन शब्दों में व्यक्त करते हैं: "तेल मालिस से देही थोरा सीधा अउर चिक्कन भवा। बांवा हाथ तो जमुना पंगुल कर दिहे रही। मुँह चोच जइसे, होठ एकदम लाल। अउर मूंहास लार चला करै। गोड़ हमार बहुत दिन तक चिड़ियाक पंजा जइसन रहा (डउका पुरान, पृष्ठ 14)।" यहाँ लेखक पाठकों के समक्ष नायक फीजीलाल का बाह्य चरित्रांकन प्रस्तुत करता है। पाठकों के सामने फीजीलाल के बचपन के दिनों की कुरूपता चित्रित हो जाती है।

प्रस्तुत उपन्यास का मुख्य पात्र फीजीलाल डउका जाति का है। डउका एक निचली जाति, दुष्ट और दुस्साहसी व्यक्ति है जो आधारहीन है। किंतु, फीजीलाल का मानना है कि यह सिर्फ व्यक्ति का सतही विवरण है; उसकी बाहरी आवरण है, जिसके भीतर चरित्र की अनेक परतें होती है जो अनुकूल समय और परिस्थिति पाकर अनावृत होता है। गांव वाले उसे डउका कहकर संबोधित करते हैं: 'फीजीलाल गिरमिट राम, डउका' (पृष्ठ 4)। वह गाँव के लोगों के यहाँ कभी खेतों में, अंत्येष्टि और शादियों के दौरान छोटे-मोटे काम करता रहता है। उपन्यास के आरंभ में फीजीलाल अपना परिचय देता हैं– 'फीजीलाल,

गिरमिटराम डउका'। अपने पूर्वज गिरमिटियों की अस्मिता चेतना फीजीलाल इन शब्दों स्पष्ट करता है: "सबका जागा होयक चाही देस का इतिहास मा, चाहे डउकन होय, अउघड या लाकुडु लफाड़ी।"

कथा की शुरुआत में एक इतिहासकार, बिद्दाधर श्रीवास्तो डउकन जाति का इतिहास दर्ज करने के लिए ताबिया, उसके गांव आता हैं। और जब कोई इन डउकन (गिरमिटियों) के इतिहास में रुचि प्रकट करता हैं, उसे दर्ज करना चाहता हैं तो फीजीलाल फूला नहीं समाता। उसे इस बात का गर्व है कि उसे डउका पुरान सुनाने को कहा गया है। लेकिन डउका कौन। डउकन माने–आमजन। जो भुला दिये जाते हैं, बिसरा दिये जाते हैं। इतिहास उन्हें अनदेखा करता हैं इसीलिए उसका आग्रह है कि 'एमा सिरिफ डउकन के खिस्सा रही।' किसी और का नजरिया और हिस्सेदारी फीजीलाल को अब मंजूर नहीं।और यह केवल एक फीजीलाल की कहानी न हो कर उसके बहाने असंख्य फीजीलालों की दस्ता है। सरलता, सहजता जिनकी पूँजी हैं। अपने देश के प्रति आकुलता उनके हृदय में है। फीजीलाल श्रीवस्तो को विस्तार से अपने जन्म से लेकर अपने वयस्क जीवन की कथा सुनाता है।

डउका पुरान का नायक फीजीलाल एक पंगु व्यक्ति है जो हाथ से विकलांग है मगर दिल तो उसके भी पाय है। वह एक आम युवा की तरह युवती कामिनी से प्यार कर बैठता है। लेकिन कामिनी को उससे प्यार नहीं सिर्फ हमदर्दी है। एक दिन बातों ही बातों में कामिनी के मँह से फीजीलाल के लिए पंगु शब्द निकल जाता है। यह पंगु शब्द फीजीलाल के लिए अत्यंत पीड़ादायक सिद्ध होता है। इस संदर्भ में फीजी हिंदी में फीजीलाल के अंतर्मन की पीड़ा द्रष्टव्य है: "हमार दिमाग मा पता नहीं का दउरत रहा। जइसे कोई मंतर पढ़ै पंगुल, पंगुल, तू पंगुल हौ। पंगुलपना। देही मारी पंगुल। पंगुल जवानी, पंगुल दुनियाँ.. .। हमरी जिंदगी तो एक तमासा बन गया।" वह खुद को अपने विकलांग होने पर कोसता है। इस तरह फीजीलाल अपने जीवन के सबसे बड़े सच से अवगत होता है कि लोग उसे निम्न समझते हैं।

अपने देश फीजी के विभिन्न स्थलों और गाँव व शहर के भ्रमण के माध्यम से फीजीलाल का चरित्र निखरता है। उसे लोगों के घर जाना

और उनके यहाँ रुकना पसन्द है, यहाँ तक कि वह अजनबियों को अपना बना कर हफ्तों तक वहीं रुक जाता है और उनके साथ अपने दुख-सुख साझा करता है। उसकी यात्रा उसे देश के दिल तक पहुँचाती है जो किसी तीर्थयात्रा से कम नहीं है। पात्र के गठन के संबंध में स्वयं उपन्यासकार कहते हैं: "फीजीलाल को पाकर मैं खुद को बहुत खुशकिस्मत समझता हूँ। फीजीलाल परंपरागत ढंग का पात्र है, जिसे मैंने बचपन से अपने आसपास देखा है। जो कार या बस में नहीं बल्कि पैदल चलना पसन्द करता है। वह पैदल ही एक गाँव से दूसरे गाँव, एक शहर से दूसरे शहर घूमता रहता है। यही घुमक्कड़ी प्रवृति ही उसकी खोज का माध्यम है।" इन विशेषताओं के कारण प्रत्येक फीजीवासी डउका पुरान के पात्रों से सहजता से जुड़ सकते हैं और उन्हें ऐसा प्रतीत होता है कि यह फीजीलाल के साथ-साथ उनके अपने किसी कुटुंब की कहानी है।

फीजीलाल के पास कई रोचक कहानियाँ हैं जिन्हें वह रोचक तरीके से लोगों को बताता है। इन्हीं खूबियों के कारण, वह असानी से अपने और पराए लोगों से मेल-जोल बढ़ा लेता है। हालांकि उसकी बातों में कितनी सच्चाई है यह कहना मुश्किल है। फीजीलाल बातचीत में पुट होने के साथ एक सृजनशील चरित्र भी हैं, और उसके पास भरपूर हास्य और व्यंग्य बुद्धि है। हास्य-व्यंग्य इस उपन्यास की अन्य विशेषता है। उपन्यास के सबसे मजेदार प्रसंगों में से एक औझाओं का सम्मेलन है। गाँव के स्कूल, शादी, बैठक आदि हास्यास्पद घटनाओं का चित्रण मिलता है। यहाँ हास्य प्रसंग कृत्रिम या आरोपित न होकर जीवन सहज स्फूर्त है जैसे 'आस्ते खाव, तोह के इंजिन पकडेक है।' इसलिए उपन्यास के आलोचकों का विचार है कि चरित्र-चित्रण ही पाठकों को बांधे रखने के लिए काफी है।

डउका पुरान में चित्रित समस्याएँ

राजनीतिक समस्या

डउका पुरान की कथा में कई स्थलों पर फीजी द्वीप की राजनीतिक उथल-पुथल और उससे संबंधित ऐतिहासिक समस्याओं की प्रत्यक्ष व

अप्रत्यक्ष रूप से चर्चा की गई है। फीजी एक बहुभाषी देश है जहाँ विभिन्न जाति मूल के लोग रहते हैं। फीजी के मूल निवासी ई-तउकई फीजियन हैं। सन् 1970 में फीजी को ब्रिटिश सरकार से स्वतंत्रता प्राप्त हुई और फीजी राष्ट मंडल का सदस्य बन गया। यहाँ लोकतांत्रिक सरकार को स्थापित किया गया। सन् 1987 तक फीजी पर लोकतांत्रिक शासन बना रहा किंतु, 1987 में देश का लोकतांत्रिक शासन विद्रोहों से बाधित हुआ क्योंकि तत्कालीन सरकार में भारतीय फीजियन का प्रभुत्व बढ़ता नजर आ रहा था। उन दिनों फीजी की लगभग आधी जनसंख्या वहाँ बसे भारतीयों की थीं। डउका पुरान में इसी राजनीतिक विद्रोह की समस्या को सुब्रमनी चित्रित करते हैं।

देश की राजनीतिक परिस्थिति पर डउका पुरान का वृद्ध घुरउ कहता है कि "ऊ टेम रहा बिलटिस कै राज। गोरन राज पाट देखत रहीन, हम लोग करत रहा मौज। जब से देस अजाद भवा, एक से एक आफत। चीजन के दाम चढ़ गवा। और जहाँ देखो चोरी चंडाली (डउका पुरान, पृष्ठ 306)।" इस राजनैतिक अव्यवस्था के कारण फीजी वासियों को चोरी, महँगाई, भय, जातीय भेद-भाव जैसी समस्याओं से गुजरना पड़ा। देश में लोकतांत्रिक सरकार के आ जाने से फीजी वासियों को लगा था कि उनके कष्ट कम हो जाएँगे पर सन् 1987 के राजनैतिक तख्तापलट ने उन्हें और भी तनावग्रस्त, असुरक्षित और भयभीत कर दिया।

प्रवासी मानव अनिश्चित समय के लिए रोजी-रोटी की तलाश में बेगानी धरती को अपनाता है। इस दौरान उसका घर, वर्तमान, भविष्य सब अनिश्चित होते हैं। भारतीय मूल के लोग जो आज फीजी की जनसंख्या का 37% हिस्सा हैं, उनके पूर्वज फीजी में सबसे पहले 15 मई 1879 को लेवनीदास जहाज से शर्तबंदी प्रथा के अधीन गिरमिटिया मजदूर के रूप में आए थे। सन् 1879 से 1916 तक कुल 87 यात्राओं मे 60,965 मजदूर फीजी ले जाए गए। 1920 में इस करारबद्ध व्यवस्था के समाप्त हो जाने के बाद भी इनमें से अधिकांश मजदूरों ने भारत वापस जाने की बात नहीं सोची और फीजी को अपनाकर इसी देश में रच-बस गए। लेकिन अस्थिरता प्रवासी मनुष्य की चेतना का बुनियादी

लक्षण माना जा सकता है। यह मनोदिशा धीरे-धीरे व्यक्ति को एक खास प्रकार के अलगाव का एहसास दिलाता है जो प्रवासी साहित्य की प्रमुख प्रवृत्तियों के अंतर्गत आता है। प्रवासी भारतीय अपनी मूल संस्कृति से न टूटने और नवीन संस्कृति को पूर्ण रूप से न अपनाए जाने के कारण द्वन्द्व का शिकार होते हैं जिस कारण परिवार के बुजुर्ग अपने बच्चों से दुखी हैं। पहली पीढ़ी के बुजुर्ग अकेलेपन का जीवन व्यतीत करने के लिए मजबूर हैं। पुरानी और नई पीढ़ी के बीच सांस्कृतिक और परिवेशगत अंतर होने के कारण पीढ़ीगत अंतर व भिन्न-भिन्न जीवन दृष्टियाँ उत्पन्न होती हैं जिसके फलस्वरूप परस्पर तनाव और टकराहट की स्थिति विकसित होती है। इस तनाव की स्थिति को सुब्रमनी के डउका पुरान, फीजी माँ, गेंदे, सौतु आदि कृतियों में चित्रित किया गया है।

सन् 1987 के तख्तापलट के बाद, फीजी देश पर कुछ समय तक सैनिक शासन रहा। तख्तापलट के दौरान हुए मार-पीट, जातिय भेद-भाव, चोरी, नेताओं की गिरफतारी ने जनता के दिलों में डर, अलगाव और असुरक्षा की भावना पैदा कर दी थी। फीजी के गाँव व शहरों में अनुशासन बनाए रखने के लिए जगह-जगह पर फौजी तैनात किए गए, जिसका विवरण उपन्यास में इस प्रकार मिलता है: "पहले तो फौजी कोरोम आयके बइठत रहिन, अब गाँव मा घूमे लगीन। सिउराज के हिया कपड़ा धोवाई रोकिन। लल्ला ससुरार जात रहा, पकड़िन। लइ गइन ओके टेसन। एक रोज तो बड़ा हल्ला मचा, बोले सुग्गन के जंगल मा पीटिन।" देश में हुए राजनीतिक उथल-पुथल से लोगों की दिनचर्या में बाँधा पहुँचती है, उनके दिलों में आशंका और डर बैठ जाता है। उनके जीवन पर क्या असर पड़ता है, इसका डउका पुरान में उपन्यासकार ने यथार्थ चित्रण किया है।

आचार्य रामचन्द्र शुक्ल की मान्यताओं के आधार पर कहें तो साहित्य मनुष्य के हृदय को स्वार्थ-संबंधों के संकुचित मंडलों से ऊपर उठाकर लोक सामान्य की भावभूमि पर ले जाता है, जहाँ जगत की विभिन्न गतियों के मार्मिक स्वरूप का साक्षात्कार और शुद्ध अनुभूतियों का संचार होता है। तत्कालीन फीजी के भारतीय सामाज की राजनीतिक

स्थिति को डउका पुरान उपन्यास में बड़ी जीवन्तता के साथ उभारा गया है। यहाँ राष्ट्रीयता का एक अन्य पक्ष दिखाई देता है, जहाँ रचनाकार अपनी वर्तमान के प्रति चिंता व्यक्त करता है, और वह देश की राजनीतिक, आर्थिक, सामाजिक विसंगतियों पर प्रहार करता है, इन स्थितियों में सुधार की कामना करता है, जनता का आह्वान करता है और स्वयं सक्रियता पूर्वक फीजी का सपूत (फीजीलील) बनकर समस्याओं का समाधान ढूंढने निकलता है।

प्रस्तुत उपन्यास में फीजी के इतिहास में घटित सच्ची घटनाओं से संदर्भ लेते हुए सुब्रमनी ने राजनीतिक अस्थिरता से पीड़ित आम आदमी की समस्याओं को व्याख्यायित किया है।

अंधविश्वास की समस्या

इक्कीसवीं सदी को विज्ञान का युग कहा जाता है लेकिन आज भी गाँव और शहरों में लोग आँखों पर पट्टी बाँधे भूत-प्रेत, जादू-टोना तथा ओझाओं की झाड़ फूक पर अधिक विश्वास रखते हैं। प्रस्तुत उपन्यास में प्रवासी भारतीयों की अंधविश्वास के प्रति अंधी आस्था के कई प्रसंग मिलते हैं। अंधविश्वास के दायरे में वे सभी कार्य आते हैं जिन्हें भाग्य, अवसर, तंत्र-मंत्र, टोने-टोटकों के माध्यम से किया जाता है। बचपन में जब नायक फीजीलाल बीमार पड़ता है तब उसे डॉक्टर के पास ले जाने के बजाय, उसके पिताजी इलाज के लिए उसे झगंरु नामक ओझा के पास ले जाता है। झगंरु के अनुसार फीजीलाल पर किसी चुड़ैल का प्रकोप है और वह उसे ताबीज बना कर देता है। तथा जब पइना की पत्नी अमरा बीमार पड़ती है तब भी पइना और अमरा के माता-पिता उसे अस्पताल ले जाने के बजाय अलग-अलग ओझाओं के पास लेकर जाते हैं। लेकिन समय पर बीमारी का इलाज न होने के कारण अमरा की तबियत दिन-ब-दिन बिगड़ती जाती है। इस प्रकार मानव अपनी सीमित बुद्धि से परे कोई काम देखता है तब वह किसी अज्ञात दैवी शक्ति पर विश्वास करने लगता है और अपनी सहायता के लिए उसका आह्वान करता है।

आश्चर्य की बात यह भी है कि देश की राजनीतिक अस्थिरता को

सुधारने के लिए भी ओझाओं द्वारा महा सम्मेलन का आयोजन किया जाता है। फीजीलाल तथा उनके पिता जो स्वयं एक ओझा हैं, केसवा और डउका निवासी साथ मिलकर तीन दिनों का अखण्ड ओझा सम्मेलन आयोजित करते हैं: "सुक कै रोज ओझन आवेक सुरु करिहें, तीन रात मंडली वाला बइठक मा बितइहें, सनिच्चर अउर अत्तवार के दिनवाम मीटिंग करिहें, असली काम होइ अत्तवार कै रतवाक (पृष्ठ 394)।" केसवा अपने आयोजन मंडल के साथ मिलकर ओझाओं के नाम के साथ फाइल तैयार करता है। आस-पास के जाने-माने ओझा सम्मेलन में शामिल होते हैं। कोई नंगोना में देखे, कोई इंदरजाली तो कोई दकुमवांगा पूजे। इन्हीं आडम्बरों के बीच तामीडोला गाँव से एक बैल के बोलने का भी प्रसंग आता है। बैल के बोलने के प्रसंग को भी फीजीवासी अंधी श्रद्धा के कारण सच मानते हुए ओझाओं की बातों में फसते चले जाते हैं।

रविवार की रात को देश की मुसीबत को हल करने के लिए ओझाओं ने अपनी पूरी शक्ति लगा दी। लेखक ने इसका बहुत ही प्रभावशाली चित्रण किया है (पृष्ठ 404):

"भीमराज महा सिंगहासन पे बिराजमान हैं, एक तरफ जटा कुत्ता लिहे अउर दूसर तरफ टूकाराम बांस कै खम्भा थामे। चारों तरफ सब ओझन, बीच मा नवभावानी बार छितराय बइठी है। तलवार करिया मुर्गाक फिर टीका लगावे। ताउ राजा जाप सुरु करे। ...जेतना जोर जाप होय ओतने जोर नवभवानी पिसाचनी नाच सुरू करे। जीबवा ओकर बाहेर निकरि आय अउर मूहांय थूक लार चुवै लगे"।

इस तरह रात भर यही खेल चला और सुबह ओझाओं ने अपना बयान सुनाया। तीन दिवसिय अखण्ड सम्मेलन के पश्चात ओझाओं ने बयान निकाला: "देश मा अगले दस साल बड़ा घुटन रही। आसतेस सुधार होय सकै। लेकिन भद्दरा है। ओझन सहमत भइन की अगले साल एक अउर महा सम्मेलन होयक चाही।" ओझाओं ने बयान में भद्दरा की बात कहकर एक बार फिर ग्राम के भोले-भाले लोगों को अपने जाल में फसा लिया और अगले साल के लिए अपने मनोरंजन का जरिया भी ढूंढ लिया।

डउका पुरान के ग्रामीण पात्र ऐसे ही अंधी श्रंद्धा और अंधविश्वास के चक्रव्यूह में फँसे हुए हैं। धीरे-धीरे झाड़-फूक, टोना-टोटका, तंत्र-मंत्र, ताबीज आदि का बाजार गाँव में ही नहीं बल्कि शहरों में भी पनप रहा है। अंधविश्वास कई प्रकार के होते हैं: कुछ जातिगत होते हैं, कुछ धर्म संबंधी होते हैं, कुछ सामाजिक होते हैं और कुछ तो ऐसे विश्वव्यापी होते हैं कि सब देशवासी उनका स्वागत करते हैं। उक्त उपन्यास में अंधविश्वास की समस्या का उल्लेखनीय चित्रण मिलता है।

पारिवारिक समस्या

परिवार समाज का एक महत्वपूर्ण अंग है जो समाज के निर्माण में सक्रिय भूमिका निभाता है। यह एक स्थायी और सार्वभौमिक संस्था है। किंतु, इसका स्वरूप अलग-अलग स्थानों पर भिन्न है। पश्चिमी प्रभाव के कारण आजकल अधिकांशत: एकाकी परिवार का प्रचलन हैं। उक्त उपन्यास में फीजीलाल अपनी यात्रा के अंतर्गत फीजी के विभिन्न परिवारों के संपर्क में आता है, और इस प्रकार वह इन परिवारों की समस्याओं से भी अवगत होता है।

इस संदर्भ में नायक फीजीलाल के परिवार की परिस्थिति उल्लेखनीय है। एक परिवार में जहाँ माँ वात्सल्य की मूर्ति है वहीं पिता अपने बच्चों के भरण, रक्षण एवं शिक्षण की जिम्मेदारी उठाता है। मगर फीजीलाल का पिता परिवार की आर्थिक स्थिति सुधारने के लिए कोई ठोस प्रयास नहीं करता है। वह मनमौजी किस्म का व्यक्ति है। उसका कोई बंधा काम नहीं है। जब पैसों की जरूरत होती है तब वह पहाड़ से हल्दी खोदकर बेच लेता है या फिर खेतों में मजदूरी कर लेता है। बाकी समय वह नंगोना पीने और दुकान पर बैठकर इधर-उधर की बातें करने में ही समय बरबाद कर देता है। इसलिए परिवार की आर्थिक स्थिति निम्न ही रहती है। फीजीलाल कम उम्र में ही पढ़ाई करने के बजाय मजदूरी करने लगाता है। हालांकि आर्थिक संघर्षों के बावजूद भी फीजीलाल के परिवार में एक दूसरे के प्रति आत्मीयता पेय पदार्थ बरकरार रहती है।

अपनी यात्रा के दौरान फीजीलाल सूवा, लौटोका, नाबुआ, लम्बासा आदि शहरों में विभिन्न परिवारों के साथ रहता है। इन परिवारों के साथ

रहते हुए तथा उनसे बात-चीत के दौरान, वह इन परिवारों की चुनौतियों से भी अवगत होता है। कुछ समय के लिए फीजीलाल बिरज गाँव में घुरउ के परिवार के साथ रहता है। घर का मुखिया घुरउ संयुक्त परिवार में विश्वास रखता है पर जब छोटे बेटे की शादी होती है तब वह संयुक्त परिवार से कट कर अलग हो जाता है। बेटे और बहू के अलग घर बसा लेने के कारण परिवार बट जाता है और माता-पिता के संयुक्त परिवार का सपना बिखर जाता है। बेटे और बहू के विषय में घुरउ कहता है: "सूरज और कामिनी के बारे में सोचित तो दिमाग खराब होई जाय।... कामिनी आपन पकात खात हिअय। हमउ न रोका। बोले सूरज ई खाय माँगै, ऊ खाय माँगै अपने बनाय लगीन।" यह दर्शाता है कि बढ़ती महत्वाकांक्षा के कारण संयुक्त परिवार एकाकी परिवार में टूट रहे हैं। मिनि जार्ज का मत है: "मध्यवर्गीय युवा पीढ़ी में पाश्चात्य संस्कृति और सभ्यता के प्रभाव से व्यक्तिवाद व अस्तित्व की माँग बढ़ रही है। जिसके फलस्वरूप पुरानी पीढ़ी विकास मार्ग में बाँधा सिद्ध हो रही है (जार्ज, 2013)।" आज माँ-बाप और संतानों के संबंधों में अजनबीपन, अलगाव और टूटन की वृत्ति अधिक दिखाई पड़ती है। दैनिक जीवन के ऊहापोह के मध्य आज परिवारों में मानसिक तनाव आपसी संबंधों को तोड़ रहा है।

इसके अतिरिक्त डउका पुरान में मुरगन सरदार का संयुक्त परिवार भी विघटित हो जाता है। बेटों की शादी के बाद परिवार में तनाव की स्थिति पैदा होती है और इस कारण केसवा और माधवा संयुक्त परिवार से एकल परिवार में परिवर्तित हो जाते हैं। मुरगर सरदार की पत्नी कमाची अपने परिवार का हाल सुनाती है: "अम तो वइ माँगत रा, केसवा रुम टोक ले। अम का जानी दुवारी गुमायक पीचेस निकारी। साइत दोनों परानी अमीर मुं नई देके माँगत ओई। ...अम लोग दूनो माँगत रा सब कोई साते काव पियो, उटो बइटो। पता नइं ई गर में कोनची ओय वाला है। ...तीन तीन लड़का होइक कोन फायदा अम्मे।" अतः बदलते समय के साथ-साथ परिवार का स्वरूप भी बदल रहा है। संयुक्त परिवार के विघटन से सर्वाधिक हानि बुजुर्गों को होती है। अधिकांश बुजुर्ग या तो किसी एक कोने में अकेलापन को भोग रहे होते हैं या नौकरों के

सहारे अपना जीवन काट रहे है क्योंकि बेटों को स्वयं के कार्यों से फुर्सत नहीं है।

प्रत्येक व्यक्ति की इच्छा होती है कि उसका शेष जीवन सुचारू रूप से गुजरे। उसे कोई तकलीफ न उठानी पड़े। इसी उम्मीद से उपन्यास का वृद्ध पात्र, सुखलाल गाँव से अपने बेटे और बहू के साथ समय बिताने सूवा शहर आता है। किंतु, यहाँ बेटा और बहू, दोनों ही अपनी नौकरी, घर-बार तथा अपने जीवन की जरूरतों को पूरा करने में लगे हुए हैं और इस कारण बूढ़े पिता को वक्त नहीं दे पाते। इस तरह आधुनिक परिवारों में व्यक्ति सम्बन्ध कम हो रहे हैं और पारस्परिक सम्बंधों की अपेक्षा आर्थिक महत्त्व बढ़ता जा रहा है।

इसके अलावा प्रेम विवाह और अंतर्जातीय विवाह भी पारिवारिक विघटन का एक प्रमुख कारण है। विवाह स्वरूप में परिवर्तन से भी संयुक्त परिवार में सामंजस्य कम हो जाता है। परिवार एक परम्परागत संस्था है जो परिवर्तन जल्दी स्वीकार नहीं कर पाता है। दूसरे धर्म में विवाह करने से परिवार में तनावपूर्ण स्थिति पैदा हो जाती है। सुब्रमनी ने उक्त उपन्यास में अंतर्जातीय विवाह की समस्या को निरूपा और हरूण द्वारा चित्रित किया है। निरूपा एक हिंदू लड़की है जो मुस्लिम लड़के हरूण से प्रेम विवाह कर लेती है। दोनों के परिवार वालें इस विवाह रूप को अस्वीकार करते हैं और कुछ समय तक परिवारवालों में बात-चीत नहीं होती है।

उपर्युक्त पारिवारिक समस्याँए फीजी के भारतीय समाज व परिवारों से जुड़ी हैं जो आधुनिक जीवन शैली को चित्रित करती है। सुब्रमनी ने डउका पुरान में संयुक्त परिवार का लोप, आर्थिक चुनौतियाँ के कारण पारिवारिक विघटन, अंतर्जातीय विवाह आदि रामस्याओं को दर्शाया हैं।

जमीन लीस की समस्या

उपन्यासकार जोगिन्द्र सिंह कंवल की भांति सुब्रमनी ने अपने कथा साहित्य में जमीन लीस समाप्ति की समस्या को रेखांकित किया है। जमीन की लीस समाप्ति प्रवासी भारतीयों के लिए असुरक्षा की स्थिति पैदा करती है क्योंकि उन्हें अपने वंशज के भविष्य की चिंता लगी रहती

है कि जमीन लीस का नवीकरण न होने पर वे कहाँ जाएँगे। उपन्यासकार बिरिज गाँव के एक बुजुर्ग पात्र घुरउ के माध्यम से जमीन लीस समाप्ति की चिंता प्रकट करते हैं। घुरउ अपने पोतों के भविष्य को लेकर चिंतित है। वह फीजीलाल से अपनी चिंता व्यक्त करता है: "नींद न आवै। दुई रोज से अइसे होय। दिमाग में सब बात घूमा करै। सोचित हम ना रहिब तो का होइ इ परवार कै।... लड़कन जब पढ़ लिख कै सादिक तैयार होंइहें तो लीस वाला मामला खड़ा होइ जाई। फिर लीस न मिली तो किधर जाइहें।" किसानों की दुर्दशा और कृषि क्षेत्र पर मंडराते संकट के लिए कई कारणों में से एक महत्वपूर्ण कारण है किसानों का भूमि पर अधिकार न होना।

उपन्यास में चित्रित इस समस्या पर विवेकानंद शर्मा टिपण्णी करते हैं: "फीजी के खेत खलिहान भारतीय संस्कृति के गढ़ रहे हैं पर अब वे घोर संकट में घिरे हैं। हाल में विस्थापित किये जाने से वह पूरी जीवन-शैली ही बिखर जाने को है। इस उपन्यास में उसी जीवन-शैली का प्रभावी, करूण व विडम्बनात्मक चित्रण हुआ है।" गिरमिट प्रथा समाप्त हो जाने पर कई प्रवासी भारतीय यहीं फीजी में ठहर गए। धीरे-धीरे उन्होंने फीजी देश की धरती को अपने खून-पसीने से सींचा, और इस धरती को अपना घर समझकर यहीं बस गए। दुखों, कष्टों, परेशानियों के बावजूद भारतीय किसान धरती से संबंधित अपने धर्म को निभाते रहे हैं। खेतों को बनाते, सवारते उन्हें जमीन से प्यार हो जाता है, जो स्वाभाविक है। यह एक प्राकृतिक नियम है कि व्यक्ति जिस वातावरण में रहता है वहाँ की मिट्टी, जलवायु, पेड़-पौधे और लोगों से लगाव हो जाता है। इन संवेदनाओं को फीजी के प्रवासी भारतीय साहित्यकारों ने अपने लेखन के माध्यम से रेखांकित किया है। जोगिन्द्र सिंह कंवल भी धरती मेरी माता के 'यामसिंह नामक एक ऐसे किसान परिवार की समस्या वर्णित करते हैं जिसे अपने जमीन से मोह है, और जब उन्हें इस जमीन को छोड़ना पड़ता हैं तब वे पूरी तरह टूट जाते हैं। इस टूटन और असुरक्षा के कारण कई गिरमिटियाँ भारतवंशी परिवारों ने ऑस्ट्रेलिया, न्यूजीलैंड, संयुक्त राज्य अमेरिका और कैनेडा जैसे देशों में दोहरी प्रवास की योजनाएँ बनाई। एक बार फिर इन प्रवासी भारतीयों को

भौगोलिक तथा सांस्कृतिक विस्थापन के दौर से गुजरना पड़ा।

इसके अतिरिक्त रामपुर का छबिराम भी जमीन की स्थिति को लेकर परेशान है। फीजी के प्रवासी भारतीयों के लिए जमीन का अधिकार पाना एक जटिल समस्या है। डउका पुरान का छबिराम इतने सालों से पट्टे पर जमीन लेकर खेती करता आ रहा है। पर अब जमीन का मालिक अपनी जमीन की लीस बढ़ाना नहीं चाहता है। यह जमीन छबिराम और रामपुर के गाँववालों के इतिहास का गढ़ है। उपन्यास में जमीन की समस्या का विवरण इन शब्दों में किया गया है: "जमीन छिनाय जाई तो किधर जइहो? पुराना बसकित है। माई बाप कै पइदाइस, लड़कन बच्चन कै पालन पोसन हिंये भय। सबन कै नारा हिंये गड़ान है। जगह छोड़त दुख तो जरूर होई। हट जइहें तो पूरा इतिहास भी तो मिट जाई।" जमीन खोने के डर से रामपुर वासी बहुत परेशान हैं। इन लोगों का अपनी जमीन जगह के साथ ऐतिहासिक, सांस्कृतिक और आर्थिक संबंध है और विस्थापन की वजह से उनकी जीवन-शैली विलुप्त हो जाएगी।

इस प्रकार प्रस्तुत उपन्यास में भारतवंशियों के जीवन की अनेक समस्याओं का चित्रण कर लेखका ने उनके प्रति अपनी संवेदना व्यक्त की है। यह उपन्यास प्रवासी साहित्य का एक महत्वपूर्ण दस्तावेज है जिसमें फीजी के भारतीय जीवन दृष्टि, समस्याओं और मूल्य को दर्शाया गया है।

उद्देश्य

साहित्य में जीवन के अंतरंग-बहिरंग का वास्तविक चित्रण करना किसी भी कलाकार का मूल संवेद्य हो सकता है। साहित्यकार का गूल उद्देश्य केवल मनोरंजन या भाव लोक को उत्तेजित करना ही नहीं होता बल्कि वह अपनी रचना में समाज की परिस्थितियों का चित्रण करते हुए उस समाज की समस्याओं को भी अपनी कृति में अंकित करता है जिससे समाज जागरूक होकर उसके समाधान की ओर बढ़े। समाज के प्रति एक लगन कि हमारा समाज का विकास हो, इसी सेवा भावना से सुब्रमनी का डउका पुरान ओत-प्रोत है।

निम्नवर्गीय चेतना

'डउका पुरान' का केंद्र एक निम्नवर्गीय साधारण व्यक्ति फीजीलाल के असफल प्रेम और तीर्थ यात्रा की घटना पर आधारित है। अधिकांशतः फीजीलाल जैसे निम्नवर्गीय व्यक्तियों को इतिहास में मुश्किल से स्थान व सम्मान प्राप्त होता है। किंतु, सुब्रमनी के उपन्यास का केंद्र ऐसा ही एक निम्नवर्गीय पात्र फीजीलाल है तथा मानक हिंदी की तुलना में निम्न समझी जाने वाली 'फीजी हिंदी' भाषा को अभिव्यक्ति के लिए चुना है। यह उपन्यास उन लोगों को समर्पित है जो साहित्य ही नहीं इतिहास तक में हाशिये पर खड़े हैं।

उक्त उपन्यास फीजी के गिरमिटिया मजदूरों और उनके वंशज के संघर्ष, सुख-दुख, जीवन के उतार-चढ़ाव और आशा-आकांक्षा का दस्तावेज है। कथा नायक, फीजीलाल से अतीत की उस घटना के बारे पूछने पर कि गिरमिटिया कैसे आए, तब वह कहता है –'बाबू बड़ा दुख से आइन। रोवत, गावत, हिलत डोलत, आदत-पादत'। इसलिए सुब्रमनी कहते हैं कि मेरा यह उपन्यास उस वर्ग के बारे में है, जो अपनी कहानी खुद कहना चाहता है, अपनी भाषा में फीजी की पुनर्खोज करना चाहता है। उपन्यासकार ने जात-पात, ऊँच-नीच, अमीरी-गरीबी के बीच के भेद-भाव को अस्वीकारते हुए प्रमुख पात्र फीजीलाल के माध्यम से कहते हैं: "सबन के जगहा हाईक चाही देस कै इतिहास मा, चाहे डउकन होय अउघड़ या लाड़ाकू लफाड़ी (डउका पुरान, पृ. 6)।" साथ ही अभिव्यक्ति के लिए उन्हें अपनी निज भाषा में बोलने का अवसर दिया जाए। इस प्रकार उपन्यासकार निम्नवर्गीय लोगों की ओर एक सकारात्मक दृष्टि प्रस्तुत करते हैं।

सुब्रमनी का नायक फीजीलाल पंगुल, गरीब, अनपढ़, निम्न वर्गीय डउका जाति एवं गाँव का एक साधारण व्यक्ति है। युवा काल से ही वह पढ़ाई-लिखाई के बदले गाँव के स्कूल में माली का काम करता है और जब वह शहर चीनी के मिल में काम माँगने जाता है तब मिल का अफसर उसे टोपस की नौकरी करने को कहता है: 'टोपसई करियो?'। 'टोपस' उस व्यक्ति को कहा जाता था जो शौचालय की साफ-सफाई

करता है। इस काम को लोग करने से इतराते थे और अकसर नीची जाति के लोगों को यह काम दिया जाता था। मिल के अफसर ने फीजीलाल को कुली लइन में शौचालय सफाई का काम दिया। लेखक मर्दाना शौचालय की दुर्गति का चित्रण इन शब्दों में देते हैं: "मरदन वाला नहान घर मा हलते हम्मे ओकलाई आय लगा। ...हिया तो असली नरक। जनान मुर्गी, सुवर, गेदुर सब रात भर बंद रहीन। सिमिट पे बार, छूरा, थूक, पिसाब, साबुन। उप्पर से कुत्ता हिंये घुस कै मरिन। खून कै छिट्टा अभी भी देखात रहा। हम कोई रकम सास रोक के झाडू लगावा और पानी मारा (डउका पुरान, पृ. 241)।" इस दुर्गंध स्थिति से बचने के लिए फीजीलाल मुँह पर कपड़ा बाँधकर शौचालय साफ करता है। फीजीलाल जैसे निम्नवर्गीय लोगों के साथ समाज के लोग अभद्र व्यवहार करते हैं क्योंकि वे शौचालयों और नालियों की सफाई करते हैं। इसलिए वे उन्हें अछूत और निम्न समुदाय से संबंधित मानते हैं। लेकिन, सुब्रमनी का डउका पुरान ऐसे निम्नवर्गीय लोगों के चरित्र और उनकी मानवीय संवेदनाओं को बाहर लाने का एक प्रयास है।

अपनी बोली-बानी में बतियाते ये चरित्र अपने सुख दुख, आशा आकांक्षा को एक दूसरे के साथ साझा करते हैं। वे मानते हैं कि "जब विपत्ति में कोई हाथ बढ़ा दे तो दुख थोरा कमती होई जाय।" यही सरल, सहज जीवन, जहाँ व्यक्ति दूसरे के दुख से दुखी होता है और उसके लिए सब कुछ करने को तत्पर भी रहता है। आज के इस आत्म केंद्रित जीवन में यह भाव लुप्त हो रहा है। अतः यह उपन्यास हाशिये पर खड़े ऐसे निम्नवर्गीय लोगों की भाषा, संवेदनाएँ और चरित्र को स्थान प्रदान करता है, जिनकी समाज में उपस्थिति नगण्य है और वे अपने बातें दूसरों के समाने रखने का साहस नहीं कर पाते। डउका पुरान उपन्यास पाठकों की सोच को औपनिवेशिक और राष्ट्रवादी संभ्रांतों के चंगुल से मुक्त कराना है ताकि वे निम्नवर्गीय चेतना और संघर्ष को समझ सके।

फीजी हिंदी भाषा का उत्थान

एक ओर सुब्रमनी ने निम्नवर्गीय फीजीलाल को उपन्यास के नायक के रूप में चित्रित किया, वहीं दूसरी ओर फीजी में विलुप्त हो रही

फीजी हिंदी भाषा के संरक्षण हेतु इसे साहित्यिक भाषा के रूप में प्रस्तुत किया है। इस उपन्यास को सुब्रमनी फीजी हिंदी भाषा का पुरालेख मानते हैं। इसलिए भाषा इस उपन्यास की सबसे मजबूत पहलू है।

बचपन से व्यक्ति को जिस भाषा में संस्कार मिलता है, उसी भाषा में वह साहित्य सृजन करने में सहजता महसूस करता है। इस कारण प्रवासी साहित्यकार सुब्रमनी ने अपने लेखन के लिए अपनी मातृभाषा फीजी हिंदी को चुना क्योंकि इस भाषा में वे सरलता से अपनी अभिव्यक्ति को रचना में उतार सकते हैं। प्रवासी साहित्य में साहित्यकार की आस-पास की परिस्थितियाँ व देश की मिट्टी की खुशबू झलकती है। प्रवासी हिंदी लेखक प्रवास के दौरान अपने दुख-दर्द की संवेदनाओं के साथ अपने देश के संस्कारों को अपनी कृतियों में ज्यों का त्यों विवरण कर देते हैं। इस तरह प्रवासी लेखक ने अपने लेखन के माध्यम से देश-विदेश की संस्कृति के बीच समन्वयक का कार्य किया है। उन्होंने अपने फीजी हिंदी साहित्य के द्वारा हिंदी को अंतर्राष्ट्रीय स्वरूप प्रदान करने में महत्वपूर्ण भूमिका निभाई है।

डउका पुरान उपन्यास के माध्यम से लेखक ने फीजी हिंदी भाषा का परिष्कार एवं साहित्य जगत में फीजी हिंदी को नई दिशा प्रदान की है। यह पुरान है "भाखा" में क्योंकि 'अपना भाखा मा बातचीत होय तो अउर मजा लगे।' सुब्रमनी ने इसी विश्वसनीयता के बल पर डउका पुरान अँग्रेजी या साहित्यिक हिन्दी में न लिखकर फीजी हिन्दी में लिखा। फीजी हिन्दी, वह हिन्दी जो फीजी में भारतीयों के घर-घर बोली है और जिसका रूप विन्यास शिष्ट हिन्दी से काफी भिन्न है। इस तरह लेखक ने न केवल फीजी हिंदी को अभिव्यक्तिपरक दृष्टि से सक्षम साबित किया है, बल्कि इसे एक सम्मानजनक स्थान भी दिया है।

प्रगति, विकास, संस्कृति, इतिहास-भूगोल आदि की जड़ भाषा होती है और भाषा को समृद्ध साहित्य करता है और साहित्य प्रत्येक वर्तमान को कलात्मक एवं यथार्थ रूप में समाज के सम्मुख प्रस्तुत करता है। भाषा के संबंध में प्रस्तुत उपन्यास का नायक फीजीलाल कहता है: "भाखाक कदर हम जान पावा जब हमार तीरथ सुरु भय। केतने आनूआनूम रात गुजारा। कभी जहाज मा कभी कभी कोरोम। खाली

भाखाक दुई बात जानके जरिये लोग आपन दुवारी खोल देवैं। आखिर ई-डउका पुरान का है-भाखा तो है जड़ एकर।" उसका मत है कि मानव को अपनी सांस्कृतिक, शैक्षणिक, जातीय और सामाजिक मूल्यों को कायम रखने के लिए अपने पूर्वजों की भाषा को संजोकर रखना है। जहाँ भाषा अल्पसंख्यक समूह की पहचान का एक महत्वपूर्ण प्रतीक माना जाता है, वहाँ भाषा के लंबे समय तक बनाए रहने की संभावना रहती है वरन् उसके लुप्त होने की संभावना बढ़ जाती है। डउका पुरान में उपन्यासकार अपने पूर्वजों की भाषा के महत्व को प्रतिपादित करते हैं।

सुब्रमनी फीजी हिंदी लेखन के संबंध में कहते हैं:

"वर्नाकुलर भाषाओं में लिखने का मेरा सिर्फ एक ही उद्देश्य था और वह ये कि देश में इन भाषाओं का प्रचार-प्रसार हो सके। ऐसा करने से न हम केवल इन प्रचीन भाषाओं के बारे में जानकारियाँ हासिल कर पाएँगे बल्कि इसके माध्यम से पाठकों को एक अलग तरह का बौद्धिक समाज और जीवन देखने को मिलेगा जो अभी तक उनके नजरों और दिलों से अदृश्य था। फीजी हिंदी में लिखकर मैं लोगों को यह दिखाना चाहता था कि फीजी हिंदी में न केवल लिखा जा सकता है, बल्कि बहुत ही बहतरीन ढंग से लिखा जा सकता है।"

जबकि भाषा ही अक्सर समुदाय के गीतों, कहानियों और कविताओं को व्यक्त करने का एकमात्र तरीका है। इस विचार हेतु सुब्रमनी ने डउका पुरान (2001) में फीजी हिंदी के ऐसे अनूठे शब्दों को संग्रहित किया है जो आधुनिक भाषाओं के मोह में लुप्त हो रहे थे जैसे 'मनहई', 'छीछर लेदर', 'बजर भट्टू', 'टिर्राई', 'नारियल के बूलू', 'टिबोली', 'झाप', 'निपोरिस', 'ठिनकही', 'गोदना' 'झाप' आदि फीजी हिंदी शब्दो का पुरालेख है। सुब्रमनी ने फीजी माँ और डउका पुरान में पात्रों के स्तर एवं उनकी परिस्थिति के अनुरूप ही भाषा का अवलोकन किया है। इन उपन्यासों की भाषा शैली ही इनका सबसे महत्वपूर्ण पक्ष है। फीजी माँ और डउका पुरान की भाषा में यथार्थ का अभास पैदा करने के लिए लेखक ने स्थानीय 'फीजी हिंदी' भाषा व बोलियों का प्रयोग किया है।

सुब्रमनी ने डउका पुरान में फीजी के घर पर बोली जाने वाली

लोक भाषा का सर्जनात्मक उपयोग किया है। उनका यह प्रयोग अनायास ही कथा शिल्पी फणीश्वरनाथ रेणु के मैला आंचल का स्मरण करा देता है। यहाँ सुब्रमनी की भाषा शैली की प्रशंसा करनी होगी कि कैसे उन्होंने फीजी हिन्दी के ठेठ शब्दों का इतना सर्जनात्मक प्रयोग किया। उपन्यास की भाषा फीजी के लोक जीवन को उसकी संपूर्णता में उपस्थित करती है। फीजी का ग्रामीण जीवन वहाँ के लोगों की कथाएँ, लोक-गीत, मुहावरे और लहजा, वेशभूषा, धर्म-जीवन, समाज, संस्कृति का चित्रण डउका पुराण में बखूबी उभरकर सामने आया हैं। सुब्रमनी के दोनों उपन्यासों की भाषा में फीजी के आंचलिक शब्दों का सहज समावेश दृष्टिगोचर है जिससे चरित्रों को स्वाभाविकता और वातावरण निर्मिति में सहायता मिली है।

डउका पुरान की भाषा हास्य व्यंग्य से भरपूर है। उपन्यास की अधिकतर शब्दावली मुहावरेदार है और यह वही भाषा है जो लम्बासा में सुब्रमनी के पिता के समय बोली जाती थी, और लम्बासा के लोग आज भी अधिकतर शब्दों से परिचित हैं। तथा उपन्यास में बहुत से नाम ऐसे हैं, जो पढ़कर फीजी के लोगों के चेहरे पर अनायास ही मुस्कान आ जाती है जैसे घराऊँ, क्ल्लन, झगड़ू, पैना, कौसा, कालिका आदि। कई प्रसंगों में फीजी हिंदी के रचनात्मक प्रयोग किये गए है जिनसे अद्‌भुत हास्य पैदा होता है। एक प्रसंग ऐसा है कि एक बार गाँव में एक नेता वोट माँगने आता है। फीजी हिंदी में वोट को बोट बोलते हुए वह बोट माँगता है तो फीजीलाल अपने पिता से पूछता है कि वह बोट का क्या करेगा? तब फीजीलाल का पिता कहता है उसे क्या पता, बोट में बैठना हो, और करे, जो उसे करना हो। इस तरह एक शब्द के दो अर्थ होने से हास्य पैदा होता है।

कमल किशोर गोयनका इस उपन्यास के विषय में लिखते हैं कि डउका पुरान एक सामाजिक-सांस्कृतिक महाकाव्यात्मक उपन्यास है। इसमें लेखक ने फीजी के भारतीयों का जीवन तथा उनकी भाषा को जीवित कर दिया है।' चूँकि 'डउका पुरान' फीजी हिंदी का पहला उपन्यास है इस आधार पर यह उपन्यास फीजी हिंदी साहित्य की बुनियादी अवस्था को नवीन मोड़ देने की प्रेरणा प्रदान करता है। इसके

साथ ही लेखक ने साहित्य की अन्य विधाओं में अभिव्यक्ति के द्वार भी खोले हैं। फीजी हिंदी साहित्य की इस उत्कृष्ठ रचना के लिए सुब्रमनी को सन् 2003 में सातवें विश्व हिंदी सम्मेलन के अंतर्गत पुरस्कृत किया गया है।

देश प्रेम और अस्मिता

डउका पुरान उपन्यास की भाषागत विशेषताओं के अलावा इसमें फीजी के प्रवासी भारतीयों की सामाजिक, राजनीतिक एवं ऐतिहासिक परिस्थितियों का फीजीलाल की यात्रा के द्वारा विवरण मिलता है। फीजीलाल अपने देश फीजी की यात्रा के दौरान अनेक अनुभव व आत्मत्ज्ञान प्राप्त करता है। उपन्यास के समीक्षक फीजीलाल की यात्रा का उद्देश्य प्रज्ञा की खोज मानते हैं: "यात्रा द्वारा फीजीलाल को शारीरिक, मानसिक, सामाजिक ज्ञान के विकास के साथ आध्यात्मिक ज्ञान की प्राप्ति होती है।" फीजीलाल अपने देश के राजा से मिलकर फीजी पर आई समस्याओं पर चर्चा करना चाहता है। यात्रा के दौरान वह कई लोगों से मिलता है। उनके गाँव व शहरों की कथा सुनता-सुनाता चलता है।

गोस्वामी तुलसीदास के रामचरितमानस ने लेखक सुब्रमनी को सबसे अधिक प्रभावित किया है। उनका कहना है कि तुलसी की रामायण ने जैसे उनके लिए किताबों की दुनिया ही खोल दी हो। सुब्रमनी के शब्दों में "मेरा यही कहना है कि हिंदी को अच्छी तरह से जानते हुए और रामचरितमानस का पाठ पढ़ते हुए मुझे अपनी पहचान खोजने के लिए बिलकुल भी संघर्ष नहीं करना पड़ा।" सुब्रमनी रामचरितमानस को अपना साहित्यिक सृजन स्त्रोत और श्री राम को अपने प्रथम नायक मानते हैं। तुलसी के रामचरितमानस के पठन और प्रचार द्वारा उनकी रूचि हिंदी भाषा और साहित्य की ओर बढ़ती गई।

तुलसीदास कृत रामचरितमानस में यात्रा तत्व का समावेश श्री राम के चौदह वर्ष के वनवास द्वारा दर्शाया गया है और श्री राम चौदह वर्ष के वनवास के पश्चात ऐतिहासिक पुरुष कहलाए। फीजी में तुलसी की रामचरितमानस भारतीय संस्कृति का परम द्योतक है। यहाँ बड़े आदर

और श्रद्धा से रामकथा पढ़ी जाती है और तुलसी के कवितत्व का आनन्द उठाया जाता है। जिस तरह तुलसी के राम ने अपने प्रवासी जीवन के दौरान विषम परिस्थितियों के बावजूद अपने संस्कारों को नहीं खोया ठीक ऐसा ही फीजी के प्रवासी भारतीयों ने पीढ़ी दर पीढ़ी फीजी में हिंदी भाषा और भारतीय संस्कृति की परंपरा को कायम रखा। अत: कहा जा सकता है कि राम के प्रवासी जीवन से प्रेरणा पाकर उन्होंने गिरमिटियाँ जीवन के संघर्षों को झेला और उपलब्धियाँ भी हासिल की। मगर फीजीलाल की यह यात्रा किसी राजा या महापुरुष की नहीं है बल्कि एक निम्नवर्गीय व्यक्ति की है जो प्रज्ञा की खोज में निकलता है। नायक, फीजीलाल अपने अनुभव के विस्तार के लिए फीजी के विभिन्न गाँवों तथा शहरों की यात्रा करता है। इस यात्रा के दौरान फीजीलाल की मुलाकात जगन्नाथ, नान्हू, घुरउ, सूरज, कौसल, मूलचंद, मीरासामी, अलिपाते, तुकूनी बाबा, सुखलाल, हरुन, आदि पात्रों से होती है और इन्हीं पात्रों की प्रासंगिक कथाओं के माध्यम से वह जीवन की सीख लेता है।

उपन्यासकार को अपनी संस्कृति के प्रति गौरव है जो वस्तुत: राष्ट्रीय अस्मिता का हिस्सा है। इस संदर्भ में साहित्यकार अज्ञेय का यह कथन युक्तियुक्त है: 'संस्कृतियों का संबंध अपनी देशभूमि से होता है।' कई भारतीय प्रवासी लेखकों के समान, इंडो-फिजियन लेखकों ने अपने लेखन के माध्यम से मातृभूमि से अपने संबंधों को फिर से जोड़ा है। उन्होंने अपनी खोई हुई मातृभूमि की छवियाँ फिर से बनाई हैं। सुब्रमनी के लेखन में फीजी और भारतीय संस्कृति का मजबूत भावात्मक प्रभाव देखा जा सकता है। उन्हें अपनी जातीय, धार्मिक और सांस्कृतिक पहचान पर गर्व है जो डउका पुरान में परिलक्षित है।

भाषा न केवल लोगों के बीच संवाद करने का एक तरीका है, बल्कि एक संस्कृति भी है। संस्कृति के अंतर्गत लोगों के धार्मिक विश्वास, उत्सव, त्योहार, पर्व, रीति-रिवाज, खान-पान, वेशभूषा, रहन-सहन आते हैं। प्रवासी लेखक प्रवास की संवेदनाओं को देश में व्याप्त स्थानीय संस्कृति-संस्कारों से जोड़कर उसे कागज पर उतार देता है। हर प्रदेश के लोग अलग-अलग भाषाएँ बोलते हैं, अलग-अलग तरह के कपड़े

पहनते हैं, भिन्न-भिन्न धर्मों का पालन करते हैं, अलग-अलग भोजन करते हैं, जिसका यथार्थपूर्ण चित्रण लेखक ने अपने साहित्य में प्रस्तुत किया है। डउका पुरान में फीजी की ग्रामीण संस्कृति का जोरदार चित्रण प्रस्तुत किया गया है। फीजी के खेत-खलियान भारतीय संस्कृति के गढ़ रहे हैं पर अब वे संकट में घिरे हुए हैं। किसानों के विस्थापन और राजनैतिक अस्थिरता के कारण भारतीय समुदाय की जीवन शैली बिखरने लगी है। उपन्यासकार ने डउका पुरान में फीजी के प्रवासी भारतीयों की जीवन शैली एवं संस्कृतियों का प्रभावी चित्र खींचा है। डउका पुरान में नायक फीजीलाल अपने गाँव में होली पर्व का वर्णन इन शब्दों में करते हैं:

"ऊ साल हम लोग खूब जम कै होली मनावा। नवा टोलिक उप्पर पहाड़ पे हम लोग होलिका फूंका। मंडली वाले पहली दफा चौताल गाइन। कोइक सहूरे न रहा गावेक। अउरतियन खूब हंसै। बोले, 'चौताल गावें की सोहर!' लल्ला थोरा जानत रहा। आयक चौताल उठाय दे। भागीरथ के भी फगुवाम सउक रहा। खजड़ी या झीका उठाय लेवै। बाप हमार लइक बइठ जाय डंडताल।"

उपर्युक्त अंश में फीजी के गाँवों में किस प्रकार मंडलियों द्वारा होली का पर्व मनाया जाता है दर्शाया गया है। होली के महीने में लोग चौताल गाते हैं तथा होलिका दहन की रस्म निभाते हैं। अतः भाषाएँ इन अनोखी संस्कृतियों को भी व्यक्त करती हैं। ये सभी चीजें संस्कृति, मानव व्यवहार और भावना की व्याख्या करने का एक तरीका है जो अंग्रेजी भाषा में उस सजीवता से व्यक्त नहीं किया जा सकता।

प्रवासी भारतीय साहित्यकार अपने साहित्य में भारतीय संस्कृति का परिचय देता ही है लेकिन कहीं कहीं परदेश की स्थानीयता का परिचय भी अनायास आ ही जाता है। जैसे फीजी देश का राष्ट्रीय पारंपारिक पेय 'नंगोना'(कावा-अंग्रेजी शब्द) है जिसका जिक्र फीजी के हिंदी साहित्य में मिलता है। स्थानीय फीजियन लोग शाम को समूह में बैठकर नंगोना (पेय पदार्थ) पीना पसंद करते हैं, और इस बैठक के दौरान वे ई-तउकइ देवताओं, प्रसिद्ध स्थानों, पौराणिक कथाओं व अपनी रोजमर्रा की जिंदगी की चर्चा करते हैं। नंगोना फीजी की स्थानीय संस्कृति का

अहम हिस्सा बन चुका है जिसे भारतीयों ने भी आत्मसात कर लिया है। फीजी में नंगोना के संबंध में कवि नेतराम शर्मा की पंक्तियाँ दृष्टव्य हैं:

"फीजी की जीवन बूटी, कहते हैं इसे नंगोना
कोई भी महफिल हो, इसका प्रबंध है होना
शादी हो या दुख की बैठक, मौजूद रहती है वहाँ थाली
मेहमान चुसकी लेते रहते, घर वाले इसे न छोड़े खाली"

(शर्मा, 2004)

उक्त पंक्तियों में कवि फीजी के जन-जीवन पर नंगोना के प्रभाव को व्यक्त करता है। नंगोना का सेवन मुख्यता सामाजिक बैठकों में आदिवासी फीजियन समुदाय के साथ-साथ प्रवासी भारतीय पुरुष वर्ग भी बड़े चाव से लेते हैं। फीजियन समाज के साथ-साथ, भारतीय समाज में भी यंगोना पीने की परंपरा है जिसके बिना आजकल पारिवारिक बैठक, शादी, अंत्येष्ठी संस्कार, रामायण संगठन आदि अधूरे माने जाते हैं।

फीजी के समकालीन इतिहास से अनेक संदर्भ इस रचना में उपलब्ध हैं। फीजी की तत्कालीन राजनैतिक, सामाजिक घटनाओं के भी अनेक संकेत मिलते हैं- 'जइसे देस माँ गड़बड़ी मचा, कल्लू गायब' और 'ई मंदिरेप आँखी गड़ाईन। तीन दफा तुरिन, तीन दफा सब मिल कै बनवाइन।' यह अंश वर्ष 1987 में फीजी देश के लोकतांत्रिक शासन का सैनिक विद्रोहों से बाधित करने का सूचक है जिसका कारण था तत्कालीन सरकार में भारतीय फीजियन का बढ़ता प्रभुत्व। 14 मई 1987 को लेफ्टिनेंट कर्नल सीतिवेनी रम्बुका ने टिमोदी बावाद्र की निर्वाचित सरकार को कैद कर, लोकतांत्रिक सरकार को शासन से हटा दिया। इस तख्तापलट के कारण देश में असुरक्षा की बढ़ती स्थिति के कारण कई भारतीय देश छोड़ विदेश में जा बसे।

इसके अलावा पहला रेडियो का आगमन, ग्रामोफोन और फिल्म देखने का अनुभव आदि का भी रोचक प्रसंग उपन्यास में मिलता है। विवाह संस्कार का विशाद वर्णन, उसमें कुटुंब-समाज की भागीदारी के अनेक प्रसंगों को सुब्रमनी ने बड़े मनोयोग से उपन्यास में वर्णित किया है। रामायण पाठन एवं गायन और रामलीला मंचन फीजी के सामाजिक

सांस्कृतिक जीवन का महत्वपूर्ण हिस्सा है। उपन्यास का पात्र पईना फिल्मों में हनुमानजी को देखते ही भावुक हो जाता है–'हनुमान सामीस भेंट होई।' इस कथा में ऐसे ही कई रोचक प्रसंग हैं जो इन भारतवंशियों के अस्मिता बोध कराते हैं। इस तरह फीजी का यह साहित्य उन लोगों के लिए एक खुली खिड़की का काम करता है जहाँ से रचनाकार एक दूरस्थ स्थान के सामाजिक यथार्थ के साथ वहाँ की संस्कृतियों को संप्रेषित करता है।

सुब्रमनी का उपन्यास डउका पुरान के अनुशीलन के उपरांत मैं इस निष्कर्ष पर पहुँची हूँ कि इस बृहद औपन्यासिक कृति में फीजी के प्रवासी भारतीयों की जीवन शैली का यथार्थ चित्रण मिलता है। यह महाकाव्यामक उपन्यास फीजी हिंदी भाषा को संरक्षित करने का महत्वपूर्ण साधन है। भविष्य में इस कृति का एक अच्छा रेडियो नाटक और टीवी सीरियल भी बन सकता है।

फीजी माँः मदर ऑफ ए थाउजेंड

पुरुष और स्त्री दोनों ही समाज के महत्वपूर्ण इकाई हैं। इतिहास में ज्यादातर पुरुष के योगदान को नारी से अधिक सराहा गया है। मगर इतिहास को रचने में दोनों की अपनी-अपनी भूमिका रही है। फीजी माँः Mother of a Thousand, सुब्रमनी की दूसरी औपन्यासिक कृति है जिसका सन् 2018 में साउथ पैसिफिक विश्वविद्यालय की पैसिफिक प्रेस ने प्रकाशित किया। यह उपन्यास डउका पुरान के एक दशक बाद प्रकाशित हुआ जिसने फीजी के साहित्यिक खेमे में नया इतिहास रच दिया। उपन्यास के विषय में एक रोचक बात यह है कि यह ऑस्ट्रेलिया कॉन्सल फोर दी आर्टस के अनुदान से लिखा गया फीजी हिंदी का दूसरा औपन्यासिक कृति है। भारतीय डायस्पोरा और हिंदी साहित्य के क्षेत्र में फीजी के सुप्रसिद्ध साहित्यकार सुब्रमनी के अभूतपूर्व योगदान हैं। इस भाषा की भाव व्यंजना से वे भली-भाँति परिचित हैं और इसी कारण से फीजी हिंदी में रची उनकी रचनाओं का सौन्दर्य अप्रतिम है।

फीजी माँ 1026 पृष्ठों का एक बृहद नायिका प्रधान उपन्यास है जिसमें एक साधारण नारी बेद मती के अस्तित्व की खोज की कथा प्रस्तुत है। बचपन में पिता उसका नाम गौतमी रखना चाहता था मगर माँ ने बेद मती रख दिया। बेद के गर्म मिजाज के कारण आजी उसे चिढ़ाने के लिए सनका देवी बुलाती है और पढ़ाई-लिखाई और खेलकूद में तेज होने के कारण स्कूल के मास्टर हरनिंदन उसे तेजेशवरी कहने लगे। शादी के बाद, पति और सास उसे प्यार से मोहिनिया पुकारते हैं। अपने नाम के संबंध में बेद कहती है: "नाम हमार कमती थोड़े है। बाप हमार

नाम धरे माँगे गौतमी, माई झगड़ के रखिस नाम बेद मती। अदमी मोहनिया बोल बोल पिछवाय। अउर ससुर हमार पता नइं का सोच के लेख राजी बोल के घोहराइस (पृष्ठ 25)। "लेकिन 'असली बेद कौन है?'" यह प्रश्न फीजी माँ की बेद को व्याकुल करता है और खुद की तलाश में वह अपने घर, परिवार, गाँव, शहर से बाहर निकलती है।

फीजी माँ–Mother of a Thousand का तात्पर्य नायिका बेद मती से है जो पेशे से एक विधवा भिखारिन है, और खून का रिश्ता न होने के बावजूद भी वह फीजी वासियों के तनाव को दूर करने के लिए उनके दुख–सुख साझा कर, एक ममतामयी माँ की तरह स्नेह बरसाती है। वह कहती है: "हम तौ बिन बोले सबन के माई बन गवा।" इस उपन्यास में फीजी की भारतीय महिलाओं का मनोवैज्ञानिक विश्लेषण मिलता है। सुब्रमनी ने आत्मकथात्मक शैली में बहुत ही प्रभावी ढंग से अपने पूर्वजों की फीजी हिंदी भाषा में एक निम्न वर्गीय भारतीय स्त्री की कथा को अंकित किया है। अपने कथा साहित्य के माध्यम से सुब्रमनी समाज के निम्न वर्गीय लोगों की संवेदनाओं को प्रभावशाली रूप से इंडो–फिजियन साहित्य में अग्रीम स्थान दिलाने में सफल हुए हैं।

प्रस्तुत उपन्यास में लेखक ने अपनी निजी यादों और जीवनकाल की स्मृतियों को नायिका बेद मती के द्वारा अभिव्यक्त किया है। उपन्यास के मूल तत्व में महिलाओं की मुक्ति, सबाल्टर्न (subaltern) इतिहास, मदर इंडिया का वैश्विक विस्तार, सुदूर द्वीपों का ग्रामीण जीवन, विदेशी भूमि में भारतीय संस्कृति और प्रवास का आघात शामिल हैं। उपन्यास की कथा बेद मती के बचपन, उसकी स्कूली शिक्षा, दांपत्य जीवन, लम्बासा गाँव से शहरी विधवा, और नायिका एवं उसके सामाज की गद्यात्मक गाथा है। जहाँ डउका पुरान का फीजीलाल आम फीजी भारतीय पुरुष का प्रतिनिधित्व करता है वहीं फीजी माँ की बेद मती आम भारतीय महिला का प्रतिनिधित्व करती है।

वैश्विक स्थर पर उपन्यास की सराहना की गई है। प्रसिद्ध फीजी लेखक और साहित्यिक आलोचक विजय मिश्र पुस्तक की समीक्षा में लिखते हैं:

"Years from now when Fiji Hindi ceases to be living language, when patois English or an Indo-Fijian language supplants it, scholars will look back at Subramani's creative output in the Fiji Hindi demotic, Indian plantation culture' subaltern language, as the great archive of the language and its people. In two extraordinary novels and needless to say the achievement is both monumental and unparallel.Subramani has created an archive for the language as well as encyclopedia source text for an understanding of quotidian Fiji Indian life works." (Blurb, Fiji Maa).

उक्त उपन्यास के संबंध में समीक्षक दानेश्वर शर्मा का कहना हैं कि "जैसे फीजी हिंदी को साहित्यिक सृजन की भाषा के रूप में मान्यता मिल रही है, वैसे ही सुब्रमनी द्वारा लिखित उनके उपन्यास फीजी माँ को भी मान्यता दी जाए क्योंकि फीजी हिंदी की यात्रा में यह उपन्यास एक और मील का पत्थर है।" फीजी माँ की भाषा की प्रशंसा करते हुए धानेश्वर शर्मा लिखते हैं कि "अपने साहित्यिक भाषा द्वारा पात्रों के चरित्र को सहजता एवं स्वाभाविकता से प्रस्तुत किया है, उनकी रचनाएँ मात्र रचना न बनकर अपने समय का, अपने पूर्वजों का एक दस्तावेज बन गया है।" सुब्रमनी के उपन्यासों की भाषा में फीजी के आंचलिक शब्दों का सहज समावेश दृष्टिगोचर है जिससे चरित्रों को स्वाभिविकता और वातावरण निर्मिति में सहायता मिली है।

वहीं विद्वान विमलेश कांति वर्मा इसे फीजी हिंदी का महाकाव्य मानते हैं। उनका मानना है कि परिनिष्ठित हिंदी फीजी के भारतवंशियों की सीखी हुई भाषा है इसलिए जो अधिकार अपनी हिंदी फीजी हिंदी पर इनका है वह भारत की हिंदी पर नहीं हो सकता और अच्छी प्रौढ़ रचनाएँ फीजी हिंदी में ही हो सकेंगी।

दीप्ति अग्रवाल उपन्यास के संबंध में लिखती है:

सुब्रमनी की फीजी साहित्य को समृद्ध बनाने की आडम्बरहीन एकांत साधना डउका पुरान के बाद उनके दूसरे उपन्यास फीजी माँ: एक हजार की माँ के रूप में सामने आई है, जिसकी तुलना मदर इंडिया

से की गई। ...पाठकों के सामने खोया अतीत लाकर खड़ा कर दिया है और ऐसा प्रतीत होता है जैसे हस उनके जुदाई शब्दों के सम्मोहन में बंधे वापस पूर्वजों तक की यात्रा कर रहे हैं।

समीक्षकों और आलचकों ने फीजी माँ को गिरमिटियों और उनके वंशजों के इतिहास के दस्तावेजों का पुनर्लेखन माना है। लेखक भी इसे स्वीकारते हुए कहते हैं कि "वो दिन तो लौटकर नहीं आ सकते लेकिन उस समय किया श्रम, संघर्ष, भोगी पीड़ा का वर्णन वर्तमान पीढ़ी को बेहतरी का रास्ता तो दिखा ही सकता है। यह वर्तमान को भविष्य का तोहफा है और अतीत को श्रद्धांजलि है।"

कथानक

प्रस्तुत उपन्यास की कथा छ अध्यायों में विभक्त है जो नायिका बेद मती के जीवन यात्रा से संबंधित है। कथा की शुरुआत वर्तमान से होकर अतीत में चली जाती है और फिर वर्तमान की उपलब्धियों के साथ खत्म होती है। आत्मकथात्मक शैली तथा फ्लैशबेक तकनीक के माध्यम से लेखक ने कथा को प्रस्तुत किया है। यह कथा एक साधारण नारी बेद मती के दृष्टिकोण से कही गई है।

प्रथम अध्याय 'कू कू इस्टेइट' एक बस्ती है जहाँ वर्तमान में बेद मती अपना गाँव, घर-बार, परिवार सब छोड़-छाड़कर अपने जीवन लक्ष्य की तलाश में निकलती है। नए शहर में वह मानवीय संवेदना की कसौटी पर नए संबंधों के बीच स्वभिमान भरी जिंदगी जी रही है। बेद 'कू कू इस्टेइट' में जोसेफ, सेगरंन, गुरदीन, पक्का अम्मा, नानीसे आदि अनजान लोगों से नए रिश्तें जोड़ती हैं, जो खून के नहीं बल्कि इंसानियत के हैं। शहर में नौकरी न मिलने के कारण बेद मती बैंक के सामने बैठकर भीख माँगती है, और वहाँ आते-जाते लोग उससे अपना दुख-सूख, परेशानी तथा देश के बदलते परिवेश की व्यथा सुनाते चलते हैं। बेद खुद को समझाती हुई कहती है: "अरे हम एक हजार की माइ बन गवा, कमती नइं करा हिंया आय के।" वह अपने आप को खुद किस्मत समझती है कि वह लोगों के किसी काम में आ रही है। एक

दिन जोय नामक एक लड़की, फीजी की नारियों पर रिसर्च करने और फिल्म बनाने उसके पास आती है। बेद मती को जोय उसके अतीत की ओर ले जाती है जहाँ उसके पहचान के कई आधार थे जैसे सनका देवी, गौतमी, मोहिनिया, गॉट गॉल, तेगेशवरी चंडालिन, मातंगी आदि जीवन के परदे खुलते हैं।

द्वितीय अध्याय 'मतुवाला' में बेद मती के बचपन, परिवार, स्कूल, जवानी, खेल-कूद, बकड़ियाँ पालने की कहानी शामिल है। बेद मती की आजी गोरखपुर से आई एक गिरमिटिया मजदूर थी जिसे जाना था सुरीनाम मगर गलती से वह फीजी आ गई। आजी बिदेसिया गीत गाती है: "मइया हमार, कउन देस आय बसा..., जाय के रहा सूरीनाम, बबरीबन में जान फसा।" गाँव के परिवेश में पिता तयागी, माँ, बहन बिंदा और भाई बिमल के बीच बेद मती का बचपन साधरण स्थितियों में बीता। पिता अस्थायी मजदूर थे और माँ घर पर सतवा बना कर बेचती थी। जहाँ बेद अपने पिता के काफी करीब थी वहाँ माँ के साथ उसकी उतनी नहीं बनती थी जिसका कारण बेद इन शब्दों में देती है: "साइत लड़का मागत रही अउर पइदा होइ गय मरदानी लड़की।" बेद का स्वभाव गाँव की साधारण लड़कियों से मेल नहीं खाता था इसलिए माँ उसे हरदम फटकार लगाती थी।

हालांकि बेद का बचपन गाँव के रीति-रिवाजों जैसे काली पूजन, बलि प्रथा, रामायण पाठ, शादी, होली, अत्येष्ठी संस्कार आदि सामाजिक-सांस्कृतिक संगठनों में भाग लेते हुए बीता, लेकिन उसकी सोच गाँव की अन्य लड़कियों से भिन्न थी। उसकी रूचि खेल-कूद, घूमने, दौड़ने, बकरी चराने, तथा पढ़ाई-लिखाई में थी। स्कूल में उसे मिस्टा बिक्टा, पंडित हरनिंदन, बाला, मल्ली, बानी, धना आदि मित्रों द्वारा दौड़ने के लिए प्रोत्साहित मिलता है। मगर उन दिनों गाँव के कुछ स्त्रियों और पुरूषों को यह गवारा न था कि स्त्री जात मैदान में खुले आम दौड़ें। इस दौरान स्कूल में 'मतवाला रासा' खेल का आयोजन होता है। इस खेल में बेद पारंपरिक मान्यताओं के विरुद्ध जाकर रमपस पहनकर दौड़ती है। वह रेस जीत जाती है और उसकी जीत की खबर,

गाँव, शहर तथा फीजी भर में फैल जाती है। अखबार में उस पर लेख भी आता है।

बेद के जीवन में एक भयानक घटना घटती है, जिसका विवरण लेखक बड़ी रहस्यमयता से देते हैं। यह घटना बेद के हँसते-खेलते जीवन को पलट कर रख देती है। एक दिन गर्मियों में जब वह कुंड में नहाने गई और तब वहाँ उसका हैवानियत के साथ बलात्कार किया जाता है। इस हादसे के बाद वह बेहद बीमार पड़ जाती है। बेद के इलाज के लिए पिताजी उसे दूसरे गाँव इंदरा मौसी के पास छोड़ आते हैं।

अध्याय तीन का शीर्षक 'बेइवाकाबुलाई' है। बेद का इलाज इंदरा मौसी वनस्पति और औषधियों से करती है। यहाँ उसकी मुलाकात सकीना, कपिल और अशविन से होती है। मौसी की दवाईयों से बेद धीरे–धीरे ठीक हो जाती है मगर उसका मन अभी भी घायल है। यहाँ भी बार-बार बेद अपने अस्तित्व को लेकर खुद से सवाल करती हैं: "हमार जिंदगी अब यहीं कटी? हम भी कोई आत्मा है जोन भटकता रहा, अब जाय के बसेरा मिला। तो बेद मती कोन है, कहाँ गई?" उस दर्दनाक घटना के बाद उसकी पढ़ाई, दोस्ती, दौड़ने का सपना, आत्मविश्वास सब टूटकर बिखर जाता है। ठीक होने पर बेद अपने गाँव वापस आ जाती है। उसकी मरजी के खिलाफ उसकी शादी रामआसरे के साथ कर दी जाती है। रामआसरे उसे नापसन्द था फिर भी बेद, माँ–बाप की इज्जत के खातिर मुखौटा डाले ससुराल चली जाती है।

'बईमाना' चतुर्थ अध्याय का शीर्षक है। यहाँ बेद का ससुराल है जिसे वह अशोक वाटिका समझती है, जहाँ रावन ने सीता माता को कैद में रखा था। ससुराल में उसे सास–ससुर और पति से बेहद प्यार और सम्मान मिलता है। पति रामआसरे बेद जैसी रूपवती पत्नी पाकर संतुष्ठ था। इस बीच भाई बिमल की हत्या की खबर पाकर बेद अत्यंत दुखी हो जाती है लेकिन ससुराल वाले उसका पूरा ध्यान रखते हैं। धीरे–धीरे बेद अपने हालात से समझोता कर लेती है और एक पत्नी और बहू की भूमिका निभाती है।

एक दिन रामआसरे और बेद सैर करने दूर निकल जाते हैं और रास्ते में अचानक रामआसरे की तबीयत एकदम से खराब हो जाती है। सही समय पर अस्पताल न पहुँचने के कारण रास्ते में ही उसकी मृत्यु हो जाती है। रामआसरे की अर्थी भी उठने न पाई थी कि घर पर कर्जदारों की लाइन लग जाती है। बेद ने अपने गहने बेचकर रामआसरे का अंतिम संस्कार किया और कर्जदारों का कर्ज चुकाया। इधर पति को गुजरे छ महीने भी नहीं हुए थे कि ससुर भी गुजर गए। अब सास भवानी और बेद ही एक दूसरे का सहारा थी। अकेली महिलाएँ हैं, यह जानकर गाँव के आवारा पुरूषों ने उन्हें तंग करना शुरु कर दिया। इन कामी पुरुषों ने दोनों स्त्रियों का जीना मुश्किल कर दिया था। भावानी ने पुरूषों की बुरी नजरों से बेद को बचने के लिए उसके बाल कांट दिए और पहनावा भी बेढंगा कर दिया ताकि लोग उन्हें पागल और चुड़ैल समझ कर उनसे दूर रहे। अब भावानी ही बेद की एकमात्र सहारा थी मगर एक दिन वह भी उसे छोड़कर कही चली जाती है। बेद वैरागनी बन जाती है। बहुत चिंतन-मनन के बाद, बेद अपने जीवन लक्ष्य की खोज में गाँव छोड़ दूसरे द्वीप आ जाती है।

अध्याय पाँच का शीर्षक 'कू कू इस्टेइट' है। नए शहर में बेद की मुलाकात शीरो और एक फीजियन लड़की नानीसे से होती है। उसे कू कू इस्टेट में रहने के लिए एक छोटा-सा घर तथा बासु और सदानंद के यहाँ बाई की नौकरी मिलती है। लेकिन, बासु और सदानंद के झगड़ों के कारण उसे यह नौकरी छोड़नी पड़ती है। कहीं और नौकरी न मिलने के कारण बेद थक हारकर बैंक के सामने बैठ गई और लोगों ने उसे एक भिखारी समझकर पैसे दे दिए। इधर अपनी सगी बहन बिंदा का प्यार छूटा तो नानीसे से गहरी दोस्ती और बहन-सा प्यार मिला। नानीसे के साथ रहने से उसे फीजियन संस्कृति की जानकारी प्राप्त हुई। किंतु, देश की राजनैतिक अस्थिरता के कारण इनके रिश्ते में दरार आ जाती है। देश की बिगड़ती राजनैतिक परिस्थिति के कारण जातीय भेद-भाव, दंगे, लूटमार, शोषण, आदि मुसीबतों का सामना नागरिकों को झेलना पड़ा। जिस प्रकार गिरमिट काल में नारायणी और कुंती पर

अत्याचार हुए थे, उसी प्रकार कू (coup) के दौरान मुवानीवेनी में कई भारतीय स्त्रियों पर शोषण हुए।

आखरी अध्याय 'मतुवाला गांव' में जोय और सागर के साथ बेद अपने गाँव मतुवाला लौटती हैं। गाँव पहुँचते ही उसकी पुरानी यादे ताजा हो जाती है। वहाँ उसकी मुलाकात रसीका और विवेक के पुत्र सागर से होती है, जो कैनेडा से अपने पिता की आस्थी गाँव की नदी में सरवाने आया है। मतुवाला गाँव अब पहले जैसा अबाद नहीं रहा। यह गाँव अब विरान खंडहर बन चुका है जहाँ खेतों में फसलों की जगह बबरी वन है। यहाँ के लोग नेताओं की बातों में फस कर अपनी पूर्वजों की जमीन जगह छोड़कर विकास की दौड़ में इधर-उधर भटक रहे हैं। गाँव से लौटने पर बेद और नानीसे वहीं कू कू इस्टेट में जीवन बिताते हैं। इधर राजनैतिक स्थिति में कुछ सुधार आने से देश में भी विकास हुआ और कू कू इस्टेट में भी परिवर्तन होने लगा। जोय की फीजी की नारियों पर फिल्म बन कर तैयार हो जाती है। इस फिल्म में बेद मती की जीवन यात्रा के अलावा अन्य स्त्रियाँ जैसे इंदरा मौसी, धुमी, पुजारिन काकी, नानीसे, बिंदा, भवानी, राधू, कुमुदनी, निरमला, शीरो, आजिया की कहानियों को पदर्शित किया गया। फिल्म में बेद फीजी माँ के रूप में चित्रित हुई जिसे देखकर वह संतोष की आखरी सांस लेती है।

फीजी माँ फीजी वासियों के जन-जीवन के विविध पहलुओं को छूता है और यथार्थ की भावभूमि पर आधुनिक भाव बोध को भी स्थापित करता है। सुब्रमनी का यह कथा साहित्य न केवल निम्न वर्गीय महिला बेद मती की संवेदनाओं से जुड़ा है बलकि यह फीजी के भारतीय समाज के अनुभवों का संग्रह है। इस उपन्यास के माध्यम से लेखक ने पाठकों के सामने गिरमिटियों और उनके वंशजों का संसार रचा है।

नायिका बेद मती

प्रस्तुत उपन्यास का केंद्र फीजी की एक भारतीय भिखारिन महिला बेद मती है। उसे फीजी की राजधानी सूवा में वेस्टपेक बैंक के सामने बैठा चित्रित किया गया है: "सब रोज के रकम वेस्टपेक बेंक के लगे

रुमाल आगे फइलाय के बैठा, अउर सबरे सबरे कोई दुई डोला डार दिहिस" (फीजी माँ , पृष्ठ 2)। वहाँ से वह अपने सामने घटित होते फीजी के इतिहास को अपने आँखों के सामने देखती है। वह शहर के काफी लोगों से परिचित है और समय-समय पर ये लोग उसके पास जानकारी और सलाह के लिए आते हैं। इस तरह बेद एक अनजान शहर में आकर एक हजार की माँ बन जाती है। वह फीजी के समाज व्यवस्था में सबसे सीमांत स्थान पर है। वह न केवल एक इंडो-फिजियन महिला है, बल्कि वह एक भिखारी भी है, जो आर्थिक रूप से सबसे वंचित वर्ग है। इसलिए वह सबसे निचली सामाजिक स्थिति रखती है और उसका अस्तित्व मुख्यधारा समाज की दया पर निर्भर है। हालाँकि उसकी सामाजिक-आर्थिक और राजनीतिक स्थिति सबसे निचली है, फिर भी वह उन लोगों की चुनौतियों को सुनती है जो अक्सर उसके साथ बातचीत करते हैं। बदले में, वह लोगों को आशीर्वाद और मातृवत प्रतिक्रियाएँ प्रदान करती है।

बेद मती भी डउका पुरान के फीजीलाल की तरह 'घुमक्कड़' स्वभाव की है। फीजीलाल की तरह, बेद मती अपना घर, परिवार, गाँव छोड़ देती है और 'कू कू एस्टेट' में आकर बस जाती है। यहाँ वह अपने बल पर नए रिश्ते बनाती है। बेद 'कू कू इस्टेइट' में जोसेफ, सेगरंन, गुरदीन, पक्का अम्मा, नानीसे आदि अनजान लोगों से नए रिश्तें जोड़ती हैं। धीरे-धीरे उनका ये रिश्तें रक्त संबंधियों से भी अधिक गहरा हो जाता है। जहाँ मानवता के आधार लोग एक-दूसरे के दुख-सुख में शामिल होते हैं। जब बेद के पैर में दर्द उठता है तब उसकी फीजियन सहेली नानीसे उसकी मालिश करवाने ले जाना है। उपन्यास में इसका संदर्भ इन शब्दों में मिलता है: "बिचारी नानीसे बहुत जिद करिस, बोले चलो मालिस करवाई। काईबितिनी है फिर भी कितना परवाह करे हमार (फीजी माँ, पृष्ठ 8)।" तथा केनटोन होटल का चीनी कुक भी उसके पैर में सुई लगवाने ले जाना चाहता है। लेकिन बेद आत्म निर्भर, संतुष्ठ और खुद की देखरेख करने में सक्षम है। वह खुद को तसल्ली देते हुए कहती है: "वइसे अउर कोई दुख तकलीफ न है, बस गोड़वा हम्मे

लाचार कर दे। अउर तो बस राजी खुसी से जिंदगी गुजर बसर होय है ई महा नगरिया में (पृष्ठ 9)।"

सूवा शहर में कहीं काम न मिलने पर बेद मती एक बैंक के सामने भीख माँगती है। अपनी आप बीती वह इन शब्दों में व्यक्त करती है: "जब पहिले पहिल आवा ई सहर में, काम खोजे जाई एक ओरी अउर निकरी कोई अउर तरफ। थोड़ा रोज हाउस गेल के काम करा। नइं ठिकान हम्मे। दिन भर हेरान घूमी सहर में, काम के पीछे। थक के एक रोज यही वेस्टपेक बेंक के आगे दिवार के छाई में बइठ गवा"। यही से शुरू होती है बेद के भीख माँगने का सफर। इस काम से उसे न कोई शर्म और न ही खेद है। वह वहाँ से गुजरते लोगों की एक माँ की तरह बातें सुनती है। लोग अपना दुख हल्का करने के अपनी समस्याएँ उससे साझा करते हैं। ये समस्याएँ व्यक्तिगत, पारिवारिक और यहाँ तक की राष्ट्रीय भी हैं। इसमें बेद को संतुष्टी मिलती है कि वह किसी के काम आ सकी। वह कहती है, "अरे हम एक हजार की माई बन गवा, कामती नै करा हिंया आय के" (पृष्ठ 23)।

फीजी माँ में नायिका बेद मती की आर्थिक स्थिति को दर्शाने के लिए उपन्यासकार चित्रात्मक शैली का प्रयोग करते हैं। बेद मती घर का विवरण लेखक इस प्रकार व्यक्त करते हैं: "टूटा फूटा सिंक है, अउर मुरचान टेप, टिपर टिपर चुवा करे। कपड़ा बाँध कर पानी रोका (फीजी माँ, पृष्ठ 60)।" शहर आकर बेद आर्थिक कठिनाइयों के कारण एक झोपड़ी जैसे घर में रहती है जिसमें आर्थिक कठिनाइयों के कारण उसके घर की स्थिति ठीक नहीं है लेकिन वह हिम्मत नहीं हारती और अपने बल पर जीती है।

एक युवती जोय महिलाओं पर शोध कर फिल्म बना रही है, इस संबंध में वह बेद से मिलती है और बेद के नजरों से वह उसके विभिन्न नारी व्यक्तित्वों को देखती है, जैसे गॉट गल, संका देवी, गौतमी, मोहिनिया, तेजेश्वरी, चांडालिन और मातंगी। लेकिन जब जोय उसे फीजी माँ कहकर बुलाती है तब उपन्यास का केन्द्रीय भाव भी अनायास ही पाठकों के समक्ष आ जाता है। बेद को उसके जीवन का

लक्ष्य प्राप्त होता है और वह बेहद गर्वित महसूस करती है।

जोय और बेद का संवाद।

-फिल्म औरत के जीवन पे है गरीबी पे नई?

-फिर भी बेटी हम्मे कहाँ सामिल करियो, हमार पास का है फिल्म में डारे के?

-आप तो फीजी माँ हैं।

-हमार तो जईसे काटो खून नई पहिला दफा कोई ई रकम से माँ बोलिस, दिल हमार भरि आईस। (फीजी माँ, पृ.7)।

बेद की रुचि पढ़ाई-लिखाई और खूल-कूद में है। वह होशियार होने के साथ-साथ एक अच्छी खिलाड़ी है। दौड़ने में जब बेद जीत जाती है तब स्कूल के बच्चे तथा अध्यापकगण उसे उसकी प्रतिभा के कारण मान सम्मान देते हैं। मगर समाज उसे यह सब करने की इजाजत नहीं देता। फीजी माँ की बेद मती की कहानी एक ऐसी नारी की है जिसे अपना जीवन अपने ढंग से जीने का अधिकार नहीं है। वह आत्मनिर्भर होकर दौड़ना, लिखना-पढ़ना चाहती है। किंतु, समाज में स्त्री के लिए कुछ अलग ही मान्यताएँ हैं। बेद इन रूढ़ियों, मान्यताओं, परंपराओं के प्रति असंतोष व उससे मुक्ति चाहती है मगर उसकी एक न सुनी जाती है। बेद को उसके समुदाय के पुरुषों द्वारा दंडित किया जाता है। गाँव में रमपस पहनकर दौड़ में भाग लेना इंडो-फिजियन पितृसत्तात्मक समाज को चुनौती देने जैसा था। इंडो-फिजियन पुरुष महिलाओं को दबाने के लिए हिंसक यौन कृत्य करते हैं। बेद मती के बलात्कार के बाद उसका मनोबल टूट जाता है। इस दर्दनाक घटना के बाद, उसकी पढ़ाई, दोस्ती, एथलेटिक्स में प्रतिस्पर्धा करने की उसकी महत्वाकांक्षा और उसका आत्म-विश्वास सब मिट्टी में मिल जाता है। जब उसकी स्थिति में कुछ सुधार आता है तब परिवार की इज्जत रखने के लिए वह रामआसरे से शादी कर लेती है। यह शादी बेद के लिए सिर्फ एक समझौता था। फीजी माँ की बेद स्त्री अस्मिता के इन्हीं संघर्षों का सामना करती है।

केंद्रिय समस्या

सुब्रमनी का साहित्य गिरमिट के अनुभवों से उपजा है, हालाँकि यह केवल उनका व्यक्तिगत अनुभव नहीं हो सकता है। इतिहास गवाह है कि औपनिवेशिक और उत्तर-औपनिवेशिक अनुभवों ने इंडो-फिजियों समुदाय को उनकी राजनीतिक शक्तियों, मानवाधिकारों और उनके राष्ट्र की कल्पना से प्रभावी रूप से वंचित कर दिया। ऐसी चेतना के प्रभाव ने फीजी में भारतीय गिरमिटिया प्रवासी लेखकों के रचनात्मक अभिव्यक्ति को बाधित किया। लेकिन किसी को तो अधीनस्थों को आवाज देनी ही थी! सुब्रमनी ने अपने कथा साहित्य में फीजी के पारिवारिक, राजनीतिक, धार्मिक और सांस्कृतिक परिदृश्य को परखकर उनमें निहित बहुविध समस्याओं का तटस्थ भाव से वर्णन किया है। उन्होंने इन समस्याओं को निकट से देखा, परखा और अनुभव किया है।

नारी अस्मिता का संघर्ष

फीजी माँ में एक साधारण नारी की विपत्ति और उसके आभ्यन्तरिक एवं बाह्य अस्मिता संघर्ष को दर्शाया गया है। व्यक्ति समाज में रहते हुए अपनी इच्छानुरूप सुरक्षित एवं सम्मानित जीवन जीना चाहता है। एक ही समय में व्यक्ति की अलग-अलग अस्मिताएँ हैं और वह अपनी सभी अस्मिताओं को सुरक्षित रखना चाहता है। वह अपनी निजी पहचान के साथ-साथ उस क्षेत्र और उस समाज की पहचान भी है जो हमारे संदर्भ तय करती है। अर्चना वर्मा का मत है, "अस्मिता एक हद तक संबद्धता, सरोकार, लगाव और अपनत्व का प्रश्न भी है।" आज की नारी माँ, बेटी, बहन, पत्नी से पहले एक स्वतंत्र मनुष्य के रूप में अपनी पहचान के प्रति सचेत हो रही है। फीजी माँ की बेद मती इसी पहचान के लिए संघर्ष करती है।

फीजी माँ की बेद मती अपने अस्तित्व को लेकर बार-बार प्रश्न करती है: "बेद मती भी तो एक नइं दुई है, एक दउड़े वाली जोन कुंड में डूब के मर गई। दूसरे बेद मती जिसके आज खुद नइं पहिचानित।. ..कौन है असली बेद मती?" ससुराल पहुँचकर भी बेद खुद से सवाल

करती है: "कइसे हम अपने आप के बनाई, बिगाड़ी? केतना रूप अउर चढ़ावे उतारे के है तब जाय के असली बेद मती जागी अंदर? अभी तो बहत जाइत है हम जिधर नदिया लई जाय हम्मे (फीजी माँ, पृ. 728)।" ससुराल में बेद अपना अस्तित्व मिटाकर भी अपने प्रेम-प्यार तथा आदर-सत्कार से पति और परिवार वालों को एक साथ बांधे रखती हैं। वह दूसरों की खुशी के लिए समाज में अलग-अलग भूमिकाएँ निभाती है, लेकिन वह क्या करना चाहती है उससे कोइ नहीं पूछता।

बचपन से ही बेद की रुचि पढ़ाई-लिखाई और खेल-कूद में है। वह अपने स्कूल की एक अच्छी खिलाड़ी है। मगर समाज उसे यह सब करने की इजाजत नहीं देता। औरत का जीवन अपने अस्तित्व को प्राप्त करने से पहले ही कर्तव्यों के बोझ तले दबता चला जाता है। स्त्री अपना स्वतंत्र व्यक्तित्व और अपनी पहचान चाहती है। वह अपना पूरा जीवन (बेटी, पत्नी, माँ, बहु) अन्य होकर नहीं जीना चाहती। इसके लिए उसका प्रयास पितृसत्तात्मक मानसिकता के अस्वीकार व स्वतंत्र व्यक्तित्व के रूप में स्वीकृति का है। वेद मति का पढ़ाई और खेल के प्रति रुझान समुदाय के भीतर उथल-पुथल का कारण बनता है। मतुवाला गांव की बिंदा का मानना है कि युवा लड़कियों की शादी बहुत पहले कर देनी चाहिए। विवाह महिला की किसी भी रुचि या इच्छा पर नियंत्रण का काम करता है। शादी के बाद उसका उद्देश्य अपने पति का समर्थन करना और परिवार का प्रबंधन करना है। बिंदा अपनी बहन बेद को ताना कसती है, "ई लड़की के भी खूटा जल्दी तैयार करो" अर्थात् जल्दी इस लड़की की शादी करा देने चाहिए।

पुरुष संदर्भ के कारण ही स्त्री को पत्नी, माँ, बेटी, बहन या रखैल का दर्जा प्राप्त हुआ है। इसके अतिरिक्त स्त्री की अस्मिता व अस्तित्व को पहचानने का कोई रूप समाज के सम्मुख आता है, तो समाज आज के युग में भी स्त्री को पहचानने से इंकार कर देता है तथा उस पर अनेक प्रश्नचिन्हों की बरसात कर देता है। बिंदा की सास का मानना है कि जल्दी से जल्दी नौजवान लड़कियों की शादी करा देनी चाहिए ताकि वे अनुशासन में रहें। बेद को देख वह कहती है: "ई लड़किया के भी

खूँटा जल्दी तैयार करो। पहाड़ पर फेरा मारे वाला आदत बंद कराव।" इस संवाद से यही तात्पर्य है कि लड़कियों को ज्यादा आजादी नहीं देनी चाहिए और जल्द से जल्द उनका विवाह करवा देना चाहिए। समाज की शिक्षित लड़कियों की यह बहुत बड़ी उलझन है कि समाज उसे परंपरागत आदर्शवादी लड़की के रूप में ही देखना चाहता है तथा उन्हें लड़कों से हीन समझा जाता है। ऐसे अनेक उलझणों का सामना आज की शिक्षित, जागृत और स्वाभिमानी स्त्रियों को करना पड़ रहा है। बेद की तरह सपनों की उड़ान भरने से पहले ही उनके पंख काट दिए जाते हैं।

आज जब स्त्री ने प्रत्येक क्षेत्र में अपना स्वतंत्र अस्तिव सिद्ध किया है, तब उसके बारे में सोचने के तीन आयाम मिलते हैं 'अनुकरण, प्रतिरोध और आत्मपरीक्षण'। प्रथम स्थिति में उसके मन में यह भाव पनपता रहा कि, जो जो पुरुष कर सकते हैं, वह हम भी कर सकती हैं। कई बार उसने यह भी सिद्ध कर दिखाया है। दूसरी स्थिति में उसके मन में प्रतिरोध का भाव पनपा जिसमें उसने पुरुषों द्वारा निर्मित उन सभी मूल्यों का विरोध किया, जो स्त्री को मानवीय धरातल पर स्वीकारने में बाधक हैं। तीसरी स्थिति उसके आत्म परीक्षण की है, जहाँ वह अपने भीतर उतरकर अपनी विसंगतियों को, अंतर्विरोध को समझे और पहचानने की कोशिश कर रही है। फीजी माँ की बेद स्त्री अस्मिता के इन्हीं संघर्षों का सामना करती है। स्त्री अस्मिता के संघर्षों को प्रवासी साहित्यकार सुब्रमनी पाठकों तक पहुँचाने में सफल हुए हैं।

नारी जीवन की त्रासदी

नारी आज विभिन्न क्षेत्रों में अपनी योग्यता के प्रमाण दे रही है फिर भी नारी जीवन की त्रासदी समाप्त नहीं हुई। इस पुरुष प्रधान समाज में नारी को अपने अधिकारों के लिए लड़ना पड़ता है। गिरमिट काल के दौरान भारतीय नारियों की दशा पुरुषों से भी अधिक शोचनीय और दयनीय रहीं। ये महिलाएँ दोहरी उपनिवेशीकरण 'Double Colonization' का शिकार थी। दोहरी उपनिवेशीकरण एक ऐसा शब्द है जो

उत्तर-औपनिवेशिक दुनिया में महिलाओं की स्थिति का उल्लेख करता है। उत्तर-औपनिवेशिक और नारीवादी सिद्धांतकारों का कहना है कि महिलाओं को पितृसत्ता और औपनिवेशिक शक्ति दोनों द्वारा उत्पीड़ित किया जाता है।

फीजी माँ की बेद मती ऐसी ही नारी है जिसे अपना जीवन अपने ढंग से जीने का अधिकार नहीं है। वह आत्मनिर्भर होकर दौड़ना, लिखना-पढ़ना चाहती है किंतु, समाज में स्त्री के लिए कुछ अलग ही मान्यताएँ हैं। बेद इन रूढ़ियों, मान्यताओं, परंपराओं के प्रति असंतोष व उससे मुक्ति चाहती है मगर उसकी एक न सुनी जाती है। जब लड़के वाले शादी के लिए बेद को देखने आते हैं तब वह नाराजगी जताती है: "हम खसी बकड़ी है हम्मे देखे अइहें। तू लोग के मती मारी गई? कइसे तू लोग सोच लिहो कि हम राजी होई जइबे? का हम कोई अनपढ़ गंवारिन है कि जिसके साथे बांध दिहो हम सीधी गउ माता के रकम चले जइबे (फीजी माँ, पृ.687)।" न चाहते हुए भी परिवार की मर्यादा के लिए वह अपने सपनों को कुर्बान कर पति व सांस-ससुर के साथ समझौते की जिन्दगी जीती है। प्रत्येक व्यक्ति उसे अपने तरीके से ढलने व चलने के लिए मजबूर करता है। कभी धर्म, कभी संस्कृति, कभी परिवार को बचाने के नाम पर उसको पीड़ित किया जाता है।

समय बदला और परिस्थितियाँ भी बदल गई परन्तु नारी के प्रति समाज की मानसिकता नहीं बदली। आज भी समाज में परंपरावादी वर्ग को यह गंवारा नहीं कि नारी अपने व्यक्तित्व का स्वतंत्र रूप से विकास करे। नारी को देवी कहकर पुरुष ने उसे उसके अधिकारों से वंचित रखा और अपना वर्चस्व उसपर बनाए रखा। बेद के रमपस (shorts) पहनकर दौड़ने को लेकर गाँव के पुरुष उस पर ताना कसते हैं: "सुनेव कभी कोई देवी माता के दउड़त? ...कहूँ लिखा है सरसवती माता दउरे? काली माता के सुना दउरत, और दुर्गा माता के। लच्छमी माता के तो हम लोग अच्छा से जानित है, कउन मागे लच्छमी माता दउरो?. ..तो कहाँ से आइस ई अउरत के जात के दउरे वाला रिवाज? अउर उप्पर से जांगर देखाय के (फीजी माँ, पृ.567)।" यहाँ यह दर्शाया गया है कि औरत घर के दहलीज के अंदर रहे तो ठीक है वरना उसे समाज

में हीन दृष्टि से देखा जाता है। उपन्यास का पात्र मुसई कहता है कि स्त्री जात का बहुत इधर-उधर घूमना शोभा नहीं देता तथा उसे मरदांगी नहीं दिखानी चाहिए। लेकिन जब इन बातों का कोई असर बेद पर नहीं पड़ता तब बलात्कार कर उसका मनोबल ही तोड़ दिया जाता है। बलात्कार को पुरुष समाज ने स्त्री के प्रति हथखड़े के रूप में प्रयोग किया है।

लिंग भेद की समस्या भी स्त्री जीवन में उपेक्षा और पीड़ा को जन्म देती है क्योंकि बेटे की चाह का दंश उसे ही भोगना पड़ता है। फीजी माँ में लिंग भेद की समस्या को लेखक ने नायिका बेद के माध्यम से इस प्रकार चित्रित किया है: "पइदा भवा उल्टा, मइया माँगे लड़का, दुनिया में ई निगोड़ी आय टपकी (फीजी माँ, पृ.166)।" उपन्यास के दूसरे भाग में भी नायिका इस वेदना की अभिव्यक्त करती है: "मइया जोन रक्म डांटे जपटे, लगे नइं माँगत रही हम पइदा हो। साइत लड़का माँगत रही अउर पइदा होई गय मरदानी लड़का।" बेद के हृदय में यह बात घर कर जाता है कि माता के लिए लड़के का महत्व उससे ज्यादा होता। यह भेद-भाव वह नहीं मानती इसलिए माँ-बेटी के बीच तनाव की स्थिति बनी रहती है। माँ को भी बेद का विद्रोही स्वभाव कभी नहीं भाया।

पितृसत्तात्मक समाज की वजह से फीजी माँ की बेद मती अपने दो जुनूनों से वंचित रह गई है: पढ़ाई और दौड़। यह आघात उसे तोड़ कर रख देता है। वह अपने समुदाय के पितृसत्तात्मक मानदंडों का पालन करने के लिए मजबूर है। परिणामस्वरूप, वह अपनी पहचान से वंचित हो जाती है। बेद मती जैसी महिलाएँ एक बेटी, एक पत्नी या एक माँ से बढ़कर कुछ और बनना चाहती हैं। इस संदर्भ में, उसकी दुर्दशा सुब्रमनी की कहानी "कला" की तरह है। 'कला' कहानी की नायिका कला भी सांस्कृतिक परंपरा और आधुनिकता के द्वंद्व में फसी है। वह सुखेन से अपनी मर्जी से शादी करती है पर अब उसे यह शादी एक फंदा लगता है जिसने उसके असली व्यक्तित्व पर पर्दा डाल दिया है। वह एक अच्छी परंपरावादी भारतीय स्त्री, बेटी, पत्नी और माँ की भूमिका निभाती है लेकिन गुप्त रूप से वह अपनी स्वतंत्रता के लिए

तरसती है। एक ओर कला और बेद इन सांस्कृतिक बंधनों से आजादी चाहती है तो वहीं दूसरी ओर उसका संघर्ष उसकी अस्तित्वगत पहचान और फीजी में इंडो-फिजियन समाज के पितृसत्तात्मक मानदंडों पर सवाल उठाता है। यहाँ स्त्री को स्त्रीत्व से मुक्ति नहीं अपितु उन रूढ़ियों से मुक्ति दिलाने की जरूरत है जो उन्हें बाँधती है।

जब नौकरी का कोई विकल्प नहीं मिलता नायिका बेद एक बैंक के सामने भीख माँगती है और इसी स्थान से वह वर्ष 2000 में राजनैतिक तख्तापलट के दौरान फीजी की राजधानी सूवा हुए अत्याचारों को देखती है। एक बार फिर, भारतीय-फिजियाई महिलाएँ नस्लीय घृणा अपराधों का शिकार हुईं। राजनीति में सीधे तौर पर शामिल पुरुषों की संख्या महिला प्रतिभागियों की संख्या से कई अधिक है। फिर भी संकट के दौरान महिलाओं को सबसे शोषण का सामना करना पड़ता है। वर्ष 2000 के तख्तापलट के दौरान मनुवेनी नामक बस्ती में महिलाओं के साथ बलात्कार हुआ। उनका एकमात्र दोष यह था कि वे इंडो-फिजियन थीं। गिरमिटियाँ इतिहास में ऐसे कई उदाहरण मिलते हैं जहाँ महिलाओं के साथ यौन दुर्व्यवहार किए गए। पं. तोताराम सनाढ्य ने अपने संस्मरण फीजी द्वीप में मेरे इक्कीस वर्ष गिरमिटिया नारियों की स्थिति को नारायणी और कुंती के प्रसंगों द्वारा प्रस्तुत किया है।

विधवा स्त्री की व्यथा

इन समस्याओं के अतिरिक्त सुब्रमनी ने पितृसत्तात्मक समाज में विधवा स्त्री की व्यथा को भी दर्शाया है। भारतीय समाज में स्त्री को हमेशा पुरुष का अनुगामनी और सहचरी माना गया है। पुरुष के बिना उसके जीवन को निराधार और निरर्थक माना जाता है। पति की मृत्यु के बाद विधवा स्त्री न तो घर में पूरी तरह सुरक्षित रहती है न घर से बाहर। समाज के अन्य पुरुष उसे अपनी हवस की वस्तु समझते हैं। बेद के पति और ससुर के देहान्त के बाद, सास भवानी और बहू अकेले पड़ जाते हैं। फीजी माँ की विधवा सास (भवानी) और विधवा बहू (बेद) की दुर्दशा इस प्रकार चित्रित की गई है: "अकेला औरत के जात जान के गांव वाले आपन मुराही सुरू करिन।...रात के घर के पीछे चले के

आवाज सुनाई। कभी-कभी खिरकी के लगे झकियें। एक दुई गांव वाले सबेरे बासी मुँह लिहे चले अइहें कोई बहाने, आँखी फाड़ फाड़ के तकिये (फीजी माँ, पृ.885)।" अर्थात बेद और उसकी सास को अकेले जानकर गाँव के अवारा पुरुष उन्हें परेशान करने के लिए उनके घर-आँगन में बिना वजह इधर-उधर घूमते हैं। इस कारण दोनों स्त्रियों का अंधेरे में घर से बाहर निकलना मुश्किल हो जाता है। यहाँ तक कि इन कामी पुरुषों ने इन्हें रांड कहकर गाँव में बदनाम करना शुरु कर दिया। इस कारण गाँव के अन्य अवारा शराबी पुरुष भी आकर उन्हें परेशान करते हैं जिसकी वजह से दोनों सास-बहू का जीवन असुरक्षा और भय से घिर जाता है। अपने समुदाय में कमजोर समूह की रक्षा करने के बजाय, गाँव के पुरुष यौन संतुष्टि के लिए उनका "इस्तेमाल" करने के अवसर तलाशते थे।

विधवा के प्रति ग्रामीण समाज का व्यवहार प्रायः कठोर एवं उपेक्षित रहा है। विधवा का भी अपना एक मन, आकांशा और अरमान होते हुए भी वह इन सब से वंचित रहती है। उक्त उपन्यास में भवानी अपने डर और अकेलेपन पर काबू पाने के लिए शराब और नशे का सहारा लेती है। तथा बहू की इज्जत बचाने के लिए उसके बाल कांटवा कर छोटे कर देती है और साड़ी के बदले उसे बेढंगा-सा फराक पहना देती है। ताकि पुरुष उन्हें कामी दृष्टि से नहीं देखे। अपने आपको सुरक्षित रखने के लिए इन स्त्रियों को डाइन का रूप भी धारण करना पड़ता है।

कला की तलाश सुब्रमनी की अंग्रेजी कहानी संग्रह द फैंटेसी ईटर्स जेम थ्ंदजेंल म्ंजमते का हिंदी रूपांतर है। इस कहानी संग्रह में सुब्रमनी की 'गमालियन की औरत' कहानी भी एक वृद्ध स्त्री की कहानी है जो जिंदगी की कड़वाहट से बचने के लिए स्वानिर्मित कल्पनिक जीवन जीती है। वह अपने अकेलेपन को दूर करने के लिए कहानियाँ गढ़ती है।

निष्कर्षतः यह स्पष्ट है कि लेखक ने फीजी माँ में विधवा नारी के प्रति समाज में व्याप्त उपेक्षित भावनाओं को दर्शाया है।

राजनैतिक समस्या

सुब्रमनी सामाजिक यथार्थ के लेखक हैं तथा एक युगचेता साहित्यकार भी हैं। जैसा कि साहित्यकार कमलेश्वर कहते हैं कि "सच्चा साहित्यकार जिस मिट्टी पर जीता है, जिस समाज में रहता है और जिस युग के राजनीतिक परिवेश में उसके व्यक्तित्व का विकास होता है, उसकी झाँकी साहित्य के सिवा और कहाँ देखी जा सकती है।" सुब्रमनी के दोनों उपन्यास डउका पुरान और फीजी माँ में स्वातंत्र्योत्तर फीजी का परिवर्तित राजनीतिक परिवेश मुखरित हुआ है।

राजगद्दी पाने के लिए नेता समाज में धर्म और साम्प्रदायिक भावनाएँ भड़काते हैं। कू (coup) यानि राजनैतिक विद्रोह के दौरान फीजी में जातिगत भेद-भाव भड़काया गया जिसका चित्रण फीजी माँ में दृष्टिगोचर है। नायिका बेद मती और नानीसे की दोस्ती में राजनैतिक विद्रोह के कारण दरारे आ जाती है। फीजी माँ की कथा में यह बात सामने आई कि फीजियन और हिन्दुस्तानी समाज एक दूसरे से असुरक्षित महसूस करते हैं। विद्रोही फीजी की लोकतांत्रिक सरकार को भ्रष्ट कर देते हैं। तथा फीजियन और हिन्दुस्तानी समाज के बीच जातीय घृणा फैला देते हैं जिस कारण यहाँ जातीय भेदभाव उत्पन्न हो जाता है। सौ वर्षों से अधिक समय तक फीजी के मूल निवासी तथा भारतीय मूल के फीजियन एक साथ सौहाद्र के साथ रह रहे थे। किन्तु, राजनैतिक विद्रोह के कारण उत्पन्न जातीय घृणा सामुदायिक सम्बंधों में विष घोल देती है।

वस्तुतः बहुजातीय समाज को अपने विभिन्न घटकों के भय और उनकी इच्छाओं के प्रति संवेदनशील होना पड़ता है। राजनेता रातूमारा के नेतृत्व में एक बहुजातीय सरकार सन् 1987 के चुनावों में हारने के बावजूद सत्ता में थी। उसके बाद प्रधानमंत्री तिमोदी बवाडरा के नेतृत्व में सरकार बनी। प्रधानमंत्री तिमोदी बवाडरा स्वयं फीजी के मूल निवासी थे। किन्तु, मूल निवासियों को लगा कि भारतीय मूल के लोग उनके ही देश में उनसे सत्ता छीन रहे हैं। वर्तमान समय में फीजी की जनसंख्या का 37 प्रतिशत भारतीय मूल के हैं। इन प्रवासी भारतीयों के पूर्वजों को अंग्रेज सरकार कुली बनाकर वहाँ ले गए थे। उन्होंने अपने खून को पसीना बनाकर फीजी को समृद्धि दी, उसे आधुनिक बनाया लेकिन, आज उनकी यह समृद्धि और प्रगति ही उनके प्रति ईर्षाजनित अभिशाप

का कारण बन गयी है। फीजी के मूल निवासी या देशज लोग वहाँ की जनसंख्या का 60 प्रतिशत होते हुए भी उन्हें भारतीयों के विरुद्ध भड़काया जाता है। जातिवाद का यह जहर समाज की जड़े, नींव तक खोखली बना रही है। इस समस्या का मार्मिक चित्रण फीजी माँ में दृष्टिगोचर है।

फीजी के बहुजातीय समाज में राजनीतिक अस्थिरता के कारण कई समस्याएँ उत्पन्न हुई है। लोगों में एक प्रकार की बैचेनी और दिलों में डर बैठ गया। उक्त उपन्यास में कू के कारण शहर में भाग-दौड़ का वर्णन लेखक इस प्रकार करते हैं: "जब सहर में दंगा फसाद फैला, जेके पूछो बोले कू होई गय। सब तरफ धक्का धुक्की, सड़क पे मोटर लोरी एक के उप्पर एक, अउर सीटी के उप्पर सीटी। भीड़ में कोई इधर भागे, कोइ उधर। बेंक के पल्ला जुड़ते बंद, जउन भित्तर रहिन भितरे रहि गइन। हमार देखत देखत सामने दुकान के सीसा खनखनाएँ के फुटपाथ पे छितरान अउर घुस गइन लूटमार गुस्सा ताने। अगल बगल दुकान में आगी झोका से उठा (फीजी माँ, पृ. 15)।" देश में राजनैतिक अस्थिरता के कारण अनुशासन भंग हो जाता है और शहर में दंगे-फसाद शुरू हो जाते हैं। इस कारण आम जनता के दिलों दिमाग में एक डर बैठ जाता है कि वे अब अपने ही देश में सुरक्षित नहीं है।

फीजी के सुप्रसिद्ध साहित्यकार स्वर्गीय जोगिंद्र सिंह कंवल का हम लोग कहानी संग्रह भी उन्नीस सौ सत्तासी में फीजी के इतिहास में घटी राजनीतिक उथल-पुथल की समस्या से जुड़ी है। इस घटना के कारण प्रवासी भारतीय समाज को जो दुख, भय, अलगाव, असुरक्षा की स्थिति से गुजरना पड़ा इसका चित्रण कंवल ने हम लोग कहानी संग्रह में दर्शाया है। फीजी में प्रवासी भारतीय 144 वर्षों से बसे हुए हैं। नई गीढ़ियाँ इसी देश को अपना समझतो हैं क्योंकि यही उनकी जन्म भूमि है और इसी देश की मिट्टी की महक उनकी साँसों में बसी हुई है। 'हम लोग' की रामदुलारी भावात्मक रूप से फीजी से जुड़ चुकी हैं लेकिन जब परिस्थितियों के बोझ से ये संबंध टूटते हैं तो उसके मन को आघात पहुँचता है। अन्य कस्बों और शहरों में भी इसी तरह के दंगे और लूटपाट की खबरे सामने आती है। फीजी के इतिहास में अब तक चार

बार तख्तापलट हो चुका है जिसकी वजह से भारतवंशी अब यहाँ सुरक्षित महसूस नहीं करते। अपिसाई तोरा जैसे राष्ट्रवादी नेताओं ने खुलेआम भारतीयों की भारत वापसी की माँग की है। बेद मती रातू सर कामीसे मारा की चेतावनी को याद करती है, "खघ्बरदार, तू लोग वुलगी हो, वुलगी के रकम रहो।" (आप इस देश में मेहमान हैं, मेहमान की तरह रहना सीखें)। पर जवाब में बेद मती कहती हैं, "का हम लोग के कोई देश नहीं है (फीजी माँ, पृ. 769)।" वह आगे अफसोस जताते हुए कहती हैं, "पर्चा निकले कि हिंदुस्तानी के देश से बाहर निकलो काहे की उन के रहन-सहन, खाना पानी, उन के महक तलक अलग है।" नायिका इंडो-फिजियनों के खिलाफ भेदभाव का सामना करती हैं और देखती हैं। यह अकल्पनीय मनोवैज्ञानिक संकट का कारण बनता है जब किसी व्यक्ति को लगातार याद दिलाया जाता है कि उसके पास घर कहने के लिए कोई देश नहीं है या वे उस देश से संबंधित नहीं हैं जहाँ उनका जन्म हुआ था। सुब्रमनी ने फीजी माँ में इन भावनाओं को स्पष्ट रूप से उजागर किया है।

फीजी की लोकतांत्रिक सरकार को चार बार विद्रोह से हटाया गया, जिस कारण कई फीजीवासी सुरक्षा हेतु विदेश जा बसे। गाँव में भी विद्रोही गरीब किसानों को सताते थे। उनके गाय, बैल, बकरी आदि उठाकर ले गए। गाँव में दिन दहाड़े लूटमारी होती है। औरत और बच्चे अपनी जान बचाने के लिए कभी पहाड़, कभी पड़ोसी के घर पर छिप जाते। उपन्यास में लेखक ने मुआनीबेनी गाँव का संदर्भ दिया है। हालांकि गिरमिट प्रथा के अंतर्गत आए प्रवासी भारतीयों के वंशज को फीजी की नागरिकता प्राप्त है, फिर भी मुल्क को लेकर द्वंद्व की स्थिति आज भी बरकरार है। फीजी के मूल निवासी प्रवासी भारतीयों को मेहमान के रूप में देखते हैं। उपन्यास में 'शांति दूत' समाचार पत्र में छपि रिपोट वृद्ध ढोलकिया पढ़कर बेद को सुनाता है: "उधर से रातूमारा खर्रा जवाब दे, खबरदार, तू लोग बुलांगी हव, बुलांगी के रकम रहो (फीजी माँ, पृ. 769)।" गिरमिटिया पूर्वजों को तो उनके मुल्क का पता था मगर वर्तमान पीढ़ी इस द्वंद्व में है कि वे किस देश के वासी है। इस संबंध में बेद कहती है: "हम लोग के कोई देस वेस न है।" इधर

फीजी के मूल फीजियन वासी हिंदुस्तानियों से असुरक्षित महसूस करते हैं। उनका भय है कि हिंदुस्तानी उनसे उनकी जमीन-जगह छीन लेंगे। इस कारण वे हिंदुस्तानियों के विरूद्ध पर्चा निकालते हैं। देश की स्थिति के संबंध में ढोलकिया कहता है: "परचा निकाले कि हिंदुस्तानी के देस से भाहेर निकारो काहे कि उन के रहन-सहन, खाना पीना, उन के महक तलक अलग है (फीजी माँ, पृ. 960)।" यह तनाव इस हद तक बढ़ जाता है कि समाज में जातीय दरारे पैदा होने लगती है। विद्रोहियों की बातों में आकर आदिवासी फीजियन महिला नानीसे ने अपनी सहेली बेद से भी नाता तोड़ दिया।

जातिवाद और पराएपन के कारण लोग एक दूसरे से कटते जा रहे हैं और जनता के मन में स्नेह, सौहार्द, ममता जैसी मानवीय मूल्यों का अभाव देखने को मिलता है। इस प्रकार फीजी माँ में सुब्रमनी ने राजनीतिक समस्याओं का यथार्थ चित्र अंकित किया है।

रूढ़ि और अंधविश्वास

रूढ़ि सामाजिक आचरण की वह परंपरा है जो पीढ़ी-दर-पीढ़ी चली आ रही है। रूढ़ि पालन से एक ओर सामाजिक व वैयक्तिक जीवन संयमित होता है तो दूसरी ओर इसके प्रभाव से काफी अंधविश्वास भी फैल जाता है जो हमारी उन्नति की राह का रोड़ा बनता है। फीजी माँ में मुसई कहता है: "नारी के जात पहाड़ में बेपरवाह घूमे, चुड़ेल न सवार होई तो का होई।...हवा प्रेत वहीं तो निवास करे (फीजी माँ, पृ. 567)।" यहाँ तक की लोगों का यह भी मानना है कि लड़कियों को कॉलेज की पढ़ाई के लिए भेजना, यह एक तरह से उन्हें बिगाड़ना है। सत्यावती अपनी बेटी सीतल की कॉलेज की पढ़ाई के संबंध में कहती है: "अदमिन के चले तो लड़की घर में पड़ी रहे। उनके कउन परवा, दुई चार साल में कहूँ लड़का खोज देई, बस होई जाई भवसागर पार। कालेज के नाम ले तो बोले काहे लड़की के बिगाड़े पे डटे हव (फीजी माँ, पृ. 511)।" अतः ये रूढ़िया स्त्रियों की उन्नति और आजादी में बाधक बन रही हैं।

इसके अलावा फीजी माँ की बेद का उल्टा पैदा होना उसके

परिवार के लिए एक प्रकार का संकेत है कि वह परिवार पर संकट लाएगी। किंतु, जब गाँववालों को कमर दर्द होता है, या नस चढ़ती या पीठ दर्द करता है तब वे आकर बेद से लात मरवाते हैं ताकि उन्हें दर्द से राहत मिले। यह टोटका गाँव वालों के लिए असरदायक सिद्ध हुआ। एक महिला कहती है: 'सब जगह पीठी देखाय लिया, ओझा देखावा, पीरा सारा जाते न। बोली चली तियागी के लड़की से लात मरवाय लेई, लड़किया उल्टा पइदा भई है।' गाँव में बकड़ी पूजा, कावर झाड़ना, नजर उतारना, तात्रिक विद्या आदि का उल्लेख मिलता है। प्राचीन संस्कृति और परंपरा का पालन करना या उसको मान्यता देना उचित है किंतु इसके साथ-साथ उनमें निहित अंधविश्वासों को दूर करना भी जरूरी है।

साहित्यकार समाज की ही एक इकाई है। उनके सृजन में अपने समाज का परिवेश, अपने कटु और मधुर अनुभव तथा अपने समाज की समस्याएँ अनायास ही सम्मिलित हो जाते हैं। साहित्यकार चाहे भी तो इन समस्याओं से कट कर नहीं रह सकता है। सुब्रमनी ने फीजी माँ में फीजी के जन-जीवन के अन्तर्जगत और बहिर्जगत की समस्याओं का पूरी सच्चाई और ईमानदारी के साथ चित्रित किया है।

उद्देश्य

मातृभाषा की महत्ता

सुब्रमनी ने फीजी माँ उपन्यास में फीजी के बहुजातीय जनसाधारण के जीवन को फीजी हिंदी भाषा में यथार्थ संदर्भों के साथ कलात्मक रूप से प्रस्तुत किया है। फीजी माँ में व्यक्त ऐतिहासिक स्मृतियाँ कथा के रूप में मातृभाषा में अंकित की गई है जो भविष्य में पुरालेख ज्ञान के शोध के लिए उपयोगी सिद्ध होगी। 'फीजी बात' फीजी के भारतीयों की मातृभाषा है। यह भाषा गिरमिटिया पूर्वजों की भाषा है। उपन्यास में लेखक ने फीजी हिंदी भाषा का महत्व नायिक बेद के माध्यम से इस प्रकार दर्शाया है: "आधा अजिया के लबज पकड़ा अउर आधा सासूजी के। बस मिलाय के ई जबान बोले लगा। इधर वाले हमार भासा सुन के खिल्ली करें। बोले दाबे, बकेड़ा वाला भासा। अरे, यही भासा में तो है

असली रसः गांव के कचकच, सुनसान पहाड़ी के दुखड़ा, लीद मसाला, मिल मासिस, अउर बकड़िन के बू (फीजी माँ, पृष्ठ 61)। "बेद के कहने का तात्पर्य यह है कि जीवन का असली व्यवहार तो फीजी हिंदी में ही होता है।

फीजी हिंदी में दूसरा बृहद उपन्यास लिखकर सुब्रमनी ने यह सिद्ध कर दिया कि यह अंधकार युग की टूटल फूटल भाषा नहीं है जिसे विस्मृत इतिहास की गुमनाम गलियों में छोड़ देना बेहतर है। बल्कि यह तो एक ऐसी अद्वित्य भाषा है जो विशेष ऐतिहासिक सांस्कृतिक और सामाजिक अनुभवों के बीजों से उत्पन्न हुई है, जिसमें फीजी के इतिहास की विभिन्न धाराओं का संगम प्रतिबिंबित होता है। उत्तर भारत की अवधी, भोजपुरी, दक्षिण भारत की द्रविड़ियन, ब्रिटेन की इंग्लिश और फीजी की स्थानीय भाषा के शब्दों को अपने में समेटते हुए यह एक नए रूप में अवतरित होती चली गई। लेकिन यह भाषा हर फीजी भारतीय के अंदर नैसर्गिक रूप से प्रवाहित होती है और इस भाषा में बातचीत करने के लिए उन्हें कोई प्रयास नहीं करना पड़ता। सुब्रमनी के डउका पुरान और फीजी माँ इस बात के प्रमाण है कि उन्हें अपनी मातृभाषा के प्रति जुड़ाव और गौरव है।

फीजी माँ की भाषा के संबंध में समीक्षक धनेश्वर शर्मा लिखते हैं:

"जिस प्रकार मार्खेज ने अपने उपन्यास हंड्रेड इयर्स ऑफ सोलिट्यूड में कहा था कि जैसे उस दौर में अनिद्रा की बीमारी प्लेग की तरह फैली थी ठीक उसी तरह से इंग्लिश भाषा ने लोगों के दिमाग पर कब्जा कर लिया। शुरू में यह सभी को सुविधाजनक और कार्यकुशल लगी। लेकिन जल्द ही लोगों को लगने लगा कि वे अपने अतीत की स्मृतियों से दूर हट रहे हैं। अपने भविष्य के सामने नहीं देख पा रहे हैं। जिस प्रकार मार्खेज का चरित्र अपनी रोजमर्रा की चीजो के नाम भूल जाता है और उनको अपनी भाषा में लिखने का प्रयत्न करता है, उसी प्रकार सुब्रमनी रोजमर्रा के शब्द, महुवरे जिसे बोल सीखकर फीजी भारतीय बच्चा बड़ा हुआ है उन शब्दों, मुहावरों को लिपिबद्ध करना चाहते हैं ताकि आने वाली पीढ़ी उन्हें भूल न जाए और अपनी जड़ों से जुड़ी रहे"।

स्त्री अस्मिता

स्त्री अस्मिता का प्रश्न वर्तमान चिंतन का एक प्रमुख बिंदू है। जिसने हाशिये पर धकेल दी गई स्त्री को उठाकर केंद्र में स्थापित कर दिया है। फीजी माँ नायिका प्रधान उपन्यास है जिसमें एक साधारण नारी बेद मती के अस्तित्व की खोज की कथा प्रस्तुत है। प्रस्तुत उपन्यास छह भागों में व्यवस्थित है जो बेद के जीवन के विभिन्न चरणों को दर्शाता है। फीजी माँ की कथा एक आम महिला के दृष्टिकोण से कही गई है जो एक भिखारिन महिला, एक सबाल्टर्न के विचारों को उजागर करता है। जबकि डउका पुरान का मुख्य पात्र फीजीलाल एक निचली जाति का इंडो-फिजियन पुरुष है, तो वहीं फीजी माँ की नायिका बेद मती एक इंडो-फिजियन महिला है। समाज में पुरुषों की तुलना में महिलाएँ उनसे भी निम्न श्रेणी में आती हैं। प्रस्तुत उपन्यास स्त्री विमर्श में रूढ़ हो चुकी परंपराओं व मान्यताओं के बंधनों से मुक्ति का स्वर होने के साथ पितृसत्तात्मक समाज के दोहरे मापदंडों को जानने व समझने की एक दृष्टि है।

यह उपन्यास इस बात का प्रमाण है कि सुब्रमनी ने बेद के साथ-साथ फीजी के अन्य महिलाओं के चरित्र के विभिन्न रंगों, परिस्थितियों और कठिनाइयों को उजागर किया है। फिजी साहित्य में वर्तमान में कोई अन्य उपन्यास इस उपलब्धि को चुनौती नहीं दे सकता है। फीजी माँ एक हजार की माँ, में लेखक ने अपनी निजी यादों और जीवनकाल की स्मृतियों को नायिका बेद मती, केवलापती, बिंदा, नानीसे, शीरो, आदि महिलाओं की कथाओं द्वारा अभिव्यक्त किया है। उपन्यास के मूल तत्व में महिलाओं की मुक्ति, सबाल्टर्न (subaltern) इतिहास, मदर इंडिया का वैश्विक विस्तार, सुदूर द्वीपों का ग्रामीण जीवन, विदेशी भूमि में भारतीय संस्कृति और प्रवास का आघात शामिल हैं। उपन्यास की कथा बेद मती के बचपन, उसकी स्कूली शिक्षा, दांपत्य जीवन, लम्बासा गाँव से शहरी विधवा, और नायिका एवं उसके सामाज की गद्यात्मक गाथा है।

स्त्रियों का अपनी अस्मिता के लिए संघर्ष उतना पुराना है जितनी

पुरानी पितृसत्तात्मक व्यवस्था। पितृसत्ता अगर स्त्रियों को पुरुषों के आधीन रखने का नाम है तो स्त्री अस्मिता उन बंधनों से मुक्त होने के लिए विद्रोह करने और समानता के लिए संघर्ष का नाम है। फीजी माँ की बेद इन्हीं संघर्षों से गुजरती हुई अपनी एक अलग पहचान बनाना चाहती है। बचपन में पिता ने उसका नाम गौतमी रखना चाहा था मगर माँ ने बेद मती रख दिया। बेद के गर्म मिजाज के कारण आजी उसे सनका देवी बुलाती थी और पढ़ाई-लिखाई और खेलकूद में तेज होने के कारण पं. हरनिंदन उसे तेजेशवरी कहने लगे। तथा शादी के बाद पति और सास उसे प्यार से मोहिनिया पुकारते हैं। लेकिन 'असली बेद कौन है?' यह प्रश्न बेद को व्याकुल करता है। बेद का चरित्र जीवन के उतार-चढाव के दौरान विभिन्न रंगों में परिलक्षित होता है। उसे कभी बेद, बेद मती, मोहनिया, लेखराजी, बकरी वाली लड़की, संका देवी कहा गया है और प्रत्येक नाम के साथ उसके जीवन की एक कहानी जुड़ी हुई है।

सुब्रमनी ने एक इंडो-फिजियन महिला द्वारा सामना की जाने वाली दुविधाओं को सफलतापूर्वक प्रकट किया। लेखक भारतीय फिजियन महिलाओं के सामने आने वाले पारिवारिक, राजनीतिक, धार्मिक और सांस्कृतिक मुद्दों को भी उठाते हैं। बेद कई मौकों पर अपने अस्तित्व पर सवाल उठाती हैं। वह पूछती है, "बेद मती भी तो एक नइं दुई है, एक दौड़े वाली जोन कुंड में डुब के मर गई। दूसरा बेद मती जिसके आज खुद नइं पहिचानित... कौन है असली बेद मती? (फीजी माँ, पृष्ठ 664)। रामआसरे से शादी के बाद, वह खुद से सवाल करती है, "कैसे हम अपने आप के बनाई, बिगाड़ी? कितना रूप और चढ़ावे उतारे के है तब जाये के असली बेद मती जागी अंदर? अभी तो बहेत जाइत है हम जिधर नदिया लै जाये हममे" (फीजी माँ, पृष्ठ 728)। इस प्रकार उपन्यास की नायिका बेद अपने अस्तित्व बोध के साथ प्रस्तुत हुई है।

देश के विकास में पुरुषों के साथ-साथ स्त्रियों का भी उत्तरदायित्व रहा है जिसे पितृसत्तात्मक समाज अनदेखा कर देता है। बेद मती, आजी, इंदरा, नानीसे, भवानी, जोय, शीरा अपने कर्तव्यों को निभाती हैं मगर समग्र उपन्यास में उपन्यासकार ने हमें बार-बार यह एहसास दिलाया है

कि औरत चाहे समाज के किसी भी वर्ग की क्यों न हो, उसका समग्र जीवन दुखों से ही भरा हुआ होता है। सुब्रमनी ने फीजी माँ में इन उपेक्षित नारियों की कथा को वाणी प्रदान की है और उनके सशक्तिकरण का मार्ग प्रशस्त किया है। इन्हें अपनी पहचान बनाने के लिए संघर्ष करना पड़ता है। उपन्यास की नायिका बेद मती एक सहृदय भिखारिन महिला है जो लोगों की सहायता के लिए तत्पर है और समाज में अपनी खुद की पहचान बनाना चाहती है। सुब्रमनी ने एक भिखारी की ओर देखने की हमारी दृष्टिकोण में मानवीय संवेदनाओं को उजागर किया है।

कोई भी व्यक्ति समाज में रहते हुए अपनी इच्छानुरूप सुरक्षित एवं सम्मानित जीवन जीना चाहता है। एक ही समय में व्यक्ति की अलग-अलग अस्मिताएँ हैं और वह अपनी सभी अस्मिताओं को सुरक्षित रखना चाहता है। वह अपनी निजी पहचान के साथ-साथ उस क्षेत्र और उस समाज की पहचान भी है जो हमारे संदर्भ तय करती है। अर्चना वर्मा का मत है कि "अस्मिता एक हद तक संबद्धता, सरोकार, लगाव और अपनत्व का प्रश्न भी है।" लेकिन जिम्मेदारियों के बोझ तले वह खुद को ही भूल जाती है। आज की नारी माँ, बेटी, बहन, पत्नी से पहले एक स्वतंत्र मनुष्य के रूप में अपनी पहचान के प्रति सचेत हो रही है। अतः सुब्रमनी ने स्त्री को केंद्र में रखकर समाज, संस्कृति एवं परंपरा का पुनरीक्षण करते हुए स्त्री की स्थिति पर संवेदनशील दृष्टि डाली है। फीजी माँ में उपन्यासकार ने समाज में नारी के प्रति जागृति लाने के साथ-साथ नारी के अस्तित्व की पहचान को स्थापित करने का सार्थक प्रयास किया है।

देश प्रेम

प्रस्तुत उपन्यास लेखक के देश प्रेम की भावना को दर्शाता है। सुब्रमनी ने फीजी माँ उपन्यास में फीजी के बहुजातीय जनसाधारण के जीवन को फीजी हिंदी भाषा में यथार्थ संदर्भों के साथ प्रस्तुत किया है। फीजी की संस्कृति एक सामासिक संस्कृति है, जिसमें आदिवासी फीजियन, भारतीय, ब्रिटन, ऑस्ट्रेलिया तथा न्यूजीलैंड के निवासी साथ रहते हैं। इसी सामाजिक विविधता को सुब्रमनी अपनी कथा साहित्य में

दर्शाते हैं तथा अपने पात्रों द्वारा फीजी के बहुसांस्कृतिक समाज में व्यक्ति की पहचान का द्वंद्व प्रस्तुत करते हैं।

यह कथा साहित्य पाठकों को फीजी की अनोखी बहुजातीय संस्कृति, भाषा तथा राष्ट्र प्रेम की भावनाओं से ओत-प्रोत कराती है। इसका साक्षात प्रमाण उपन्यास का शीर्षक फीजी माँ में सन्निहित है। उपन्यासकार ने फीजी के प्रवासी भारतीयों की कई समस्याएँ को फीजी माँ की कथा में संप्रेषित किया है। जहाँ समाज में व्याप्त बुराई का विरोध करना भी एक प्रकार की राष्टभक्ति है। एक लेखक राष्ट्र के आइने में अपने साहित्य को रचता है, वह जिस जगह पर रहता है जिस चीज को देखता है उसी को अपनी रचना में व्यक्त करता है। लेखक की दुनिया में देश बड़ी चीज है, उसके लिए उसका गाँव भी देश ही है। वह एक संवेदनशील प्राणी होने के नाते समाज में सताएँ हुए लोगों को जागृत करता है।

फीजी बात फीजी के प्रवासी भारतीयों की मातृभाषा है। यह अंधकार युग की टूटल फूटल भाषा नहीं है जिसे विस्मृत इतिहास की गुमनाम गलियों में छोड़ देना बेहतर है। यह तो एक ऐसी अद्वित्य भाषा है जो विशेष ऐतिहासिक सांस्कृतिक और सामाजिक अनुभवों के बीजों से उत्पन्न हुई है जिसमें फीजी इतिहास की विभिन्न धाराओं का संगम प्रतिबिंबित होता है। उत्तर भारत की अवधी, भोजपुरी, दक्षिण भारत की द्रविड़ियन, ब्रिटेन की इंग्लिश और फीजी की स्थानीय भाषा के शब्दों को अपने में समेटते हुए कब यह एक नए रूप में अवतरित होती चली गयी स्वंय इसको भी नहीं पता। लेकिन यह भाषा हर फीजी भारतीय के अंदर नैसर्गिक रूप से प्रवाहित होती है और इस भाषा में बातचीत करने के लिए उन्हें कोई प्रयास नहीं करना पड़ता। सुब्रमनी ने अपने पूर्वजों की भाषिक परंपरा को आगे बढ़ाते हुए लोगों में फीजी हिंदी को लेकर बहुत-सी गलतफहमियाँ को दूर किया है। सुब्रमनी, ब्रिज विलास लाल, रेमंड पिल्लई आदि सभी साहित्य के सशक्त हस्ताक्षर हैं और गिरमिटियों के वंशज हैं। इसीलिए इन रचाकारों ने अपनी पूर्वजों की भाषा को अभिव्यक्ति का माध्यम बनाया और साहित्य जगत में इसे स्थान दिलाया।

देश के विकास में पुरुषों के साथ-साथ स्त्रियों का भी उत्तरदायित्व

रहा है जिसे कई बार पितृसत्तात्मक समाज अनदेखा कर देता है। समाज में पुरुष-प्रधानता देश की राष्ट्रीय एकता में एक अन्य बाधक है। जिस देश में पुरुषों व महिलाओं को बराबर का अधिकार नहीं मिलता वह समाज सुचारू रूप से नहीं चल पाता है। फीजी माँ की बेद मती, केवलापती, आजी, इंदरा, नानीसे, भवानी, जोय, शीरा अपने कर्तव्यों को भलि-भाँति निभाती हैं मगर समग्र उपन्यास में उपन्यासकार ने हमें यह बार-बार एहसास दिलाया है कि औरत चाहे समाज के किसी भी वर्ग की क्यों न हो, उसका जीवन दुखों से भरा होता है। उपन्यासकार सुब्रमनी यह कोशिश करते है कि भिखारियों की और देखने की हमारी दृष्टिकोण में नयापन और बदलाव आए। वे फीजी माँ में एक भिखारी महिला बेद की कथा और पीड़ा का विमर्शमूलक आख्यान प्रस्तुत करते हैं ताकि पाठकगण उनके प्रति संवेदनशील दृष्टि रखे। सुब्रमनी ने फीजी माँ में इन उपेक्षित नारियों की कथा को वाणी प्रदान की है और उनके सशक्तिकरण का मार्ग प्रशस्त करते हैं।

जातिवाद राष्ट्रीय एकता के लिए एक बड़ी बाधा है। कई बार देश की जातीय विविधता सामाजिक वैमनस्य का कारण बन जाती है। इसका सबसे बुरा प्रभाव तब देखा जा सकता है जब यह राजनीति को प्रभावित करती है। फीजी में काईवीती और हिन्दुस्तानी समाज के बीच की खाई को सुब्रमनी अंतर्जातीय मेल-मिलाप से भरने का संदेश देते हैं। लेखक रातू के भाषण के माध्यम से कहता है: “हम मागों हम लोग के जिला से कोई काईवीती इंडिया जाव, हुँवा से पढ़-लिख के आव अउर हाथ बटाव राज चलाए में।...मिल-जुल के रहो, हरदम मेल मिलाप रखो, वही बात हम दोहराय माँगित।” समाज की एकता ही सर्वोपरि है। संगठन में ही शक्ति है। सामाजिक स्तर पर संगठित होकर ही हम तन-मन-धन से समाज को उन्नति की ओर ले जा सकते हैं। आदिवासी फीजियन और भारतीयों को एक दूसरे के निकट लाने के लिए लेखक अंतर्जातीय विवाह का भी प्रस्ताव रखते हैं।

अपनी अस्तित्व की खोज में बेद गाँव से सूवा आ जाता है। वह कू कू एस्टेट में रहती है। धीरे-धीरे वह नए परिवेश में ढलने लगती है और यहाँ के निवासियों से परिचित होती हैं। नायिका बेद की गहरी दोस्ती

एक ई-तउकइ (फीजियन स्वदेशी) महिला से होती है। नानीसे उसकी सबसे अधिक मदद करती है। वह उसे ई-तउकइ (i-Taukei) भाषा और संस्कृति सिखाती है। यह एक ऐसा विषय है जिसके बारे में साहित्य में अधिक चर्चा नहीं हुई है। पर फीजी के इतिहास में भारतीय और स्थानीय फीजियन लोगों के बीच दुश्मनी के बारे में लिखा गया मगर दोस्ती के बारे में बहुत कम चर्चाएं हुई है। लोग भूल जाते हैं कि गिरमिट काल में सन् 1884 को सीरिया नामक जहाज 487 यात्रियों को कलकत्ता, भारत से फीजी लेकर आ रहा था। उस समय रात के वक्त नसीलाई रीफ से गुजरने वाले जहाजों के मार्गदर्शन के लिए कोई लाइटहाउस नहीं था और खराब मौसम की वजह से सीरिया जहाज चट्टान से जा टकराया और क्षतिग्रस्त हो गया। रात होने के कारण उसी समय यात्रियों को सहयोग पहुँचाना मुश्किल था। लेकिन जैसे ही सुबह की पहली किरण मिली वैसे ही आसपास के फिजियन गांवों से आदिवासी फीजियन अपने नाव लेकर यात्रियों की सुरक्षा के लिए वहाँ पहुँच गए। 14 मई, 1884 को, नुकुलाऊ में अप्रवासियों की अंतिम गणना की गई। सभी बचे लोगों के आने के बाद, यह पता चला कि नसीलाई रीफ पर 57 लोगों की जान चली गई थी। सीरिया के मृतकों को ताइलेवू में नाकेलो के नाइविलादा गाँव के पास दफनाया गया है। वहाँ के ग्रामीण आज भी इस जगह का रखरखाव कर रहे हैं जो एक ऐतिहासिक स्थल है। इसी प्रसंग में आदिवासी फीजियन लोगों का प्रवासी भारतीयों के प्रति उपकार और सद्भावना झलकती है।

फीजी माँ उपन्यास में पाठकों को फीजी के बहुजातीय जनसाधारण जीवन और उनकी लोक भाषा फीजी हिंदी में यथार्थ संदर्भ पढ़ने को मिलेगा। आचार्य रामचन्द्र शुक्ल उपन्यास को एक शक्तिशाली विधा स्वीकारते हुए लिखते हैं कि "समाज जो रूप पकड़ रहा है, उसके भिन्न-भिन्न वर्गों में जो प्रवृतियाँ उत्पन्न हो रही हैं, उपन्यास उनका विस्तृत प्रत्यक्षीकरण ही नहीं करते, आवश्यकतानुसार उनके ठीक विन्यास, सुधार अथवा निराकरण की प्रवृति भी उत्पन्न कर सकते हैं।" यह विचार फीजी माँ के संदर्भ में बिलकुल सटीक परिलक्षित होता है। यह कथा साहित्य पाठकों को फीजी की अनोखी बहुजातीय संस्कृति,

भाषा तथा राष्ट्र प्रेम की भावनाओं से ओत-प्रोत कराती है। इसका साक्षात प्रमाण उपन्यास का शीर्षक फीजी माँ में सनिहित है। उपन्यासकार ने फीजी के प्रवासी भारतीयों की कई समस्याएँ को फीजी माँ की कथा में संप्रेषित किया है। जहाँ समाज में व्याप्त बुराई का विरोध करना भी एक प्रकार की राष्टभक्ति है। एक लेखक राष्ट्र के आइने में अपने साहित्य को रचता है, वह जिस जगह रहता है जिस चीज को देखता है उसी को अपनी रचना में व्यक्त करता है। लेखक की दुनिया में देश बड़ी चीज है, उसके लिए उसका गाँव भी देश ही है। वह अपने लेखन से समाज के लोगों को जागृत करता है।

प्रवासी भारतीयों का ऐतिहासिक दस्तावेज

सुब्रमनी का फीजी माँ एक हजार की माँ' उपन्यास गिरमिट काल से चले आ रहे भारतवंशियों की जीवन यात्रा का एक अनमोल संग्रह है। इस उपन्यास में उनके अनुष्ठानों, प्रथाओं और रीति-रिवाजों को दर्ज किया गया है ताकि भावी पीढ़ी साहित्यिक मनोरंजन के अलावा, इसका महत्व एक ऐतिहासिक और समाजशास्त्रीय दस्तावेज के रूप में भी उठा सकें। फीजी हिंदी साहित्य की अधिकत्म रचनाएँ आत्मकथात्मक है जिनके माध्यम से साहित्यकारों ने अपने तथा अपने पूर्वजों के गिरमिट काल की त्रासदियों, अनुभवों, संवेदनाओं, मान्यताओं, मूल्यों तथा वर्तमान जीवन शैली को लिपिबद्ध किया है। उपन्यास के द्वितीय अध्याय 'मतुवाला' में पूर्वदीप्ति शैली द्वारा लेखक बेद मती के बचपन, परिवार, स्कूल, जवानी, खेल-कूद, बकड़ियाँ पालने की कहानी शामिल करते हैं। इस तरह उपन्यासकार ने स्मृति के माध्यम से नायिका बेद मती के जीवन की घटनाओं और फीजी के प्रवासी भारतीयों की ऐतिहासिक एवं युगीन परिस्थितियों का चित्रण किया है। प्रस्तुत उपन्यास की कथा छ अध्यायों में विभक्त है जो नायिका बेद मती की जीवन यात्रा से संबंधित है। कथा की शुरुआत वर्तमान से होकर अतीत में चली जाती है और फिर वर्तमान की उपलब्धियों के साथ खत्म होती है।

दक्षिण प्रशान्त महासागर में स्थित फीजी एक बहुजातिय और बहुसांस्कृतिक द्वीप देश है जहाँ पर फीजियन, हिन्दुस्तानी, चीनी,

यूरोपीयन, कोरीयन, रोतूमन आदि जातियाँ रहते हैं। इस सांस्कृतिक विविधता को फीजी हिंदी साहित्य में दर्शाया गया है। जातीय पहचान के सबसे महत्वपूर्ण कारकों में से एक भाषा है। लोगों की पहचान उस भाषा से परिभाषित होती है जिसे वे बोलते और लिखते हैं। यदि अल्पज्ञात भाषाएँ विलुप्त हो जाती हैं, तो अल्पज्ञात भाषा का उपयोग करने वालों की जातीय पहचान भी गायब हो जाएगी। इसलिए जिस प्रकार प्राचीन पुरातत्व स्थलों, वास्तुकला, वनस्पतियों और जीवों की लुप्तप्राय प्रजातियों, आदि का संरक्षण जरूरी है वैसे ही अल्पज्ञात भाषाओं के संरक्षण के लिए उनका प्रलेखन महत्वपूर्ण है जो हमारी वैश्विक विरासत का एक अनूठा हिस्सा हैं। उपन्यास की भाषा के संबंध में लेखक का विचार है कि "मेरे हिंदी उपन्यासों को फीजी हिंदी के शब्दकोशों के रूप में भी ग्रहण किया जा सकता है। उपन्यास में ऐसे पात्रों की भीड़ है जो भाषा का उपयोग अपने ही विशिष्ट अंदाज में करते हैं।" फीजी माँ में एक ओर सुब्रमनी ने निम्नवर्गीय बेद मती को उपन्यास की नायिक के रूप में चित्रित किया है तो वहीं दूसरी ओर फीजी में विलुप्त हो रही फीजी हिंदी भाषा के सुरक्षंण हेतु साहित्यिक भाषा का सफल प्रयोग किया है। सुब्रमनी इस उपन्यास को फीजी हिंदी भाषा का पुरालेख मानते हैं क्योंकि उपन्यास में उन्होंने फीजी हिंदी के ऐसे अनूठे शब्दों को लिपिबद्ध किया है जो लुप्त होने की कगार में हैं।

आधुनिकीकरण और वैश्वीकरण की वजह से अंग्रेजी भाषा का निरंतर प्रभाव फीजी के प्रवासी भारतीय समाज पर भी देखा जा सकता है। जैसे-जैसे लोग गाँवों से शहर की ओर बढ़ रहे हैं। आधुनिकीकरण और वैश्वीकरण की वजह से अंग्रेजी भाषा का निरंतर प्रभाव फीजी के प्रवासी भारतीय समाज पर भी देखा जा सकता है। जैसे-जैसे लोग गाँवों से शहर की ओर बढ़ रहे हैं और शहर से विदेश की ओर प्रवास कर रहे हैं तो इसके साथ उनकी भाषा एवं संस्कृति में परिवर्तन हो रहे हैं और धीरे-धीरे वे अपने इतिहास, पूर्वजों की भाषा एवं संस्कृति से कटते जा रहे हैं। इतिहासकार बृज विलाश लाल कहते हैं: "हम लोग के चाही कि आने वाले संतान के लिए हम लोग ऊ पुराना जमाना के बारे में लिखी ताकी उन के मालूम होई कि हम लोग कौन रास्ता से गुजरा...

। हम लोग के अपना इतिहास बचाये के रखे के चाही। काहे कि बिना इतिहास के हम लोग एक बिना पेन्दी के लोटा रहीब।" इस प्रकार अपने पूर्वजों के इतिहास तथा अपने अस्तित्व को बनाए रखने के लिए फीजी हिंदी को लिपि बद्ध एवं संरक्षित करने पर कार्य प्रारंभ हुए।

अंग्रेजी के प्रोफेसर होते हुए भी लेखक ने फीजी हिंदी को अपनी अभिव्यक्ति का माध्यम चुना। वे पाठकों को अपनी भाषा और संस्कृति के प्रति जागृत करते हुए लिखते हैं: "रामचरितमानस बिना हम फीजी वासी सब अनाथ है।" इसके साथ-साथ वे मातृभाषा के महत्व को प्रतिपादित करते हुए कहते हैं: "हिंदी नइं सिखियों तुलसीदास अउर देवदास के कहानी कइसे पढ़ियों?" इस उपन्यास में सुब्रमनी ने फीजी हिंदी के ऐसे शब्दों का प्रयोग किया है जो आधुनिक भाषाओं के मोह में लुप्त हो रहे हैं। सुब्रमनी ने डउका पुरान (2001) और फीजी माँ (2018) में फीजी हिंदी के ऐसे अनूठे शब्दों को संग्रहित किया है जो आधुनिक भाषाओं के मोह में लुप्त हो रहे थे जैसे 'मनहई', 'छीछर लेदर', 'बजर भट्टू', 'टिर्राई', 'नारियल के बूलू', 'टिबोली', 'झाप', 'निपोरिस', 'ठिनकही', 'गोदना' 'झाप' आदि फीजी हिंदी शब्दों का पुरालेख है। साहित्यालोचक एवं लेखक विजय मिश्रा फीजी माँ की प्रशंसा इन शब्दों में करते हैं: "फीजी हिंदी पाठक तथा जो कोई देवनागरी लिपि पढ़ सकता है फीजी के भारतीयों के अनुभव, परंपरा, संस्कृति को संग्रहित एवं कला के जटिल अभिव्यक्ति प्रदान करने के लिए सुब्रमनी के ऋणी रहेंगे।"

भाषा लोक मान्यताओं व प्राचीन संस्कृतियों का वाहन है। फीजी माँ उपन्यास में सुब्रमनी ने देवी पूजा, भूमि पूजा, लोक गीत, बकड़ी पूजन, पियरी झाड़ना, पूर्वजों के अंधविश्वास, पूर्वजों के खान-पान की चीजें, शादी बियाह आदि को उपन्यास की कथा में समाहित किया है। उदाहरण के लिए 'सतवा' एक प्रकार का मिष्ठान है जो फीजी के लम्बासा ग्रामीण क्षेत्र में प्रचलित था पर वर्तमान पीढ़ी इस के बारे में बहुत कम जानती हैं और आज के अधिकांश युवा वर्ग ने इस मिष्ठान को चखा तक नहीं है। फीजी माँ में नायिका बेद मती अपनी माँ से 'सतवा' के विषय में पूछती है:

"मइया थरिया में रकम रकम के दाल निकारे रही सबेरे पीसे के खातिर-उर्दी, मटर, तूर, मकई। माँ, सतुवा कइसे बने?...

रोज देखत हिव, पता नइं तोके? काहे सिखियो, तोके कहाँ चक्की चलाय के है। पता नइं का करियो आगे चल के।...

सात रंग के दाल से बने सतवा (फीजी माँ, पृष्ठ 256)।"

जब बेद मती की बहन बिंदा बीमार पड़ती है तब माँ एक साधू (महादेव) से पियरी उतारने को कहती हैं। पियरी उतारने का वर्णन लेखक ने इन शब्दों में दिया है:

"चूना मंगाइस, पूजा वला थाली में दूब गिरास अउर पियाली में पानी। महादेव चूना राउन से पूजा वला थाली में डारिस, उप्पर से पानी छोड़िस। दूब गिरास के मोटा से गुहिस। बिंदा के ठीक से सामने बैठारिस, बताइस थाली में देखो। महादेव मंतर पढ़े के सुरू करिस अउर दूब गिरास थाली के राउन घुमाय लगा। ...महादेव मइया के थाली के तरफ इसारा करिस। हम लोग सब कोई थाली देखे लगा। थाली में चूना पियर होई लगा। मइया बिंदा के आँखी हाथ से खोल के देखिस। 'सच्चे महादेव आँखी बहुते फरका लगे' (फीजी माँ, पृष्ठ 494)।"

इस प्रकार फीजी हिंदी का प्रलेखन एक ओर प्रवासी भारतीयों की भाषा, रीति-रिवाज, उनके आचार-विचार, आशा-आकांशाओं और उनके उत्थान एवं पतन का आख्यान है वहीं दूसरी ओर फीजी में बसे भारतवंशियों के मनोविनोद, जमीन, खेती-बारी, पशुओं, परंपरा-गत विश्वास आदि प्रवृतियों का अनोखा भाषागत संकलन है। यदि हम भाषाओं को खो देते हैं तो हम प्राचीन ज्ञान और पारंपरिक संदर्भ भी खो देते हैं।

इस उपन्यास के माध्यम से सुब्रमनी ने अपने पूर्वजों की भाषा को पुनर्जीवित करने की सार्थक पहल की है जिसमें उनका अपना जीवन है और इस जीवन को गति देने वाली उनकी अपनी संस्कृति, अपनी परंपरा और अपने संस्कार हैं। उन्होंने अपने बाल काल के उस ग्रामीण समाज को फिर से समझने की चेष्टा की है जिससे उनकी कृतियों में ग्रामीण समाज की सच्ची झलक हमारे आँखों के सामने दिखाई देती है। उदाहरण के लिए फीजी माँ का रामायण पाठ का यह महत्वपूर्ण अंश

प्रस्तुत हैं:

रमायन लाल तूल में बंधा टेबल पे धरान, छोटा परचारक गए रमायन खोल के सिंगहासन पे रखिस अउर खोजे लगा कहाँ बांचे के है।मंडली वाले लड़का के अगल बगल खड़ा होय गइन। सीतल जल्दी से फूल बाटिस। रसीका लपक के गई रूम से गेंदा के वास लई आई। टेबल पे रख के मूंड निच्चे करे, मुस्कात, आपन जगहा पे बइठ गई। काकी आँखी गड़ाइस रसीका पे। काकी के चेहरा देखते जाने सको का बोले माँगे: ई कउन कायदा है, घर के छोटी दुल्हनिया के। काकी के न रहाइस भय, बरबाइस, "हद कर दिहिन। रामफल के तो बिधि बिधान अच्छा से जाने के चाही। कथा रोकाय दिहिस छोटकी।" मंगलाचरन सरू भय। छोटका परचारक, देखे में दुबरा पतरा, लेकिन आवाज सुन के अउरतें मोहित होय लगिन। चौपाई पे धियान कमती, सबन के आँखी खली अरथ बताय बाला छोटा परचारक पे। झुलाय के बताय जइसे वही तुलसीदासजी है।जादा सुध भासा में समझाय, खली कभी कभी फिसल जाय गांव के भासा बोले लगे, अउरे मीठास लगे (पृष्ठ 246-247)।

उक्त प्रसंग फीजी के लम्बासा गाँव की एक मण्डली द्वारा रामचरितमानस पठन की परंपरा को रेखांकित करती है। गोस्वामी तुलसीदास की रामचरितमानस फीजी में भाषा, धर्म, संस्कृति और सभ्यता की रक्षा करने वाली प्रहरी रही है। फीजी में तुलसी की रामचरितमानस भारतीय संस्कृति का परम द्योतक है। यहाँ बड़े आदर और श्रद्धा से रामकथा पढ़ी जाती है और तुलसी के राम कथा का आनंद उठाया जाता है। भारत में आध्यात्मिक समृद्धि के लिए इसका पठन होता है पर फीजी में इसका महत्व मान, सम्मान, सामाजिक, सांस्कृतिक, धार्मिक जीवन के आधार हैं।

निष्कर्षत: सुब्रमनी के दोनों उपन्यास मील के पत्थर साबित हुए हैं। हर उपन्यास अपनी महत्ता लिए हैं। उन्होंने अपने उपन्यासों के माध्यम से फीजी हिंदी भाषा और प्रवासी साहित्य सृजन को नई दिशा प्रदान की है। वस्तुत: सुब्रमनी ने अपने लेखन द्वारा प्रवासी भारतीयों की सभ्यता, संस्कृति, नैतिकता-आस्तिकता, धार्मिकता और पौराणिकता को बचाए रखा है। सुप्रसिद्ध शायर ख्याल लावनी की कविता फीजी के भारतवंशी

साहित्यकारों के लेखन को समीचीन करने लिए उपयुक्त है:

नए कमरों में अब पुरानी चीजें कौन रखता है
परिन्दों के लिए प्यालों में पानी कौन रखता है
एक हम हैं जो सम्भाले हैं विरासत को,
वरना सलीके से बुजुर्गों की निशानी कौन रखता है!

संदर्भ ग्रंथ सूचि

1. पाठक, रामचंद्र (सं.). आदर्श हिंदी शब्दकोश. भार्गव बुकडिपो, वाराणसी, 1990. पृ. 34.
2. गोयका, कमल किशोर. 'प्रवासी साहित्य: एक सर्वेक्षण.' प्रवासी साहित्य: जोहान्बर्ग से आगे. विदेश मंत्रालय, भारत सरकार. 2015. पृ.18.
3. गोयका, कमल किशोर. 'प्रवासी साहित्य.' गवेषणा (अंक-१०३), जुलाई-सितम्बर2015, पृ.11.
4. गोयका, कमल किशोर. 'प्रवासी साहित्य: एक सर्वेक्षण.' प्रवासी साहित्य: जोहान्बर्ग से आगे. विदेश मंत्रालय, भारत सरकार. 2015. पृ.8.
5. दास, श्यामसुंदर. साहित्यालोचन. हरीश विश्वविद्यालय प्रकाशन, आगरा. 2011, पृ. 44.
6. वर्मा, विमलेश कांति (सं). फीजी का सृजनात्मक हिंदी साहित्य. साहित्य अकादेमी. दिल्ली, 2012, पृ.45.
7. दीक्षित, सूर्यप्रसाद. प्रवासी हिन्दी साहित्य, पृ.66.
8. पाण्डय, नूतन. 'फीजी हिंदी उपन्यासकार सुब्रमनी से संवाद.'फीजी में हिंदी: विविध प्रसंग. राजेश कुमार माँझी (सं), सर्व भाषा ट्रस्ट, नई दिल्ली, 2022, पृ.167.
9. सनातन रोल्स. हिंदू धर्म में पुराण कितने हैं? 2023.https://sanatanrules.com/hindu-dharm-mein-puran-kitne-hain/. Accessed on 10 November 2023.
10. प्रसाद, राजेशवर. Fijian Studies : A Journal of Contemporary Fiji. Vol. 1, No. 1, 2003, pp 216-217.
11. हिंदी समाचार पत्रिका. ऑस्ट्रलिया. टवस.4, छव. 6, जून, 2001. पृ.20.

12. स्पिवक, गायत्री चक्रवर्ती . 'कैन द सबाल्टर्न स्पीक?'Colonial Discourse and Post-Colonial Theory A Reader, edited by Patrick Willaims and Laura Chrisman, Columbia University Press, 2015, pp. 66-111.

13. त्रिवेदी, हरिश.डउका पुरान. स्टार पब्लिकेशंस, नई दिल्ली, भूमिका. 2001.

14. हिंदी समाचार पत्रिका. ऑस्ट्रलिया. टवस.4, छव.6, जून,2001.पृ.1.

15. पाण्डय, नूतन. 'फीजी हिंदी उपन्यासकार सुब्रमनी से संवाद.'फीजी में हिंदी: विविध प्रसंग. राजेश कुमार माँझी (सं), सर्व भाषा ट्रस्ट, नई दिल्ली, 2022, पृ.167.

16. शर्मा, विवेकानंद. फीजी टायम्स . 26 अक्टोबर, 2002.

17. सुब्रमनी. डउका पुरान. स्टार पब्लिकेशस, नई दिल्ली, 2001, पृ.12.

18. मिश्र, अरुण. डउका पुरान: एक अनुशीलन. साहित्य कुंज, 2020. https://sahityakunj-net/blog/daukaa-puraan-ek-anushiilan-Accessed on 15 September 2023)

19. सुब्रमनी . डउका पुरान. स्टार पब्लिकेशंस, नई दिल्ली.2001.भूमिका.

20. सुब्रमनी . डउका पुरान. स्टार पब्लिकेशंस, नई दिल्ली.2001. पृ. 14.

21. वहीं, पृष्ठ 6.

22. सुब्रमनी . डउका पुरान. स्टार पब्लिकेशंस, नई दिल्ली.2001. पृ.56

23. पाण्डय, नूतन. 'फीजी हिंदी उपन्यासकार सुब्रमनी से संवाद.'फीजी में हिंदी: विविध प्रसंग. राजेश कुमार माँझी (सं), सर्व भाषा ट्रस्ट, नई दिल्ली, 2022, पृ.173.

24. सुब्रमनी. डउका पुरान. स्टार पब्लिकेशंस, नई दिल्ली, 2001. पृ. 332.

25. लाल, ब्रिज वी. Islands of Turmoil- Elections and Politics in Fiji. ANU Press. 2006. p.71.

26. सुब्रमनी . डउका पुरान. स्टार पब्लिकेशंस, नई दिल्ली.2001. पृ. 306.

27. वहीं, पृष्ठ 389.

28. वहीं, पृष्ठ 404.

29. वहीं, पृष्ठ 315.
30. जार्ज, मिनि. कमलेश्वर का कथा साहित्य- समकालीन समस्याओं का जीवन्त आलेख. अमन प्रकाशन, कानपुर. 2013. पृष्ठ 125
31. सुब्रमनी . डउका पुरान. स्टार पब्लिकेशंस, नई दिल्ली.2001. पृ. 210.
32. सुब्रमनी . डउका पुरान. स्टार पब्लिकेशंस, नई दिल्ली.2001. पृ. 315.
33. सुब्रमनी . डउका पुरान. स्टार पब्लिकेशंस, नई दिल्ली.2001. भूमिका
34. सुब्रमनी . डउका पुरान. स्टार पब्लिकेशंस, नई दिल्ली.2001. पृ. 3.
35. पाण्डय, नूतन. 'फीजी हिंदी उपन्यासकार सुब्रमनी से संवाद.'फीजी में हिंदी: विविध प्रसंग. राजेश कुमार माँझी (सं), सर्व भाषा ट्रस्ट, नई दिल्ली, 2022, पृ.167.
36. सुब्रमनी. साक्षात्कार, सूवा, फीजी, 2018.
37. सुब्रमनी . डउका पुरान. स्टार पब्लिकेशंस, नई दिल्ली.2001. पृ. 6.
38. सुब्रमनी . डउका पुरान. स्टार पब्लिकेशंस, नई दिल्ली.2001. पृ. 137
39. पाण्डय, नूतन. 'फीजी हिंदी उपन्यासकार सुब्रमनी से संवाद.'फीजी में हिंदी: विविध प्रसंग. राजेश कुमार माँझी (सं), सर्व भाषा ट्रस्ट, नई दिल्ली, 2022, पृ.172.
40. Lal, B.V. Review of Dauka Puraan by Subramani.The Contemporary Pacific ,15(1) ,2003.
41. गोयनका, कमल किशोर. प्रवासी जगत. केंद्रीय हिंदी संस्थान, आगरा, खंड-1. अंक (2).जनवरी-मार्च 2018, पृष्ठ 29.
42. चंद्रा, प्रवीन. डउका पुरान समीक्षा. http :// www.ravision.com.au/home.htm.Accessed on 20October , 23.
43. पाण्डय, नूतन. 'फीजी हिंदी उपन्यासकार सुब्रमनी से संवाद.'फीजी में हिंदी: विविध प्रसंग. राजेश कुमार माँझी (सं), सर्व भाषा ट्रस्ट, नई दिल्ली, 2022, पृ.167.
44. सुब्रमनी .डउका पुरान. स्टार पब्लिकेशंस, नई दिल्ली.2001. पृ.122.
45. शर्मा, नेतराम. फीजी का हिंदी काव्य साहित्य- सं. जोगिन्द्र सिंह कंवल. भारतीय सांस्कृतिक संबंध परिषद, 2004. पृ.102.

46. वहीं, पृष्ठ 452.

47. Simpson, S.Fiji's awakening by a reclusive, literary giant:. Professor Subramani. Fiji Plus. Suva, Fiji: Julian Moti QC. August 2019.

48. Sharma, Dhaneshwar. Subramani's Fiji Maa: A Book of a Thousand Readings. Transnational Literature, vol. 11, Issue. 1, 2018.

49. Sharma, Dhaneshwar. Subramani's Fiji Maa: A Book of a Thousand Readings.Transnational Literature, vol. 11, Issue. 1, 2018.

50. वर्मा, विमलेश कांति, सुब्रमनी फीजी के चर्चित हिंदी साहित्यकार. प्रवासी जगत, नई दिल्ली खंड-4, अंक 2, 2021 (जनवरी-मार्च). पृ. 12-15.

51. अग्रवाल, दीप्ति. फीजी हिंदी के उन्नायक: सुब्रमनी.फीजी में हिंदी: विविध प्रसंग- राजेश कुमार माँझी (सं), सर्व भाषा ट्रस्ट, नई दिल्ली. 2022. पृ.197.

52. वहीं, पृ.197.

53. सुब्रमनी. फीजी माँ. युनिवर्सिटी ऑफ द सउथ पेसिफिक, फीजी. 2018. पृ.23.

54. वहीं, पृ.171.

55. वहीं, पृ. 621.

56. वर्मा, अर्चना. अस्मिता-विमर्श का स्त्री स्वर. मेधा बुक्स, दिल्ली, 2008.पृ. 32.

57. सुब्रमनी. फीजी माँ. युनिवर्सिटी ऑफ द सउथ पेसिफिक, फीजी. 2018. पृ. 664.

58. कमलेश्वर. वही बात, राजकमल प्रकाशन, नई दिल्ली, 1972, पृ. 26.

59. सुब्रमनी.2018. फीजी माँ. युनिवर्सिटी ऑफ द सउथ पेसिफिक, फीजी. पृ. 960.

60. Sharma, Dhaneshwar. Subramani's Fiji Maa: A Book of a Thousand Readings. Transnational Literature, vol. 11, Issue. 1,

2018.

61. वर्मा, अर्चना. अस्मिता-विमर्श का स्त्री स्वर. मेधा बुक्स, दिल्ली. 2008. पृ. 32.

62. चंद्रा, प्रवीण (सं). कोई किस्सा बताव:फीजी हिंदी में कुछ कहानी. ब्रिस्बने: क्लार्क एंड मैकाय. 2018.

63. सुब्रमनी. फीजी माँ. युनिवर्सिटी ऑफ द सउथ पेसिफिक, फीजी. 2018. पृ. 333.

64. पाण्डय, नूतन. फीजी हिंदी उपन्यासकार सुब्रमनी से संवाद. फीजी में हिंदी: विविध प्रसंग. राजेश कुमार माँझी (सं), सर्व भाषा ट्रस्ट, नई दिल्ली, 2022, पृ.167.

65. लाल, बृज विलाश. कोई किस्सा बताओ. प्रवीन चन्द्रा (संपादक), 2018. पृ. 46.

66. मिश्र, विजय, फीजी माँ, युनिवर्सिटी ऑफ द सउथ पेसिफिक, फीजी. (पीछे का कवर), 2018.

Peer Reviews

डॉ सुभाषिनी कुमार की पुस्तक साहित्यिक आलोचना का सामयिक और मनोरंजक कार्य है, जो फीजी हिंदी लेखक, प्रोफेसर सुब्रमनी के उपन्यासों 'डउका पुरान' और 'फीजी माँ' की ओर हमारा ध्यान खींचती है। प्रो. सुब्रमनी जी ने अपनी रचनाओं में प्रवासी भारतीयों की भाषा, संस्कृति, सामाजिक स्थिति, विचारों आदि से विश्व साहित्यिक जगत को अवगत कराया जिसको लेखिका ने करीब से महसूस किया है। प्रस्तुत पुस्तक फीजी हिंदी उपन्यासों में बहुआयामी आख्यानों की शोधपरक व्याख्या पाठकों के समक्ष रखने में सफल रही है। स्थानिय लेखकों तथा फीजी हिंदी साहित्य को उजागर करना एक महान कर्तव्य है जिसकी जिम्मेदारी सुभाषिनी जी ने बाखूबी निभाई है।

शोभना लक्ष्मी देवी
हिंदी व्याख्याता- युनिवर्सिटी ऑफ फीजी

सुभाषिनी कुमार, फीजी हिंदी लेखकः सुब्रमनी के हिंदी उपन्यास *(मुंबई: प्रकाशक, 2024)।*

प्रवीण चंद्रा, ब्रिस्बेन, ऑस्ट्रेलिया द्वारा समीक्षित।

सुभाषिनी कुमार की किताब, जो प्रोफेसर सुब्रमनी के फीजी हिंदी उपन्यासों पर आधारित है, फीजी की भाषाई और सांस्कृतिक पृष्ठभूमि का व्यापक अध्ययन प्रस्तुत करती है। खासतौर पर सुब्रमनी की प्रमुख कृतियों डउका पुरान और फीजी माँ पर जोर दिया गया है। किताब की शुरुआत फीजी द्वीपों के संक्षिप्त इतिहास से होती है, जिसमें गिरमिटिया प्रणाली के प्रभाव को दर्शाया गया है, जिसने देश की सामाजिक संरचना को आकार दिया। यह ऐतिहासिक संदर्भ फीजी साहित्य में विविध आवाजों को समझने के लिए आधार प्रदान करता है।

कुमार ने फीजी में बोली जाने वाली तीन प्रमुख भाषाओं–अंग्रेज़ी, फीजीयन और हिंदी का भाषाई अवलोकन किया है, और फिर फीजी हिंदी के विकास पर ध्यान केंद्रित किया है, जो इंडो–फीजियन समुदाय की पहचान को दर्शाने वाली एक अनूठी, सजीव बोली है। इसके बाद वह प्रमुख शुरुआती लेखकों का परिचय देती हैं जैसे पंडित तोताराम सनाढ्य, बृज वी लाल, रेमंड पिल्लए, पंडित विवेकानंद शर्मा, पंडित कमला प्रसाद मिश्र, जे एस कंवल, जेफ सीगल, रॉडनी मोग, और जे डब्ल्यू बर्टन, जिनके कार्य फीजी में भारतीय प्रवासियों के अनुभवों और संघर्षों को दर्शाते हैं।

वह फीजी में हिंदी अखबारों के उदय और स्कूलों व विश्वविद्यालयों में मानक हिंदी की पढ़ाई पर भी चर्चा करती हैं।

इसके बाद सुभाषिनी उन कृतियों का अवलोकन करती हैं जो

विशेष रूप से फीजी हिंदी में लिखी गई हैं। जैसे रेमंड पिल्लई की अधूरा सपना, सुब्रमनी की डउका पुरान और फीजी माँः मदर ऑफ़ ए थाउजेंड, प्रवीण चंद्र द्वारा संपादित कोई किस्सा बताओ, और प्रवीण चंद्र की एक अनोखी कथा। फिर वह सुब्रमनी की दो प्रमुख कृतियों पर गहराई से चर्चा करती हैं, जो फीजी हिंदी में लिखी गई हैं।

सुब्रमनी की प्रतिभा में प्रवेश करने से पहले, सुभाषिनी उनके बचपन, शिक्षा, उपलब्धियों, पुरस्कारों, आलोचनाओं और उनके काम पर लिखी गई पुस्तकों का विवरण देती हैं। विशेष रूप से हेतल पटेल की सुब्रमनीः ए राइटर एट वर्क इन फीजी और प्रोफेसर विजय मिश्रा की सबऑल्टर्न नैरेटिव्स इन फीजी हिंदी लिटरेचर का उल्लेख किया गया है।

किताब का मुख्य आकर्षण प्रोफेसर सुब्रमनी के दो उपन्यासों डउका पुरान और फीजी माँ का विस्तृत विश्लेषण है, जो फीजी हिंदी में लिखे गए हैं। ये दोनों बड़े उपन्यास हैं जिनमें बहुस्तरीय जटिल कथानक हैं। कुमार दिखाती हैं कि ये उपन्यास किस प्रकार फीजी के जीवन का सार प्रस्तुत करते हैं, और भाषा, कथा, और संस्कृति के माध्यम से इंडो-फिजियन समुदाय के अनुभवों और संघर्षों को उजागर करते हैं।

उनके डउका पुरान के विश्लेषण से पता चलता है कि हालांकि यह एक सरल कहानी लगती है, इसमें कई जटिल विषयों को शामिल किया गया है। यह एक लड़के "फीजी लाल" की कहानी है, जो गिरमिट के बाद के लंबासा में बड़ा होता है। उसीकी जीवन यात्रा पुस्तक में दर्शाया गया है, जो उसके जन्म से लेकर पहले तख्तापलट के बाद तक फैली हुई है। यह शारीरिक, मानसिक, यौन और सामाजिक विकास की यात्रा है; एकतरफा प्रेम की निराशा की यात्रा है; ग्रामीण जीवन से शहर के जीवन तक की यात्रा है; अपने "राजा" से मिलने की राजनीतिक यात्रा है; वनुआ लेवू, तवयूनी और विती लेवु के विभिन्न हिस्सों की खोज की यात्रा है; और सबसे महत्वपूर्ण, आध्यात्मिक ज्ञान और वैराग्य की यात्रा है, जब वह अंत में अपने घर लौटता है। डउका पुरान फीजी हिंदी में लिखा गया पहला उपन्यास था, जिसे फीजी में लिखा गया और भारत में प्रकाशित किया गया।

डउका पुरान की तरह, फीजी माँ भी फीजी हिंदी में लिखी गयी है, और सुभाषिनी द्वारा इस उपन्यास की सूक्ष्मताओं को समझना सराहनीय है। यह किताब मुख्य पात्र, "वेद मती", की जीवन कहानी को दर्शाती है, जो अपने बचपन की मासूमियत से जीवन की यात्रा में सामाजिक और राजनीतिक परिवर्तनों के बीच अंतिम वैराग्य की ओर बढ़ती है।

सुब्रमनी ने "वेद मति" के निश्छल बचपन और स्कूली जीवन को बहुत अच्छे से चित्रित किया है। बकरी चराने और धावक के रूप में उसका किरदार लेखक की शोध क्षमता को दर्शाता है। साथ ही, बाद में, सूवा की एस्टेट में लगभग बेघर जीवन और सड़क पर भीख माँगने वाली उसकी स्थिति को भी बहुत सटीक तरीके से बताया गया है। "वेद मति" की एक फीजी की मूल निवासी (iTaukei) महिला "नानीसे" के साथ बहुत गहरी दोस्ती का वर्णन भी किया गया है, जो फीजी के लेखकों द्वारा शायद ही कभी छुआ गया विषय है।

फीजी माँ की एक और विशेषता यह है कि सुब्रमनी ने अपने महिला पात्रों की अंतरतम भावनाओं को बहुत ही सटीकता से व्यक्त किया है, जो एक पुरुष लेखक के लिए बेहद जटिल कार्य है। सुब्रमनी की कहानी कहने की सामाजिक-सांस्कृतिक बारीकियाँ फीजी हिंदी साहित्य के महत्व को उत्तर-औपनिवेशिक लेखन के व्यापक संदर्भ में एक सशक्त स्थान प्रदान करती हैं।

सुभाषिनी कुमार का काम इंडो-फीजी साहित्य के अध्ययन में एक मूल्यवान योगदान है और फीजी में भाषा, पहचान और संस्कृति के मिलन का समृद्ध अन्वेषण है।

ABOUT THE BOOK

डॉ. सुभाषिनी लता कुमार ने फीजी हिंदी तथा दक्षिण प्रशान्त महासागर के सुप्रसिद्ध प्रवासी साहित्यकार सुब्रमनी के हिंदी उपन्यासों का समग्र अध्ययन प्रस्तुत किया है। प्रो. सुब्रमनी के महाकाव्यात्मक उपन्यास डउका पुरान और फीजी माँः मदर ऑफ ए थाउज़ेंड मील के पत्थर साबित हुए हैं। लेखक ने इन उपन्यासों के माध्यम से फीजी हिंदी भाषा और प्रवासी साहित्य सृजन को नई दशा प्रदान की है। इसमें फीजी की भाषाई, साहित्यिक और सांस्कृतिक पृष्ठभूमि का व्यापक अध्ययन और विश्लेषण प्रस्तुत है। यह शोध पुस्तक फीजी हिंदी साहित्यिक आलोचना का सामयिक और मनोरंजक कार्य है।

Subashni Kumar's book, to be published later in 2024, is timely and absorbing work of literary criticism, that draws attention to the energies of vernacular writing, in the two novels 'Dauka Puraan' and 'Fiji Maa' by the Fiji Writer, Subramani; they believed to be unlocking new areas of experience and pushing the borders of world literature....
Her book scrutinizes expertly the multiple dimensional narratives in the two novels.

Subramani

www.ingramcontent.com/pod-product-compliance
Lightning Source LLC
LaVergne TN
LVHW100813051026
849519LV00006B/2068
* 9 7 8 9 3 5 8 6 9 3 8 5 0 *